Les Trompettes guerrières

Robert Sabatier
de l'académie Goncourt

Les Trompettes guerrières

ROMAN

Albin Michel

IL A ÉTÉ TIRÉ DE CET OUVRAGE

Vingt exemplaires
sur vergé blanc chiffon, filigrané, de Hollande,
dont dix exemplaires numérotés de 1 *à* 10
et dix exemplaires, hors commerce, numérotés de I *à* X *;*

Vingt exemplaires
sur vélin bouffant des Papeteries Salzer
dont dix exemplaires numérotés de 11 *à* 20
et dix exemplaires, hors commerce, numérotés de XI *à* XX.

Un

À l'orée du Gévaudan, le pays de la « Bête », dans la chaleur de l'été 1944, en fin d'après-midi, un char de foin au dos arrondi gravissait une pente montagnarde. Deux vaches rousses, bonnes pour le trait, avançaient sans hâte conduites par un paysan en bourgeron noir, son chapeau d'Auvergnat bien enfoncé, le rabat cachant le front et les yeux. Précédant l'attelage, il caressait de loin en loin l'échine des vaches avec le long aiguillon qu'il portait sur l'épaule.

Le grincement des roues, la pesanteur des pas, le frôlement des branches troublaient à peine un paysage d'arbres et de pierres. Quand la forêt apparut plus dense, le chemin plus étroit, l'attelage marqua un temps d'arrêt. Le paysan se moucha dans un large tissu à carreaux. Il fit par deux fois « Ha ! Ha ! » pour encourager les vaches à reprendre leur marche. Le chemin devint une simple sente d'où il fallait écarter des roches. Le soleil jetait des éclats lumineux entre les branches des pins.

Le paysan au visage tanné, peut-être moins âgé qu'il n'y paraissait, les traits aigus, le regard noir, avançait d'un pas pesant, égal, donnant une impression d'opiniâtreté, de robustesse. Se dirigeait-il par un raccourci vers la ferme de quelque hameau perdu comme il en est tant dans cette région forestière ? Le char roulait maintenant sur les aiguilles de pin qui crissaient. L'homme sifflota un air de bourrée. Ce qui ressemblait à un écho lui répondit. Lorsque le char atteignit la clairière, le paysan marmonna en patois des mots incompréhensibles. Ils semblaient marquer son étonnement d'être là, puis il dit cette fois en français : « Faut bien le faire ! » Il essuya son front et attendit.

Bientôt, des hommes surgirent de partout : les maquisards. L'un d'eux tendit à l'homme une gourde recouverte de tissu kaki. Ils étaient une cinquantaine, chacun arborant une tenue différente, certains en maillot de corps ou le torse nu, d'autres portant un vêtement militaire usagé à même la peau.

– Alors ? demanda le capitaine Tarzan qui dominait de la taille tous les autres.

– Alors rien, dit le paysan, à Saugues tout est calme. Plus un seul Boche. La vie reprend.

– Au boulot ! jeta le capitaine à ses hommes.

Ils détachèrent les cordes qui maintenaient le foin. Le paysan demanda que l'on commençât le déchargement par l'arrière. Olivier qui caressait le museau des vaches et s'efforçait d'éloigner les mouches de leurs yeux se précipita. Sous le foin se cachaient des vivres, caissettes emplies de victuailles, jambon, saucisson, fromage, un tonnelet de vin, des miches de pain grandes comme des roues de bicyclette. Tandis que chacun déchargeait le trésor, le paysan dit d'une voix rauque :

– À l'avant, il y a autre chose. Là, c'est le pire.

Ils portaient tous des noms de guerre, mais ceux de Saugues qui se connaissaient si bien ne les employaient pas. On trouvait là Riri, Fonsou, Fernand, Pierrot, le Rouquin, tant d'autres et ceux qui venaient d'ailleurs comme Roinita la guerrière, des gens de toutes contrées, des rescapés des durs combats du mont Mouchet, et même un Russe qui s'était rallié et dont on se méfiait car il avait porté, contre son gré, disait-il, l'uniforme ennemi.

– Des armes ? demanda Tarzan.

– Rien que deux fusils de chasse et un revolver, un 92 Saint-Étienne. Il paraît que vos balles de mitraillette vont dedans. C'est du neuf millimètres.

Des armes, ils n'en manquaient plus. Des parachutages nocturnes en avaient fourni de toutes sortes, surtout des mitraillettes et des bazookas.

Le paysan sembla hésiter, puis il dit :

– À l'avant, c'est autre chose. Il y a… deux macchabées.

– Des camarades ? demanda Roinita.

– C'est moitié-moitié.

« Que cela veut-il dire ? » se demanda Olivier. Il pensa à des corps coupés par le milieu. L'image le traversa de cette place bombardée à Montrichard, sa première vision de l'horreur de la guerre. En dépit du calme de la forêt, de la camaraderie qu'il ressentait comme un bienfait, de l'idéal de libération et de liberté, il se demanda un court instant ce qu'il faisait parmi ces hommes armés. Il regarda cette mitraillette qu'il possédait, ces chargeurs, sa grenade à manche allemande et pensa qu'ils pouvaient donner la mort.

Un premier cadavre fut tiré du char à foin, avec précaution. Il s'agissait d'un maquisard. Des brindilles collées au front par le sang cachaient son vidage. Roinita se chargea de la besogne funèbre. Un visage apparut, celui d'un homme d'une trentaine d'années, brun, court de taille. Il fut examiné en silence. Personne ne le connaissait. Un du mont Mouchet sans aucun doute, une victime de la bataille de Saugues.

– Et l'autre, c'est un Frisé. T'aurais pas pu le laisser où il était ? demanda Riri, le petit bossu.

– C'est des morts, dit le paysan en faisant un signe de croix.

– Sortez l'autre corps ! commanda le capitaine.

Cela se fit sans ménagement. On tira le cadavre en uniforme vert-de-gris par les pieds pour le jeter au sol. Sa tête cogna l'essieu. Olivier pensa qu'on le tuait pour la seconde fois.

L'odeur de la mort se répandait. Une fois de plus, Olivier pensa à son Baudelaire, au poème « La Charogne », et des vers lui revinrent en mémoire.

Quelques objets furent tirés des poches du maquisard. Aucune pièce d'identité. Dans ce combat, les morts inconnus étaient légion. Le corps, tant bien que mal, fut préparé, lavé par endroits. Il portait deux trous rouges au côté droit et cette fois Olivier pensa au poème de Rimbaud. Il lui sembla que les poètes voyaient, prévoyaient tout.

– Creusons une fosse ! ordonna le lieutenant Kimmerlin, un garçon jeune, à l'allure élégante, à l'accent d'Alsace.

Olivier et deux garçons prirent des pelles de l'armée à manche court. Ce ne fut pas facile car, en beaucoup d'endroits, la roche affleurait.

– Au pied de ce pin ! ordonna le capitaine Tarzan.

Ils finirent par venir à bout de la sinistre besogne.

La fosse était située entre deux pins. Olivier pensa que ce malheureux corps nourrirait les arbres, qu'il deviendrait branches, aiguilles, pommes de pin et recevrait le soleil. Il se reprocha de ramener toujours ses méditations à quelque idée poétique.

Le corps du maquisard fut enveloppé dans une couverture. Olivier, comme tous, regarda encore une fois ce visage. La fosse reçut ce mort anonyme. La forêt semblait participer au silence général.

– Il faut lui dire adieu, dit un nommé Palou, le plus âgé de tous.

– Quelqu'un veut parler ? demanda le capitaine Tarzan, mais les camarades restèrent muets.

Le paysan se mit à genoux et joignit les mains. On entendit un ricanement.

– Silence ! ordonna Tarzan.

Tandis que le paysan priait, certains échangeaient des regards ironiques. Olivier pensa à sa grand-mère. Elle aussi aurait prié. Bien que peu croyant, il ferma les yeux, retrouva les mots du *Pater noster*. Ils ne sortirent pas de sa bouche mais habitèrent sa pensée. Ses yeux se mouillèrent.

Plusieurs se manifestèrent, les uns par un salut militaire, d'autres par le signe de croix, puis Roinita salua à la manière communiste en levant le poing. Quelques-uns l'imitèrent.

« Quelle est sa croyance ? » se demanda Olivier, puis il pensa que cela n'importait plus. Chacun rendait hommage à sa manière.

Lorsque la tombe fut comblée, on l'entoura de grosses pierres. Après un instant de recueillement, on entendit la voix du paysan :

– Il faut planter une croix, dit-il.

– Parce que vous croyez qu'il était catholique ? demanda Roinita.

– Ça se fait, dit le paysan. Et puis, c'est moi qui l'ai ramassé. J'ai mon mot à dire.

Suivit une discussion qu'Olivier jugea absurde, indécente, chacun voulant parler au nom de cet inconnu. Ce fut un jeune garçon, un adolescent, qui apporta une réponse :

– Ce qu'il faut planter, c'est une croix... une croix de Lorraine.

– Voilà la bonne idée, dit le capitaine Tarzan. Coupez des branches !

– J'ai une boîte à outils, indiqua le paysan.

Olivier tapota l'épaule du jeune garçon qui avait eu l'idée, une idée qui mariait le patriotique au religieux. Il prit son air goguenard d'ancien poulbot et dit à l'oreille de l'autre :

– Tu vois, mon petit pote, la vérité sort toujours de la bouche des moutards !

Ils rechargèrent du foin dans le char. Le paysan voulait rentrer chez lui, à Chanteuges, avant la fin de la nuit. Les provisions emportées, cachées, il ne resta bientôt plus dans la clairière qu'un corps, celui du soldat allemand.

– Et celui-là, qu'est-ce qu'on en fait ? demanda Olivier.

Les autres le regardèrent, étonnés. Comme s'il avait posé une question incongrue. Sa tante le regardait ainsi quand il disait un gros mot. Finalement, le capitaine Tarzan apporta une réponse :

– Il pue déjà, avec cette chaleur. Éloignez-le, mais attendez. Videz ses poches.

Ce fut Roinita qui fit le sale boulot. Elle revint, un mouchoir sur le nez, et tendit à Tarzan un portefeuille racorni, une plaque, un ceinturon, d'autres objets de poche sans intérêt. Tarzan les enveloppa dans un vieux journal et les jeta au fond d'une sacoche.

– Ce con de péquenot, il aurait pas pu laisser le macchab' où il était, jeta un des hommes.

Et il donna un coup de pied au cadavre.

À peine eut-il fait ce geste qu'il fut envoyé à terre d'un revers de main. C'était Tarzan. L'homme n'osa pas se mesurer à lui. Il se contenta d'émettre des protestations. Alors le capitaine fit signe à tous de s'approcher. Il parla :

– Je suis un ancien de la Coloniale. La plupart d'entre vous sont des bleubites. À part quelques-uns. Certains en ont bavé. On aura la victoire, c'est sûr, mais c'est pas du tout cuit. Il a fallu pour survivre commettre quelques pillages. Mais un vol de poules en temps de combats, rien de grave. Maintenant, nous allons avoir de l'argent venu d'Angleterre. Une solde pour chacun. Attendez… cela viendra… Toi, ferme un peu ta grande gueule. Et toi aussi… Chacun parle à son tour. Ce que j'ai à vous dire, c'est que nous ne sommes pas une bande de brigands, mais des soldats, une nouvelle armée, et que nous nous conduirons en soldats…

– L'armée du peuple ! jeta Roinita.

– L'armée de rien, grogna le vieux Palou et, comme il n'avait pas oublié son passé anarchiste, il jeta d'une voix forte : L'armée, c'est l'école du crime !

– Et toi, un cancre ! jeta Tarzan dans un éclat de rire. Assez parlé, le boulot ne manque pas. Nous allons reconquérir des villages et vous savez comment nous les traverserons ? En marchant au pas. Une instruction militaire, voilà ce qu'il vous faut.

Les garçons du même âge, Olivier, Nathan, quelques-uns échappés du S.T.O., d'autres ayant déserté les Chantiers de Jeunesse se tinrent à l'écart pour discuter. Bien que rebelle, cette autorité rugueuse de Tarzan, ancien sous-officier devenu chef d'une compagnie parce que les vrais officiers, les « naphtalinards » comme on les appellerait et qui viendraient plus tard, étaient absents. Cette force qui émanait d'un homme mûr, solide, ne déplaisait pas à Olivier. Il trouvait celui qui savait ce qu'il voulait.

– Il commence à nous faire chier, dit un des jeunes.

Parmi eux se tenaient deux frères, Clément et René, natifs du Rouvre, un village proche. Ils avaient fait des études, tout comme ce garçon qu'on appelait Pendule car il venait de l'école d'horlogerie de Cluses. René, maigre, sec, le regard perçant, droit comme s'il portait un corset et qu'on savait d'une force peu commune, le seul qui aurait pu s'opposer physiquement à Tarzan (il impressionnait parce qu'il connaissait le jiu-jitsu), parla avec calme :

– C'est une brute, il faut le reconnaître, mais à défaut d'autre chef… Ce qu'il dit me plaît. Il y a au maquis des gens de tous âges et qui viennent de partout, des cultivateurs, des ouvriers, des fonctionnaires, et des Espagnols, des Italiens, un Sénégalais, deux Indochinois, un Russe qui a plutôt l'aspect d'un Tartare, des bons, des mauvais, des communistes, des cathos, peut-être même d'anciens collabos qui veulent se planquer, on n'en sait rien…

– « Et tout ça, ça fait d'excellents Français », chantonna Olivier imitant Maurice Chevalier.

– Exactement, dit René, et la plupart sont prêts à se faire trouer la peau parce qu'ils veulent la liberté. Oui, je suis un peu pompeux, mais c'est la vérité. Pour l'instant, on marche avec Tarzan. On se fout de la politique. Qui est d'accord ?

Ils l'étaient tous. Ils le diraient à Tarzan. Ils ne savaient pas trop comment s'y prendre.

– L'heure de la bouffe ! proclama Riri qui faisait office de cuistot.

– La bouffe, la bouffe ! jeta Palou, dans cette puanteur de mort. Vous voulez tous dégueuler ?

– Alors ? demanda Olivier.

– Emportez-le ! Jetez-le le plus loin possible ! proposa Roinita.

– Non, dit calmement le capitaine, vous allez l'enterrer.

Cela suscita des cris de protestation. On n'allait quand même pas creuser la terre pour ce Chleuh ! Et pourquoi pas lui rendre les honneurs ?

– Tu veux peut-être qu'on mette une croix gammée sur la tombe ? dit Roinita.

– C'est un ordre ! commanda Tarzan. Exécution. Vous l'enterrerez plus loin si vous voulez. Des volontaires ?

Les plus jeunes s'avancèrent.

Olivier, les deux mains serrées sur son nez et sa bouche, s'approcha du cadavre maculé de sang séché, de foin et de boue. Mais on voyait son visage. Olivier le regarda. Il connut un bref étourdissement. L'homme était jeune. Ses traits étaient marqués. On apercevait une paume calleuse. Un ouvrier sans doute. Ou un paysan. Un instant, dans la vision d'Olivier, le visage du maquisard enterré se superposa au sien. Et un mot frappa le jeune garçon. Il se dit : « Un bidasse, un troufion, quoi ! » Mais l'ennemi.

Les pensées se bousculèrent. Il revit son père mort. Son nom ne figurait pas sur le monument aux morts de Saugues où son grand-père lui avait lu la liste. Gazé, estropié, son père avait survécu, le temps de lui donner naissance, puis il s'était éteint en silence après avoir bu trop d'alcool pour tenter d'oublier ses infirmités, cette dégradation de sa personne, les souvenirs atroces des milliers d'hommes démembrés, tués pour gagner quelques mètres de terrain sous l'ordre d'un général à qui l'on élèverait une statue. Pour tout héritage, Olivier avait gardé deux décorations au tissu fripé, une médaille militaire, une croix de guerre que son père ne portait jamais.

– Remue tes fesses, lui cria le nommé Pendule. Prends les pelles. C'est nous les fossoyeurs !

Ils se hâtèrent d'accomplir la besogne. Ils trouvèrent à une orée un lieu de terre meuble. On jeta le corps dans la fosse. Ils firent rouler quelques pierres. Retrouverait-on un jour son squelette ?

Les hommes s'éloignèrent en silence.

Plus tard, avec les autres, ils taillèrent dans le pain,

le jambon, le saucisson. Ils burent du vin. Olivier regarda sa paume où deux ampoules s'étaient formées.

Il s'éloigna, s'allongea sur les aiguilles de pin, fixa le sommet des arbres. Le jour déclinait. Il attendait la nuit, il souhaitait, il voulait la nuit pour s'y endormir, pour s'y cacher, pour se perdre.

Deux

DANS la suite des longs jours d'été, le campement sauvage changea souvent de lieu, s'enfonçant parmi les arbres et les buissons des grandes forêts protectrices. Des hommes les rejoignaient. Il fallait prendre garde à ne pas être trop nombreux pour ne pas fragiliser la guérilla comme cela avait été le cas en maints lieux comme le Vercors et le proche mont Mouchet.

La bête du Gévaudan, inoubliable, avait hanté ces lieux. La vieille question se posait toujours : était-ce un grand loup, une troupe de loups, un fauve inconnu dans la région, un garou, on ne savait quoi encore ? Et l'interrogation ne cesserait de se poser durant des dizaines d'années au fil de nombreux livres, aucun n'apportant une réponse. « Une invention de l'Église ! » disait même Palou qui, en vieil anar, ne cessait de manger du curé – ce Palou qu'Olivier assimilait au Bougras de la rue Labat, l'ami le plus cher de son enfance montmartroise.

Les Chateauneuf étaient originaires du Mazel-de-Grèzes, un hameau, et Olivier avait appris qu'un jeune berger, Jean Chateauneuf, sans aucun doute de sa famille, selon les chroniques, fut une victime de la Bête. Cette remontée dans l'histoire lui plaisait et aussi de savoir que, dans sa famille, on avait battu le fer de père en fils durant des siècles. Il prétendait même avoir hérité des muscles forgés au fil des années par le marteau battant le fer sur l'enclume. Il trouvait là sa plus parfaite forme d'orgueil.

Les divers maquis, pour un temps, se contentaient de patrouiller, de recueillir des informations sur les mouvements de l'ennemi, d'opérer des interventions rapides. Ils restaient dans l'attente d'ordres venus de plus haut, du côté des mystérieux responsables de la Résistance que seuls connaissaient les officiers. Ces derniers, pour la plupart, n'étaient pas des hommes de carrière sortis des grandes écoles, de Saint-Cyr ou de Saint-Maixent. On trouvait quelques gendarmes, des sous-offs montés en grade, des hommes qui avaient fait leurs preuves sur le terrain, des anciens de la guerre de 14 qui, un quart de siècle plus tôt, avaient connu les charniers des tranchées.

Quelles que soient ses opinions, s'il en avait, chacun se sentait une partie de ce qui serait une armée du peuple. Il s'agissait, avant tout, de libérer le territoire, l'Auvergne, et l'on savait qu'il en était ainsi dans toutes les provinces. Les commandants des groupes tentaient de faire respecter un semblant d'ordre, de créer, avec difficulté, une discipline. Les hommes les plus inattendus, ceux qui n'avaient jamais eu de responsabilités dans la vie civile, se révélaient de bons meneurs de guerre. Diriger des insoumis : une tâche difficile. En dépit de la gravité, du danger, le rire éclatait souvent. On n'oubliait pas de chanter, de jouer de la farce, de raconter des histoires qui se voulaient drôles, d'échanger des phrases en français ou en patois, parfois même en argot pour Olivier qui retrouvait sa langue de naguère.

Ainsi, comme aux grands jours de l'Histoire, les dépenaillés, les guenilleux, les faméliques, la piétaille, les humiliés de la vie avaient découvert la fierté, une espérance en un avenir souvent vague, toujours magnifique. Ces jours, ces semaines, ces mois resteraient dans leur souvenir, même si la plupart n'en parleraient guère.

Les uns doutaient encore, certains étaient sûrs de la victoire finale. Plus tard, les grands chefs des réseaux, les hommes en rapport avec Londres, prendraient des responsabilités ministérielles et autres. Les modestes artisans du combat retourneraient à l'établi, au petit commerce, à la terre, et d'eux, l'on ne parlerait pas. Ils auraient simplement connu le grand éclat d'un soleil parmi les nuits.

Pour Olivier, seul le présent, le quotidien comptait. L'enfant orphelin, solitaire se découvrait une famille, tant de pères, de frères et même une grande sœur, cette

Roinita qu'il regardait avec curiosité car elle ne ressemblait à aucune des femmes qu'il avait côtoyées.

Il avait coupé son pantalon kaki pour en faire un short. Il possédait deux chemises qui sentaient la sueur, une veste d'uniforme trop grande pour lui, un calot militaire qu'il plaçait de côté par coquetterie en même temps que par dérision et sa fierté : des chaussures montantes de l'armée anglaise au cuir brillant.

Dès avril 1944, des parachutages avaient été effectués sur le mont Mouchet. Une manne tombée du ciel à l'insu de l'ennemi bien qu'il semblât être partout. Bientôt la Royal Air Force, même en plein jour, apportait armes, matériel et même argent français. Tout avait été réparti : mitraillettes Sten, mitrailleuses, fusils-mitrailleurs, colts et l'on avait réuni toutes les possessions : mousquetons, fusils Springfield, grenades et surtout cet instrument bizarre, inharmonieux porté à l'épaule, le bazooka. Comment ce « tuyau de poêle », comme on le baptisait, pouvait-il causer tant de dégâts : un camion militaire ennemi détruit en bas de Saugues en témoignait.

Le maquis restait impopulaire. Pour subsister, il avait fallu évacuer la morale : demeures visitées, réquisition de camions et de rares automobiles, denrées, prises d'argent à la poste… Et ces hommes hirsutes, mal lavés, aux mines parfois patibulaires, pour leur propre protection, mimaient plus de terreur qu'ils n'en portaient au fond d'eux-mêmes.

Olivier, couché dans un fossé, inventoriait ses propres richesses : une pipe courbe achetée à Roanne, un chiffon qui lui servait de mouchoir, des bouts de ficelle, une tabatière en caoutchouc, un briquet à amadou, enfin son cher Baudelaire en petit format des éditions I.A.C. à Lyon. Ce livre apparaissait comme une demeure qu'on habite et qui vous habite. À l'écart, il lisait un poème jusqu'à pouvoir se le réciter par cœur. Il écrivait aussi sur un cahier d'écolier quelques vers inspirés par la situation présente, exaltés et romantiques, qu'il finissait par juger mauvais, emphatiques, mais gardait quand même.

Il lui semblait qu'il vivait plusieurs vies. Lui aussi avait longtemps habité sous de « vastes portiques », inventé le feu comme les ancêtres de la préhistoire, habité une île comme Robinson, songé à la douceur d'aller ailleurs, dans un lieu paradisiaque. Il préservait dans la vie collective et dans ses moments de solitude, dans le refuge de sa claire pensée, le contenu et l'essence de ses chères lectures, le souvenir de celles des jours passés. Il était Don Quichotte, le chevalier d'Artagnan ou le Pardaillan de Zévaco, le Bossu de Paul Féval, le Jean Valjean de Victor Hugo. Au cœur du réel inhabituel, il vivait ainsi toutes les vies romanesques, prenait pour plus vrais que ceux de l'Histoire les êtres de la littérature.

Le vieux Palou participait aux activités avec un sourire de scepticisme que dissimulaient en partie barbe, moustache à la gauloise, chevelure hirsute qui lui donnaient un air de patriarche. Bien qu'il ne se répandît pas en confidences, on savait qu'il avait roulé sa bosse de par le monde.

À force de l'apparenter à son ami Bougras de la rue Labat, Olivier les confondait, d'autant que l'homme, originaire de Saugues, lui manifestait sa sympathie. Olivier ignorait un secret, un mystère d'antan qui le reliait à lui. Palou ne manquait jamais une occasion de l'aider, de lui sourire comme s'il découvrait un vieux compagnon. Il pratiquait à son égard ce vieux proverbe de Saugues : « Si tu glisses, tends la main ! »

Roinita la moqueuse demandait au jeune Olivier s'il avait une petite amie. Il haussait les épaules et se détournait. Les mœurs de la fille-garçon étaient libres. Si un homme lui plaisait, elle le prenait pour le rejeter bientôt. Seul un beau gars de Monistrol-d'Allier gardait sa préférence. Olivier aimait les grands yeux noirs de Roinita mais il rejetait en délicat l'odeur de sueur et de tabac qui émanait d'elle. Il lui dit qu'il aimait quelqu'un et des visages entrevus apparaissaient dans son souvenir jusqu'à se confondre.

La torture, la mort, il ne fallait pas y penser. Pour les ennemis, un maquisard n'était pas un soldat mais un terroriste. Mais les poèmes avaient appris à Olivier à méditer sur sa fin. En ces temps dangereux, la mort était proche, hasardeuse. Il ne cessait de penser à ces deux corps confondus : celui du Français et de l'Allemand sous la même terre du Gévaudan. Alors, un défilé macabre l'habitait : son père allongé dans son cercueil, sa mère éteinte tandis qu'il dormait à son côté, ceux de Montrichard. Il imaginait défunts ses amis. La mort, la mort, partout la mort, l'inéluctable précipité par la folie. L'océan mortel déversait ses marées sur la terre entière. Olivier ne voyait que les plus proches, les victimes des coups de main, des guérillas sanglantes. On ignorait encore l'atrocité des camps, la résistance des ghettos, les composantes du déshonneur de l'homme.

Un soir, alors que, enroulé dans sa couverture, il tentait de trouver le sommeil, il imagina sa propre fin avec calme, sans terreur. Il ressentit une sorte d'apaisement. En peu d'années, il avait connu tant de mondes : sa tristesse d'orphelin et le bonheur des rues, ses copains de l'école de la rue de Clignancourt, ceux de Saugues qui, après avoir raillé le « Parigot tête de veau », l'avaient adopté, sa famille de Paris, les camarades de l'atelier, ceux de l'université ouvrière, les tribulations de la guerre.

Il voyait son existence multipliée comme si toute une vie avait été parcourue. Il ne songea pas à un avenir possible et non plus à ce qui arrive après, Dieu, le Paradis, l'Enfer. Ce ne fut pas cette mort mais son frère le sommeil qui dispersa ses pensées.

Le matin frais le délivra des rêveries funestes. Après le casse-croûte et les corvées habituelles, le sourire reprit naissance. Le capitaine Tarzan, le torse nu, fier de ses muscles et de sa stature, lui donna des ordres :

– Toi, la bleusaille, tu seras agent de liaison. Laisse armes, brassard et nippes militaires. Ne te lave pas, ne te rase pas. Te voilà péquenot. Tu traînes. Au besoin, tu te planques. Moi aussi, je me tire ailleurs. Ton chef, c'est le commandant Tailleur. Allez, au trot !

Olivier se prépara. Il s'enduisit les mains et le visage de terre, mit ses cheveux en broussaille et écouta les ordres.

– Direction Saugues, ordonna Tarzan. Je veux un rapport sur la situation au village. Il n'y aurait plus un seul Boche. Si c'est le cas, nous y établirons notre quartier général avant d'attaquer Le Puy quand en viendra l'ordre. Je veux un rapport complet. Notre vie à tous est en danger, ne l'oublie pas.

« Pourquoi moi ? » se demanda Olivier, puis : « Pourquoi pas moi ? » Pousser jusqu'à Saugues : le bonheur. Comme s'il reprenait un voyage interrompu.

Les hommes de Saugues, durant l'autre guerre, celle d'avant, qu'on qualifiait encore de « Grande Guerre », la victorieuse au prix de tant de morts, avaient quitté le pays sans bien comprendre ce qu'on attendait d'eux. Certains ne parlaient guère que le patois. Ils avaient quitté ce qu'ils tenaient pour leur « petite patrie » au secours de la grande.

Un quart de siècle plus tard, tout recommençait, la guerre multiple s'étendant à tous les territoires. Tant d'hommes manquaient au pays, les morts, les prisonniers. En quatre ans d'occupation, des adolescents, comme Olivier, étaient devenus des hommes.

Olivier, marchant sur la route qui va du Puy à Saugues, imaginait la surprise de sa grand-mère, son émotion dès qu'il reverrait le bourg autour de la tour des Anglais et du clocher de l'église. Tout paraissait calme. Et pourtant dans ces prés, de redoutables combats avaient eu lieu peu de temps auparavant. Les Allemands avaient pourchassé des rescapés du mont Mouchet, occupé Saugues, volé et violé. Cette fois, on n'avait pas dit : « Les Boches » mais « Les Tartares » car la majorité des troupes venaient de cette armée Vlassov où des hommes de l'Est avaient revêtu l'uniforme allemand. Des déserteurs avaient même rejoint le maquis avec leurs armes en levant le poing et en chantant dans leur langue *L'Internationale*. Chez les F.F.I., la méfiance persistait, mais on se contait les exploits anti-allemands d'un officier juif de Lituanie nommé Grégory qu'on appelait « le capitaine Grégoire ».

Insouciant, Olivier décida de prendre un raccourci, de s'arrêter au hameau de Larode où il avait des cousins. Peut-être Élodie, son aînée, dont il admirait la beauté serait-elle présente ?

Il fut intercepté sans avoir eu le temps de s'en apercevoir. Des hommes surgirent de partout et il n'eut pas la possibilité d'opposer quelque résistance. À sa surprise, il ne fut pas molesté. Il comprit qu'on ne lui voulait aucun mal. Beaucoup de visages présentaient des traits asiatiques : sans doute ceux qu'on avait baptisés faute de mieux « Les Tartares ». L'un lui offrit une cigarette. Un autre lui présenta un briquet.

Ils atteignirent une cahute où se tenaient d'autres hommes. L'un d'eux était grand et mince, les cheveux blonds, un visage intelligent. Il se présenta dans un français parfait, sans le moindre accent :

– On m'appelle l'interprète Michel. Nous nous sommes ralliés, après bien des malheurs, à la Résistance française qui est aussi la nôtre, même si nous avons été contraints de porter un uniforme détesté.

Il conduisit Olivier auprès d'un homme plus âgé qui portait des galons d'officier. Il salua et dit :

– Mon capitaine, un petit prisonnier, et ajouta pour Olivier : C'est le capitaine Grégory, ou en français Grégoire.

– Je connais, dit Olivier, moi je suis un simple F.F.I. Mes chefs sont Tarzan, Tailleur et les autres. Je suis envoyé à Saugues pour voir ce qui s'y passe.

– Rassurez-vous, dit Grégory, il ne s'y passe rien.

Olivier savait qu'il se tenait en présence d'un homme devenu une légende. Au Puy, il avait sans grands moyens libéré des résistants prisonniers. Il s'était trouvé dans toutes les batailles, au mont Mouchet, à Pinols, à Saugues.

– Notre jeune camarade a la frousse, dit l'interprète Michel en riant.

– Il a raison, dit Grégory, nous sommes comme Ivan le Terrible ! Et nous dévorons les petits enfants.

Olivier rit à son tour. Ces soldats avaient porté l'uniforme russe, puis allemand, sans rien perdre de leur âme. Ils étaient résolus, parlaient de la Résistance avec passion. Olivier, malgré de vagues soupçons, s'en remettait à son instinct. On le fit asseoir. Il but du thé, mangea des gâteaux de soldat. Il les entendait discuter en russe, puis en français par courtoisie envers leur jeune hôte.

En quelques instants, Olivier en apprit plus qu'il ne savait sur les maquis de la région. Le capitaine Grégoire, lui qui, au départ de sa Lituanie natale, avait parcouru l'Europe, se déplaçait sans cesse entre les départements de l'Auvergne et les alentours. Il paraissait ravi de s'exprimer en français, même s'il écorchait certains mots. Il expliqua qu'il connaissait des mots français avant de venir en France. Sensible au langage, écoutant Olivier comme s'il voulait tout retenir, il appréciait ces noms ou ces sobriquets de résistants qui revenaient dans la conversation, certains ayant une origine historique. Et lui-même parlait, citait les noms de ceux qu'il avait rencontrés, avec qui il avait combattu.

Ces noms, jamais Olivier ne les oublierait : Archer, dit Antoine, commandant du groupe La Fayette, et d'autres comme Siméon, Cobra, Hulot, Gévolde, Lanzmann, qui serait rendu un jour célèbre par ses fils, Rossignol, et des médecins comme O'Relly, Maman, Pialoux, des infirmières... Dans un apparent désordre, les maquis étaient bien organisés.

Et venaient des noms de villages connus d'Olivier qui les avait parcourus à bicyclette avec le tonton Victor ou le cousin Marceau, à pied avec sa grand-mère, et ces noms comme des milliers en France devenaient les champs de courtes batailles que la grande histoire oublierait car, à part le mont Mouchet où s'élèverait un monument à la Résistance, qui se souviendrait de Venteuges, Langeac, Brioude, Saugues, Meyronne, Bergougnoux, Les Estables, la Bastide... ?

Olivier se confia à ses nouveaux amis, se dit fier de son métier de typographe, assura qu'il lisait beaucoup, qu'il connaissait les œuvres des grands écrivains russes et même qu'il lui arrivait d'écrire des poèmes.

Le capitaine Grégoire le prenait en sympathie, lui parlait comme un père. Il lui conseilla d'apprendre la langue russe, se proposant même de l'aider après la victoire.

– Les Français, dit-il, ignorent trop les autres langues. Facile à comprendre : autrefois toute l'Europe et même la Russie parlaient français.

En fin de soirée, Olivier expliqua à ses nouveaux amis qu'il devait se rendre à Saugues, même si sa mission était inutile, car il s'agissait d'obéir aux ordres.

– Allez-y, dit le capitaine Grégoire, mais les Allemands sont tous au Puy. Ils ne tarderont pas à capituler. Ils sont encerclés. Nous attendons l'ordre de l'assaut final...

– Et puis..., avoua Olivier, je veux revoir ma grand-mère.

– Argument sans réplique ! dit l'interprète Michel.

Curieusement, il y eut un moment d'émotion. Grégoire répéta : « Grand-mère, grand-mère... » puis il parla en russe.

– Va donc à Saugues, dit Michel, aucun danger, sinon des collaborateurs. Ceux-là, on ne les connaît pas. Et je ne pense pas qu'ils se manifestent.

Avant de quitter ses nouveaux amis, Olivier prononça le seul mot russe qu'il connaissait : « *Spassiba !* », Merci, et Grégory répondit : « *Spassiba, dorogoï !* »

Olivier décida d'oublier Larode et prit par les prés le chemin de Saugues. Il se souvint de cette expression qui avait marqué la période 39-40, la « drôle de guerre ». Et aujourd'hui, cette guerre n'était-elle pas encore plus bizarre ?

Comme chaque fois qu'il se trouvait dans la nature, il chercha les paroles d'une chanson, il tenta de siffloter mais n'y parvint pas. Il murmura : « Qu'est-ce que j'ai eu les grelots ! » Et cette peur, malgré le soulagement qu'il avait ressenti peu après, lui donna une impression de fragilité, de faiblesse. Il tenta de s'analyser et ne découvrit qu'un mécontentement de soi-même.

Bien que le lieu de sa naissance fût Montmartre, il se savait avant tout du pays qu'il parcourait. Depuis des siècles ses ancêtres y avaient battu le fer. Il était l'héritier de leurs muscles. Ses anciens l'avaient forgé. Le corps se montrait solide et il en voulait à son esprit de ne pas le suivre.

Au plus près de Saugues, il entendit le bruit du

marteau sur l'enclume. Avec les cloches de Saint-Médard, c'est ainsi que chantait le village. Il atteignit le ruisseau de Saint-Jean où les femmes lavaient leur linge. Puis il gravit cette pente qui montait vers la rue des Tours-Neuves pour aboutir en face de la Maison des Sœurs juste à côté de la demeure familiale.

En pénétrant dans la cour, après la forge fermée depuis que le tonton Victor était prisonnier, il regarda *lou mestier* où l'on attachait les vaches pour les ferrer, les sangles qui lui servaient de balançoire quand il était enfant. À l'étable, il caressa le mufle des vaches et se demanda si elles le reconnaissaient. La rigole avait besoin d'être nettoyée et les bêtes d'un bon coup d'étrille.

Lorsqu'il poussa la porte, une surprise l'attendait. Sa grand-mère n'était pas seule. Il murmura : « Bonjour, mémé ! » puis ajouta : « Bonjour, ma tante ! » En effet, la tante Victoria qu'il croyait à Paris était présente.

– Te voilà, toi, dit la mémé qui se laissa *poutouner*, ce qu'elle n'aimait guère.

Il embrassa alors sa tante et il lui sembla qu'elle le serrait un instant contre elle.

– Ça alors, dit Olivier, si je m'attendais…

– À me voir ? dit la tante Victoria. Il fallait bien que je vienne. Je crois que ma mère ne s'est pas lavée depuis mon dernier passage.

Olivier rit. Il le savait bien que sa grand-mère avait horreur de ce rite du lavage du corps qu'elle jugeait inutile. Il imagina la scène de la toilette forcée et des récriminations.

– Tu es content ? demanda la tante. Tu as bien parcouru les routes ? Et maintenant ?

– Je ne vais pas vous encombrer, dit Olivier, j'ai pris le maquis.

– Quoi ? s'écria la tante, montrant qu'on ne devait rien faire sans sa permission.

– Mange un morceau ! dit la mémé en ouvrant la porte du buffet. Il y a du lard et du fromage. Prends du pain.

Olivier n'avait guère faim, mais il vit là une occasion de dissiper la gêne. Sur un ton badin, il demanda :

– À part ça, quoi de neuf ?

– Sais-tu que les F.F.I. prisonniers sont passibles de la peine de mort ? dit la tante.

– Et ici, comment cela se passe ? questionna Olivier pour écarter la question.

– J'étais là quand les Allemands ont pris Saugues, précisa la tante Victoria. Des sauvages, des Mongols ou je ne sais quoi. Ils ont violé une bonne sœur et deux femmes. Il y avait même une bigote à qui ça n'était jamais arrivé. Un Tartare est venu ici. Ta grand-mère a pris le tisonnier. Il a eu un mauvais geste vers moi, mais je l'ai regardé d'une telle façon qu'il n'a pas insisté. Cet idiot a volé des chaussettes et il est reparti.

Comme toujours, sa tante, lorsqu'elle se retrouvait sur son lieu de naissance, jouait le jeu de la simplicité.

Elle avait ceint sa taille d'un tablier bleu, mais gardé son corsage de soie blanche, des bas et des chaussures.

Pourquoi Olivier se préparait-il toujours à quelque impertinence ? Il dit :

– Ce corsage blanc vous va à ravir, ma tante, et j'adore vos souliers. En fait, je vous trouve ravissante.

– Garde tes insolences. Toi tu es hideux. Rase donc cette barbe de clochard, lave-toi. Tu trouveras dans la commode un pantalon et une chemise de Victor.

– A-t-on des nouvelles de Marceau ? demanda Olivier.

Les nouvelles ? Un état de santé stationnaire, l'attente d'un nouveau médicament encourageaient l'espoir. Mais Olivier apprit que son cousin avait fait des siennes. Celui dont il avait pris le prénom pour nom de guerre, tout en pensant au Marceau historique, dans son sanatorium de luxe menait une tout autre vie. Il avait eu une liaison avec une malade, l'épouse d'un industriel d'origine allemande qui subventionnait la clinique et ses travaux. Le mari trompé exigea l'expulsion du jeune don Juan qui fut transféré dans un autre établissement de soins en attendant de rejoindre Paris si les événements le permettaient.

Les aventures de Marceau, si différentes des siennes, plongeaient Olivier dans une sorte d'admiration romantique. Cela évoquait pour lui les grands aventuriers, les personnages du cinéma des années trente, des dandys de la vie nouvelle.

À Paris, l'imprimerie marchait au ralenti. Le petit

Jami poursuivait ses études à l'école des Francs-Bourgeois. Pas de lettres du tonton Victor qui n'avait pas eu la chance comme le cousin Jean de s'évader du stalag. Mauvaise nouvelle : sa fiancée, lasse d'attendre, venait de se marier.

– Il n'est pas question que tu repartes, dit la tante Victoria. Fini toutes ces idioties. Tu vas rester ici et te tenir tranquille jusqu'à ce que tout soit terminé. S'ils aiment la guerre, laisse faire les autres. Moi je protège mes enfants.

– Non ! dit Olivier.

– Comment « non » ? Comment oses-tu ?

– Dans quelques jours, peut-être quelques heures, le maquis sera à Saugues. De plus, j'ai une mission à remplir. Je dois aussi récupérer des armes. Je ne me vois pas leur disant que je laisse tomber.

Olivier crut distinguer un sourire sur les lèvres de sa grand-mère.

– J'ai des ordres à exécuter, ajouta Olivier.

– Oui, les miens. Je ne t'ai pas adopté, je n'ai pas fait tant de sacrifices pour que tu ailles tuer des gens, même des ennemis.

– Ou me faire tuer.

Après un silence, Olivier ajouta :

– De plus, je n'ai le désir de tuer personne.

– Encore des sottises, on ne fait pas la guerre sans tuer.

– C'est peut-être inexplicable : un de mes paradoxes. Mais je veux être avec mes camarades.

– Tu ne sais pas ce que tu dis.

– Non, pas vraiment. J'ai du mal à m'y retrouver.

– Alors, obéis-moi, dit la tante.

Olivier, les mains derrière le dos, se promena de long en large. Il s'approcha de la fenêtre. Ses amis n'étaient pas loin : sur les hauteurs de la route du Puy. Il regarda dans la cour naguère bruyante d'activité quand on ferrait les vaches et les chevaux. Il entendit le bruit du soufflet de la forge, les coups sur l'enclume. Non, tout cela avait été réduit au silence par la guerre et ses désastres. Il se dirigea alors vers la porte de sortie et dit d'une voix ferme :

– Il se trouve, ma tante, qu'en dépit de toute la reconnaissance que je suis censé vous devoir, je suis adulte. Dans un mois, je serai majeur. J'anticipe donc. Et je fais désormais ce que je décide !

– Par exemple de recevoir une bonne paire de gifles !

– Donnez-la, votre giroflée à cinq feuilles, et je disparaîtrai ! Au revoir quand même. Vous me reverrez bientôt ici avec mes camarades du maquis.

Olivier s'éloigna, à la fois fier de son acte de rébellion en même temps que traversé d'un vague remords. Ce qui l'agaçait le plus : cette manière qu'avait l'impérieuse tante Victoria de lui rappeler ses bienfaits. Et ses « sacrifices ». Il se répéta de bonnes raisons pour compenser son ingratitude. Des sacrifices ? Lesquels ? À treize ans, on l'avait retiré de l'école pour en faire un apprenti. Or lui, en ce temps-là, ne rêvait que d'études. Et voilà qu'on l'avait condamné à en être séparé. Tout simplement parce qu'il était orphelin et, par conséquent, condamné à gagner sa vie. Ses cousins, eux, étaient restés en classe. Aurait-ce été un si grand sacrifice que de l'y laisser ?

Et, tandis qu'il traversait Saugues pour rejoindre la route du Puy, il se sentit envahi d'un sentiment de bonheur. Sa curiosité naturelle, la poésie aussi, lui avait fait rejoindre le monde entier et la diversité du savoir. Et il se dit que ce n'était pas fini. Il ressentit une sorte de désir de s'étonner lui-même. Dès que ce serait possible, il aurait de nouveau accès aux livres, à tous les livres. Il savait qu'il apprenait vite, mû par un plaisir étrange, indéfinissable, celui du vagabondage.

Bon. Première tâche : virer les Chleuhs, les brûleurs de livres. Il sifflota tout au long du chemin.

Cet incident, cette confrontation de deux volontés, plutôt que de contrarier Olivier, le réjouissait. Son cousin Marceau le lui avait dit : « Au fond, ma mère et toi, vous vous ressemblez ! » Une expression populaire lui vint à l'idée : « Je suis une tête de lard ! » puis une chanson : « J'aime pas qu'on m'commande. Je suis libre et je fais ce qui m'plaît… »

Tant pis pour le retard. Pour le retour auprès de ses compagnons, il marcherait plus vite, il courrait, au besoin. Il pensa à quelque visite chez ses cousins Itier, par exemple. Mais là, on le retiendrait trop. Il décida de saluer les parents d'un de ses camarades de maquis,

Nathan, avec qui il s'entendait bien. Avec lui, parler de choses autres qu'ordinaires était possible. Olivier lui faisait même confidence de ses poèmes.

Quelques familles juives s'étaient réfugiées à Saugues. Toutes venaient du Puy. Leur origine était alsacienne. Un des mérites de la Haute-Loire était d'avoir protégé les juifs. Sa grand-mère, si peu sociable qu'elle fût, aimait bien ces gens venus d'ailleurs. Elle avait assisté à l'enterrement du grand-père de Nathan. Plus tard, elle amuserait Olivier en lui racontant la cérémonie en ces termes :

– Ils ont fait venir du Puy un curé à eux, pas un vrai curé, non, pas un vrai, mais presque pareil. Il a dit des paroles… bien honnêtes.

Quand les Allemands avaient envahi Saugues, le temps d'un cantonnement, d'un déploiement de force militaire, de maintes exactions, les juifs à qui des gens avaient loué le logement avaient été cachés dans des fermes proches. Olivier serait fier de ses compatriotes. Cette attitude venait d'un sens inné de l'hospitalité. Pour certains par conviction, pour d'autres par charité chrétienne.

Le soleil tenace d'un été d'exception caressait les toits et les façades. Dans les rues, des bouses de vache scintillaient comme de petits disques d'or brun. Des gens se hâtaient de rentrer chez eux pour le repas de midi qu'on appelait « le dîner » comme celui du soir était « le souper ». Aucune trace de la guerre sinon dans les esprits. Le regard d'Olivier se nourrissait de tout :

des femmes en coiffe blanche qui s'éloignaient dans un bruit de galoches, un homme en gilet tirant par le col un veau rétif. Il percevait les bruits de la vie : des volets qu'on ferme, une conversation en patois au seuil d'une boutique, les cris d'un bébé… Il aurait pu rester des heures dans cette quiétude.

Ses pas le conduisirent vers la tour des Anglais qui semblait cacher tous les mystères du passé. Il regarda voler les corneilles qui nichaient dans ses hautes pierres. Il passa dans une ruelle et s'attarda devant cette minuscule boutique d'épicerie où officiait cette dame qu'on appelait « la clerc » parce qu'elle était veuve d'un sacristain de l'église, d'un suisse, comme on disait. Là, sa mémé l'avait souvent amené à la veillée munie de sa chaufferette et d'une lampe électrique de poche. Il croisa une jeune fille qu'il regarda avec intérêt. Les jeunes ne portaient pas la coiffe. Elle disparaîtrait avec les dernières vieilles femmes et ne serait plus qu'une parure folklorique. Il entendit la musique venue d'une T.S.F. et se demanda si on écoutait le soir la radio de Londres.

Après avoir longé le monument aux morts où le poilu de pierre montait la garde, il lut quelques noms familiers gravés sur le socle. Il se trouva devant l'entrée latérale de l'église Saint-Médard. Les siens, durant des siècles, avaient gravi ces marches de pierre luisantes. Combien de fois sa grand-mère qui ne manquait aucun office était-elle passée là ? Olivier n'avait pas été élevé dans la religion. Il portait en lui cette contradiction :

ne pas être croyant et, dans les moments de tristesse ou de douleur, penser à Dieu ou à une puissance supérieure indéfinie.

Il pénétra dans l'église. La porte de bois portait toujours la fracture d'une hache lorsque les fonctionnaires du début du siècle étaient venus pour ce qu'on appelait « les inventaires ». Ils ne devaient pas avoir eu la tâche facile. Même ceux qui ne croyaient pas trop aux choses spirituelles ne voulaient pas qu'on s'en prît au bien commun.

Surpris par le silence, Olivier se tenait dans un refuge, un lieu hors du temps. Il s'assit sur un banc, tout au fond, à l'endroit le plus sombre. La statue de la Sainte Vierge le fit penser à sa mère si loin dans le temps. Il médita sur la maternité, pas seulement celle des humains, aussi celle des animaux. Les plus féroces, les fauves, par exemple, survivaient grâce à cet instinct maternel. Il lui vint à l'idée que, par-delà la religion, la Sainte Mère symbolisait tout cela. Il lui adressa une demande muette pour les siens, les copains, en tous lieux où rôdait la mort. La prière ? Il n'y pensait pas. Il gagnait quelques instants de solitude. Des sentiments vagues, complexes le traversèrent que le lieu semblait arracher au fond de lui-même. La réflexion absente, il s'agissait de l'instinct grâce auquel l'animal traqué retrouve son terrier. Ces rangées de bancs, de chaises devenaient des barrières protectrices, les murs, les vitraux, des remparts. Il serait aussi bien entré dans un temple, une synagogue, une mosquée. Pour la solitude, le silence, le mystère.

L'univers en lambeaux, le monde en flammes, les luttes pour le triomphe du bien et qui passaient elles-mêmes par les chemins du mal. Et lui, seul en ce lieu. L'église, la forêt, les voûtes. Il revit les deux corps sans vie, le Français, l'Allemand. Ils tombaient de la charrette parmi le foin, la chevelure de la terre. Ils glissaient ainsi lentement vers le sol, se confondaient, rejoignaient des zones irréelles.

Tout lui parut à cette image : une chute sans fin dans laquelle il était entraîné, un effacement des jours enfuis, un adieu à l'enfance.

Cette folie répandue, ce cauchemar vivant dont il ne soupçonnait pas encore toutes les horreurs, il les portait aussi en lui dans sa tête lorsque, dans les moments de haine, il pensait à ce personnage sanguinaire avec sa mèche et sa moustache ridicule, à ces défilés avec bannières et croix gammées, à ces deux soldats, à l'Arsenal, qui se moquaient de la douleur d'une trieuse de charbon aux mains et au visage noirs dont le mari venait d'être arrêté.

Et lui, dans cette église, en proie à des sentiments contraires : le bonheur et la honte mêlés dans un instant d'apaisement. Comme jadis le petit orphelin de la rue Labat, il sentit des larmes couler sur son visage. Et s'il pleurait sans raison ? Il quitta l'église comme s'il jaillissait d'un autre temps. Dans la lumière de juillet.

Les parents de Nathan, les Meyer, logeaient tout près de chez la tante Finou, la sœur de son grand-père, là où sa grand-mère lui interdisait de se rendre à cause d'une brouille ancienne. Les propriétaires de la maisonnette le conduisirent au deuxième étage loué aux réfugiés venus du Puy.

M. Meyer portait en lui quelque chose d'impressionnant, avec sa haute taille, sa distinction, son affabilité. Il reconnut bientôt en Olivier le copain de son fils et le présenta à sa femme, une dame en tablier de ménagère qu'elle ôta aussitôt. Tous deux parlaient lentement, non pas comme s'ils cherchaient leurs mots mais comme s'ils évitaient d'en prononcer d'inutiles. Olivier reconnut l'accent de Nathan.

Inquiète pour son « grand garçon », comme elle disait, Olivier la rassura. Le danger semblait éloigné. Et puis, on vivait entre copains.

– Il fait ce qu'il juge bon de faire ! dit M. Meyer.

– Ce n'est qu'un enfant…

– Il est plus grand que moi ! dit Olivier.

On servit du thé et une tranche de kouglof. Olivier crut bien faire en signalant qu'une lampe était restée allumée dans la pièce voisine alors que le soleil rayonnait. Il eut l'explication : cette lampe serait allumée durant un an pour honorer le grand-père mort. « Excusez-moi ! » dit Olivier.

M. Meyer, lorsqu'il ne participait pas aux cours donnés en commun par les familles aux enfants juifs, se tenait à l'écoute de son poste de T.S.F. Il recevait Londres, Sottens et parvenait parfois à capter des radios plus lointaines. Par lui, Olivier recueillit des informations sur la situation de la guerre dans le monde.

Sur tous les fronts, l'ennemi reculait. Le dictateur nazi croyait encore à la victoire. L'idée que les civils fussent protégés paraissait d'un autre âge. Seule comptait l'efficacité. Les villes françaises, Nice, Marseille, Avignon, Lyon, Saint-Étienne, Amiens, Chambéry, Paris, toute la Normandie subissaient les raids aériens, payaient le prix de la liberté espérée. Les Russes aussi reprenaient leurs villes et les Japonais subissaient leurs premières défaites.

– Tant de vies détruites, dit Meyer. Et que sont devenus les prisonniers, les déportés ? Ici, pour un temps, les Allemands ont autre chose à faire et nous, les juifs, les premières victimes, la police française semble nous oublier. Eh oui ! en France, ce sont les policiers français, les G.M.R., les gendarmes qui ont fait le sale travail. Non, Olivier, ce sont bien les hommes de Vichy qui font le pire…

– Des gendarmes, il y en a avec nous !

– Si la victoire arrive, ils le seront tous, tu verras. Et on dira que l'honneur de la police française est sauvé…

Saugues n'avait pas connu la tragédie comme tant d'autres bourgs martyrs, comme Oradour-sur-Glane.

– Il est arrivé ici des choses incroyables, dit Meyer. Dans la grange où nous étions cachés, nous avions chaque jour des nouvelles quand on nous apportait la nourriture. Le 11 juin, cinq jours après le débarquement de Normandie, la division Das Reich remonta vers le nord. Une colonne allemande composée en majeure partie de Tartares enrôlés dans l'armée allemande arriva à Saugues, puis un combat s'engagea du côté de La Vachellerie. Les maquisards, notamment ceux qui étaient baptisés du nom de « corps franc des Truands », furent défaits. Les alentours furent bombardés mais pas Saugues.

– Ma tante m'a dit qu'il y a eu des… viols.

– Oui, et bien des exactions, mais le déroulement fut étonnant. Si Saugues a été épargnée, on le doit en grande partie au maire, le Dr Gerbier. Il a été héroïque sans forfanterie.

– Je le connais. Il a soigné mon grand-père, dit Olivier.

– Il a ceint son écharpe tricolore et, accompagné du curé, il s'est rendu au-devant des officiers allemands. Ce ne sera que de la petite histoire dans la grande histoire, mais cela importe. Il s'est porté garant auprès des officiers qu'aucun maquisard ne se trouvait à Saugues. Le maire se proposa comme otage : au moindre coup de feu, qu'il soit fusillé. Quand l'officier allemand, un capitaine, parcourut le village, il vit le spectacle du pillage des Tartares : les rues étaient jonchées des débris jetés par les fenêtres. Contre toute attente, il s'en indigna et sa colère fut à son comble quand il apprit que des viols avaient été commis. Il réunit les soldats incriminés en même temps que les habitants du village. Il ordonna aux auteurs des agressions de se présenter eux-mêmes. Les deux femmes de Saugues, la bonne sœur les désignèrent.

– Il paraît que cela a été terrible ! dit Mme Meyer.

– L'inattendu arriva. Le capitaine fit sortir les hommes du rang, les gifla, leur cracha au visage et leur arracha épaulettes et insignes. Puis, à la surprise générale, il s'inclina devant les trois victimes et leur baisa la main ! Ce qu'a fait ce capitaine en d'autres lieux, je l'ignore. Mais peut-être dans ce monde sauvage a-t-il existé un homme juste.

– Et les coupables ? demanda Olivier.

– Ils furent enfermés dans le local de la bascule publique. Puis, on ignore ce qu'ils sont devenus.

– Quoi qu'il en soit, dit Olivier, il n'y a plus d'Allemands à Saugues. Ils se sont tous repliés sur Le Puy et Clermont-Ferrand. Nous pouvons reprendre possession de Saugues…

Il s'aperçut qu'il s'exprimait comme un stratège. Il se sentit rougir. Nathan ayant trois ans de moins que lui, il ajouta avec forfanterie :

– Ne vous faites pas de souci pour Nathan. Je suis là pour le protéger.

M. Meyer voulut bien ne pas sourire. Cela faisait partie de la décision d'Olivier annoncée à sa tante : être un adulte. Au maquis même, un homme d'âge mûr avait décidé de le protéger en secret et cela pour des raisons qui prenaient leur source loin dans le passé.

Il ignorait tout de cet inconnu fondu dans la masse des combattants dont il était un des doyens.

Il quitta ses hôtes en leur assurant que, dans les jours suivants, leur fils serait de retour avec tout le groupe. Il ne céda pas au désir d'une seconde visite chez sa grand-mère dans l'espoir de la trouver seule et reprit le chemin de la montagne.

Il ne ressentait plus cette impression de solitude bouleversante connue à Paris ou à Roanne quand il fuyait le S.T.O. Comme le grand David, à l'imprimerie, il aurait dû prendre cette décision résistante sans y être obligé par ses problèmes personnels. Tandis qu'il marchait sur les sentes, comme à chaque fois qu'un problème lui paraissait insoluble ou qu'il n'analysait pas bien ses sentiments, il eut recours à la poésie. Il ne le croyait pas lui-même : voilà qu'il pouvait réciter *Les Fleurs du mal.* Toute pensée, tout spectacle lui rappelait quelque séquence d'un poème. Il murmura : « Vers le ciel où son œil voit un trône splendide… » puis, dans le désordre, d'autres vers où se mêlaient plusieurs poèmes.

Il avait des informations à apporter à ses amis. Voilà qu'il se prenait pour un agent de renseignements comme dans ces films d'espionnage genre *Deuxième Bureau contre Kommandantur*, ce qui lui fit penser à Dita Parlo et à la belle Junie Astor rencontrée à Montrichard. Quelle maladresse dans ses rapports avec elle qui l'avait tenu pour un admirateur imbécile amateur d'autographes ! Ah ! aujourd'hui, il saurait mieux s'y prendre. Non, le temps n'était plus à ces choses. Il s'agissait de plus sérieux : libérer la France. Dire que les occupants s'en étaient pris à l'Auvergne, à Saugues !

Les fameux renseignements sur la situation au village, Olivier ignorait que ses amis en avaient connaissance, et même au fur et à mesure des événements puisque des maquisards en civil et sans armes s'étaient glissés parmi la population.

Pour raccourcir son chemin, il gravit des rochers non sans s'écorcher les genoux. Cela l'amusa car ces petites blessures étaient celles des jeux de la rue Labat. Cela l'amena à voir d'autres rochers, ceux-là artificiels, du square Saint-Pierre ou des Buttes-Chaumont. Il revit ses parties de gendarmes et de voleurs, de cache-cache qui se jouaient en ces lieux.

Combien de ses copains avaient survécu ? La plupart étaient juifs. Olivier ne savait trop lesquels. Et son ami Samuel, où se cachait-il ? Peut-être avait-il rejoint un maquis puisqu'il en était partout en France. Depuis le Débarquement, les mentalités changeaient. À part les collaborateurs, les irréductibles, des indécis prenaient parti. De plus en plus de jeunes rejoignaient les clandestins.

La rudesse des rocs, la douceur de l'herbe, la solidité des troncs, la fragilité des rameaux, la difficulté du chemin, la douceur d'un instant de repos, tout cela il le ressentait dans son corps, dans son esprit. Un monde réel en effaçait un autre, tout aussi réel, mais que le temps recouvrait de ses brumes. Un enfant en lui s'éloignait qu'il s'efforçait de retenir par ses souvenirs.

À quoi aspirait-il ? Il ne le savait pas. Sa fragilité lui apparaissait. Et aussi son besoin et sa peur de la solitude, cette impression que, quoi qu'il arrive, il serait toujours seul, orphelin à vie parce que ses parents l'avaient quitté dans son enfance.

Il ressentait un besoin de tribu, d'un lieu commun à tous comme ces phalanstères dont lui avait parlé son ami Samuel. Qui pourrait le comprendre s'il ne se comprenait pas lui-même ? Parmi les camarades du maquis, se trouvaient les plus ardents au combat, les plus prêts au sacrifice : les communistes. Leur mélange de réalisme et d'idéalisme, leur sens de la fraternité universelle l'attiraient. Et cependant lorsqu'ils se lançaient dans des conversations sur la doctrine, peut-être parce qu'il aimait la poésie et non la dissertation, il découvrait à quel point toutes ces discussions interminables l'ennuyaient. Un seul poème de Baudelaire en disait beaucoup plus en moins de mots.

Il allait revoir ceux du maquis, ses camarades de combat, sa bande, comme on disait dans son enfance. Cela lui fit plaisir. Il lui semblait que, la maudite guerre terminée – si jamais elle se terminait un jour –, aucune séparation n'aurait lieu. Peut-être était-ce là une famille, la tribu recherchée. Mais que pensaient les autres ? Unis pour un temps, ils retrouveraient vite leurs différences. Fonctionnaires, commerçants, cultivateurs, ouvriers d'usine, artisans, ceux qui n'auraient pas été atteints par les balles ennemies rejoindraient le bureau, le comptoir ou l'établi. Quelques-uns peut-être resteraient dans l'armée nouvelle, l'armée du peuple, mais elle-même survivrait-elle ?

Il connaissait la hâte de les retrouver et en même temps une sorte de vie buissonnière comme un Robinson dans son île ou ce Tarzan dont Johnny Weissmuller ou Buster Crabbe lui avaient laissé l'image.

Cela l'amena à penser au capitaine Tarzan. Cet homme l'impressionnait par sa haute taille et cette expression sauvage et amusée dans son regard. Il semblait invincible. Il fixait chacun bien dans les yeux comme s'il le défiait. À cela, Olivier avait répondu par son air goguenard et narquois de titi parisien qui ne s'en laisse pas imposer. Tarzan avait fait claquer ses bretelles sur son torse nu. Mauvais signe. Heureusement, Palou avait détourné l'attention du colosse en l'entraînant à l'écart, évitant à Olivier une bagarre où il n'aurait pas eu le dessus. « Une brute, ce Tarzan ! » se dit Olivier tout en s'étonnant de l'admirer malgré cela.

Qui était ce Palou ? On le disait originaire de Saugues mais il n'y avait vécu que le temps de sa prime jeunesse. On savait que derrière une apparence quelconque, un air de ressembler à tout le monde, il cachait un grand savoir, en particulier une connaissance des langues étrangères les plus variées et même de dialectes africains. Souvent, il regardait Olivier avec un air pensif comme si le jeune garçon lui rappelait un lointain souvenir. Chaque fois, Olivier ressentait une gêne.

À son retour, Olivier savait qu'il ne retrouverait pas le capitaine Tarzan et certains de ses compagnons. Cette armée de dépenaillés, vêtus de vestiges d'uniformes mais qui, peu à peu, s'équipait, malgré son esprit de liberté puisque nul n'avait signé un engagement autre que moral, cette réunion d'éléments disparates, de tous âges et de toutes conditions, avait pour tactique son extrême mobilité, celle des guérillas. Elle se distinguait parce que ces révoltés, ces hors-la-loi, ces proscrits par volonté personnelle obéissaient à une discipline d'ensemble.

Des liaisons étaient sans cesse établies entre les multiples groupes. Olivier connaissait quelques-uns des noms qu'ils s'étaient donnés, des lieux de ralliement. Il lui arriva même d'effectuer de rapides missions, de porter des messages à pied ou à bicyclette.

Il pensait à tout cela en revenant près des siens. Un état-major de la Haute-Loire était en liaison avec d'autres forces de la Résistance parfois lointaines. À l'intérieur du département, les rôles étaient distribués comme dans une armée véritable. On savait que Tarzan, dont le vrai nom était Joassard, avait participé à la formation du premier des maquis. Arrêtés avec un compagnon par la Gestapo, les deux hommes, au moyen d'une épingle, s'étaient débarrassés des menottes pour s'échapper de la Kommandantur et ils avaient rejoint le maquis de Venteuges.

Olivier ne reverrait Tarzan que plus tard, au Puy-en-Velay. La spécialité du géant barbu était le maniement des explosifs. Avec ceux du camp Wodli, ils feraient sauter des ponts et des tunnels routiers ou ferroviaires comme à Fix-Saint-Geneys, Borne, Ance, Varennes. Mais que de victimes, non seulement des Allemands mais aussi de l'abominable Milice à leur service ! Il venait de quitter le maquis de Saugues qui s'appellerait bataillon Kellermann pour préparer l'assaut de Brioude. Le groupe auquel appartenait Olivier était commandé par le commandant Tailleur, moins spectaculaire que Tarzan, mais aussi efficace. Son sens de l'organisation faisait de lui tout le contraire de l'athlète barbu. Olivier le trouvait même austère. Il n'avait ni les grands rires, ni les colères de Tarzan, ni son petit grain de folie.

À tant vouloir raccourcir son chemin, Olivier s'égara. Il songea que la bête du Gévaudan se tenait peut-être encore là à le guetter. Dans les parties sombres de la forêt, il percevait des bruits suspects. Il n'avait pas d'arme, à part le vieil Opinel de son grand-père. Comme les hommes de la préhistoire, il fit avec ses petits moyens et coupa une branche bien droite pour en faire un épieu. Et si un sanglier apparaissait ! En pensée, il le tuait et le ramenait pour le ravitaillement des camarades. Ce n'était que rêverie : il savait bien qu'il grimperait à un arbre. Il entendit dans le lointain le bruit caractéristique du fusil-mitrailleur : on devait s'entraîner. Il décida d'aller en direction de ce *tac-tac*.

À la pensée de revoir ses camarades, il connut une exaltation, une joie comme au temps jadis avec ses copains de la rue Labat. Avec eux, pas de grands mots comme patrie ou liberté. Ils étaient contenus dans ces chants, *La Marseillaise* dans les grandes occasions ou le *Chant des partisans*, et, par-delà, dans des chansons rouges, *L'Internationale*, *Le Drapeau rouge*, et d'autres qui semblaient désespérées comme *La Chanson des Bat' d'Af.* Et encore celle qui commençait ainsi : « Ce sont ceux du maquis, ceux de la Résistance. » Dans les moments où l'on avait abusé du vin ou de la gnole, on y allait aussi de couplets de corps de garde ou de chansons bachiques. On demandait parfois à Olivier de réciter un de ses poèmes. Comme il aimait parler de ses lectures, bien que des amis comme les Allès ou Pendule eussent fait de vraies études, c'est lui qui passait pour le plus calé de la troupe. Le capitaine Tailleur le nomma sergent et lui dit qu'il comptait sur lui pour l'avenir. Les armes tues, on aurait besoin de la parole.

D'autres discutaient de politique et surtout du Parti sur un ton de certitude entière. Olivier se trouvait alors confronté à son ignorance. Il avait lu des auteurs anciens, Montaigne, Voltaire et Rousseau, et on lui parlait de Karl Marx. Un copain lui passa un volume contenant des extraits du *Capital*. Il se mit à l'étudier mais rien dans ces pages ne lui apportait à rêver. Il se jugea lui-même futile mais fit semblant d'être intéressé.

Après avoir lu quelques pages, il résumait le résultat de manière argotique : « J'y entrave que dalle ! » Il jugea qu'il ne se trouvait pas préparé à de telles lectures. Et puis ses copains les plus proches se moquaient de lui. Pendule lui dit : « Ne te laisse pas endoctriner. Nous sommes là pour la Libération, pas pour la politique ! Pour cela, il y a les spécialistes et ils ne manqueront pas... »

Trois

OLIVIER rejoignit ses amis, dans cette clairière protégée par les grands pins et les fourrés. À sa surprise, personne ne s'intéressa à lui. Enfin, n'était-il pas l'agent de liaison, le porteur de nouvelles ! Chacun semblait occupé à ses tâches. Certains rangeaient leur sac à dos, d'autres nettoyaient leurs armes, quelques-uns avaient, pour la première fois, allumé un feu, ce qui, jusque-là, avait paru dangereux.

Il marcha vers ceux qu'il connaissait le mieux, Pendule, les frères Allès, Fernand, Riri, Roinita, serra une main ici, tapota une épaule là, fit quelques plaisanteries qui restèrent sans écho. Cette indifférence l'étonna. Il annonça :

– Vous n'avez pas l'air de vous douter que je reviens d'une mission importante.

Il surprit alors quelques sourires, des gloussements, des « chut ! chut ! » ironiques, l'index sur les lèvres.

– D'ailleurs, ajouta-t-il, je n'en référerai qu'à Tailleur.

– Au *commandant* Tailleur, précisa quelqu'un.

– Avec vous, c'est plus fort de jouer au bouchon, ajouta Olivier. Je vais lui parler.

Arrivé à la modeste cabane qui servait de P.C., Olivier salua, se mit au garde-à-vous, tout cela dans le désordre, et dit comme on le lui avait appris :

– Je viens au rapport, mon commandant.

Tailleur se frappa le front comme s'il venait de se souvenir.

– Ah, j'avais oublié. Mission bien inutile. Je suis déjà au courant de tout. Saugues est calme. Dans deux jours, nous y ferons notre entrée. Ne reste pas planté comme ça. Rejoins nos amis. Le boulot ne manque pas. Eux, ils ont fait de l'exercice toute la journée.

Olivier s'éloigna dépité. Non, il n'était pas le coureur de Marathon ou le porteur de bonnes nouvelles. « On se paie ma fiole ! » pensa-t-il.

Il décida d'oublier. Il croisa Palou qui portait une bicyclette sur l'épaule. Une fois de plus, il reçut le réconfort d'un sourire paternel.

– J'étais à Saugues, dit-il.

– Et moi au Puy. J'en ai plein les jambes. Je vous raconterai. Avant, il faut que je discute avec le patron.

Olivier marcha parmi les groupes que formaient ses amis. Il décida d'oublier sa mésaventure. Les uns, allongés, se reposaient. D'autres jouaient aux cartes. Sur le feu chauffait une énorme bassine. Il s'approcha. Cela sentait bon. Un des hommes remuait la préparation avec un grand bâton. Il dit :

– Lentilles au lard. Tu veux boire un coup ?

Olivier prit la gourde et but du vin. Comme il avait faim, il sortit son Opinel et trancha du pain.

– Trempe-le dans le jus des lentilles, lui conseilla Riri, le cuistot d'occasion.

Olivier chercha son sac dans un buisson. Il plaça à part sa gamelle et son quart de métal et se mit en devoir de ranger ses affaires. Il enfila sa vareuse et ceignit son ceinturon. Soudain, tout lui semblait étrange. Il regarda ses armes. Tuer. Être tué. Tout cela lui parut irréel, absurde. Il alla s'asseoir près des frères Allès, de Pendule et de quelques autres.

– Je ne dérange pas ? demanda-t-il avec ironie.

– Arrête de faire le Parisien, dit Pendule. Pose ta chique et fais le mort. Nous, on est crevés.

Toute la journée, ils avaient appris à simuler des attaques, à ramper, à utiliser les replis du terrain. En bref, comme dit Clément Allès, ils en avaient « bavé des ronds de chapeau ».

– Moi, j'ai fait le touriste, dit Olivier. À Saugues, ils ne s'en sont pas mal tirés. On croirait que rien n'est arrivé.

Jusqu'à la tombée de la nuit, ils discutèrent. Les gamelles furent emplies à ras bord de lentilles et de lard. Ils burent beaucoup. René Allès parla des Chantiers de Jeunesse et de Jeunesse et Montagne où il avait eu un grade important. Il portait encore le pantalon vert.

– Des trucs de Pétain, dit Olivier.

– Parle de ce que tu connais, dit René Allès. Il y avait autant de gars prêts à la Résistance qu'ici. La preuve, je suis là.

– Irréfutable, concéda Olivier. Mais tu es peut-être une exception.

– Mon frère était un haut gradé, dit Clément Allès. Ici, il pourrait commander.

Olivier en profita pour chantonner :

J'aime pas qu'on m'commande
Je suis libre et je fais ce qui m'plaît
Tout ce que j'demande
C'est qu'on m'fiche la paix.

Et la conversation se poursuivit avec pour thème ce que chacun ferait plus tard et ce furent des noms de métier qu'on entendit : horloger, cultivateur, imprimeur, facteur des P.T.T. comme Muller, ce garçon au visage sombre, un peu sauvage, se tenant à l'écart. Plus tard, mais quand ?

– Moi, dit Fernand, la Haute-Loire libérée, je rentre chez moi.

– La Haute-Loire, dit Roinita qui s'approchait. Il n'y a pas que la Haute-Loire. Et toute l'Auvergne ? Et la France ? Et l'Europe ? Ce n'est pas près de finir. Heureusement, il y a le camarade Staline.

– Et Churchill, et de Gaulle, ils comptent pour du beurre ? dit quelqu'un.

– Seuls les communistes voient clair, dit Roinita.

– Des salades ! dit Fonsou. Moi, je roupille.

Ils se préparèrent à la nuit, enroulés dans des couvertures. Olivier se ménagea un nid entre deux arbres rapprochés. Il s'allongea, les yeux ouverts, sans trouver le sommeil. Peut-être avait-il abusé du vin âcre mais si rafraîchissant. La tête reposant sur son sac, il écouta quelques bruits nocturnes de la forêt, puis des ronflements de dormeurs. Il se sentit bien.

De la nuit, Olivier connaissait les sortilèges. Il ne s'agissait ni de rêves ni de cauchemars mais d'une sorte d'état intermédiaire entre veille et sommeil, indéfinissable, et qu'il reconnaîtrait plus tard quand, après quelques sauts dans le temps, il découvrirait l'univers des surréalistes. En quelque sorte, à l'état sauvage, il éprouvait ces sensations en accord secret avec ce goût de la poésie qu'il ne s'expliquait pas. Ce devait être là ce grain de folie dont on l'avait souvent accusé dans son entourage.

La poésie ? Enfant, il avait vu dans ces mots assemblés, ces rythmes et ces rimes quelque chose de joli, de berceur, de consolateur. Il entrevoyait maintenant des pouvoirs secrets, inconnus. Il écrivait des mots, les unissait, en écoutait la musique et s'étonnait, en quelque sorte comme s'il écrivait sans lui. Il tentait de raisonner, de se comprendre, de s'analyser – mais en vain. Il accusait son manque de savoir, son absence d'intelligence, de discernement, sa méconnaissance de soi. Il entrevoyait alors d'immenses bibliothèques chargées d'interminables rangées de livres, l'un d'eux cachant la réponse secrète dans ses pages.

Cette veillée auprès de ses camarades compterait dans sa vie. Dans un demi-sommeil, il imagina ses amis disséminés, enveloppés par la couverture de la nuit, dormant çà et là, parmi les arbres, les herbes, les aiguilles de pin, les mousses et les roches. Parce qu'il avait vu les visages des deux morts, le camarade et l'ennemi, et parce que la nuit porte ses mystères, parce qu'on demeurait en pays de légendes et de bêtes fabuleuses, de contes et de terreurs d'antan, il imagina qu'il se trouvait sur un affreux champ de bataille et que ces êtres endormis étaient morts.

À demi éveillé, il se vit comme un oiseau de nuit planant sur tous les territoires qu'il connaissait, tous soumis à la guerre, puis sur d'autres dans les confins reculés de sa pensée. Sa vision lui montrait des maisons en flammes, des villes détruites, des hommes noirs marchant parmi les cendres, des morts-vivants aux visages torturés.

Il se redressa. La fraîcheur nocturne caressa son visage. Il eut froid et s'enveloppa dans sa couverture, se leva, étonné de pouvoir se tenir debout. Épouvanté par ce qu'il venait d'entrevoir dans son cauchemar, il comprit qu'il ne s'agissait que d'un sortilège du sommeil. Cela lui était arrivé maintes fois, cela lui arriverait souvent au cours de son existence, des visions douces ou terribles qu'il tairait ou qu'il enfermerait dans ses poèmes.

Il se frotta les yeux et marcha en silence parmi ses amis endormis. Comme s'il avait à charge de veiller sur eux, il s'appuya contre un arbre, bourra sa pipe et ressentit du bien-être à faire jaillir une courte flamme et à entretenir un petit feu. Il était le veilleur, la sentinelle, de son propre chef, sans qu'aucun ordre lui ait été donné.

De l'autre côté de la colline, se trouvait la grange avec ses hangars abritant les camions et les armes. Des camarades dormaient là ou veillaient eux aussi. Le petit jour lui permit de regarder au loin. Il savait que des maquis existaient partout dans les recoins du Gévaudan et des Margerides, et au-delà, dans toute la France. Toute l'Europe se battait. Il pensa à ces troupes bien organisées avec leur arsenal, Anglais, Américains, Russes, Français d'Afrique du Nord, partisans répartis dans tous les territoires. Comment un seul peuple pourrait-il résister à tous ?

Il glissa sur une roche lisse et se retrouva parmi les dormeurs brusquement éveillés. Là, il en prit, comme on dit, « pour son grade ». Quelques-uns rirent. Mais l'un d'eux, de mauvaise humeur, le bouscula. Les autres intervinrent pour éviter une bagarre. Et du tragique, on passa au comique troupier. Pendule dit : « On lui passera le cul au cirage ! »

– Préparez plutôt le casse-croûte ! conseilla Palou qui

avait refusé tous les grades mais qui montrait son autorité de vieux de la vieille.

Tandis que certains se lavaient, torse nu, à la source proche, assis en rond, d'autres savouraient le saucisson, le jambon et le fromage du pays.

– C'est comment Le Puy ? demanda Olivier à Palou.

– Comment ? Quatre-vingt-huit bornes aller et retour à bécane, avec mes membres rouillés, dit Palou.

En fait, Olivier ne demandait pas des nouvelles de la situation militaire mais une description de la ville du Puy-en-Velay qu'il ne connaissait que par des cartes postales. En ce temps-là, Saugues, pour Olivier, était le but, et il ne songeait guère à le quitter sinon pour les hameaux proches. De plus, il arrivait toujours de Paris par Langeac. Cette Haute-Loire lui apparaissait comme un immense territoire divisé en zones de grande particularité.

– Et tu n'as pas eu de difficultés, Palou ? demanda Roinita.

Olivier observa que, par instants, son amie reprenait son accent espagnol. Plus petite que lui, elle semblait pourtant le dominer tant elle se tenait droite. Elle aimait redresser sa tête et la jeter de côté comme par défi. Lorsque son regard noir brillait, elle apparaissait d'une grande beauté. À d'autres moments, des plis d'amertume se dessinaient autour de sa bouche, ses yeux semblaient rétrécir et elle perdait grâce et fierté.

Le père Palou émit un rire. Son visage cerné de barbe blanche lui donnait un air de lutin. Sans raison, il tapota l'épaule d'Olivier et ce dernier eut l'impression qu'il ne s'adressait qu'à lui.

– Des difficultés ? La chaîne de la bécane a sauté deux fois et j'ai crevé. Quant au reste, on ne fait pas attention à un vieux à bicyclette. J'ai logé chez des cousins à Taulhac. Dès le matin, je descendais au Puy pour prendre ce qu'on appelle du café.

– Les Fridolins, il y en a beaucoup ? demanda Riri.

– Pas mal. On se demande combien ils sont pour qu'on en retrouve autant partout. Les Teutonnes en ont fait des petits hitlériens ! De ce côté-là, ça n'a pas chômé. Il est vrai qu'au Puy, il n'y a pas qu'eux, mais tous les traîtres qu'ils ont ramassés. On voit plus de Russes de l'armée de Vlassov, de Tartares, de Croates et d'autres que de Frisés. Quant à ces derniers, ils ne sont pas de première jeunesse. Les grands blonds aux yeux bleus, les Aryens comme ils disent, c'est plutôt rare. Que des anciens ! Certains ont dû faire la guerre de 14. Et les uniformes sont fripés, aussi fatigués que ceux qui les portent. Ils ont l'air d'en avoir plein les bottes. Il y a comme du relâchement. Seuls les Feldgendarmes semblent avoir gardé un peu d'ardeur. Ils patrouillent et fouillent les gens au hasard, sans grande conviction.

– Il y en a beaucoup ? demanda Olivier.

– Comment savoir ? La plupart sont à la caserne Romeuf, mais on ne peut pas s'approcher. En ville, ils se montrent sans cesse comme s'ils voulaient se faire croire plus nombreux. Les Frisés défilent en chantant leur ridicule *Ailli-Allo-Ailla* et quelques autres braiments mais ils y mettent peu de cœur. Ils ont même le plus souvent des accents inattendus. Je me suis approché de certains et, bien que je connaisse quelques langues, je n'ai rien compris. Boulevard Maréchal-Fayolle, il y a la Kommandantur comme dans toutes les villes. Elle est protégée par des croisillons de bois et du fil de fer barbelé que ce serait un jeu d'enfants de détruire.

– Et les Ponots ?

– Comme partout, ils semblent ignorer les Chleuhs. La ville est calme. Et pourtant il m'a semblé qu'il régnait une sorte d'angoisse, une attente, un je-ne-sais-quoi peu descriptible. Les regards sont fuyants comme si chacun se méfiait de l'autre, mais ce n'est pas nouveau.

– J'aimerais bien aller au Puy, dit Olivier.

– Voilà le souhait de la plupart d'entre nous, dit le père Palou en riant. Imagine-toi que, dans le passé, je m'y suis rendu en compagnie de quelqu'un de ta famille. Tu verras que bientôt, nous irons tous ensemble mais ce ne sera pas une partie de plaisir. Nous libérerons Le Puy et nos camarades en feront autant à Clermont-Ferrand et partout en Auvergne, et ailleurs bien sûr.

– Qu'est-ce qu'ils sont venus foutre en Auvergne ces connards ? dit Fernand.

– Ce sera leur piège à rats ! affirma Olivier et il ajouta : Mais Le Puy, c'est une ville comment ?

– Pas facile à dire, répondit Palou. Des villes, j'en ai visité partout dans le monde. Celle-là est à part. Elle est bien de chez nous et en même temps elle semble d'ailleurs. C'est peut-être la religion qui veut ça ou une situation particulière avec des monts qui sont dressés comme des cierges. Et puis cette Vierge immense comme une tour Eiffel de la foi...

Le père Palou cessa de parler pour se moucher. Il sourit et précisa :

– Pour tout te dire, je ne suis pas croyant. Et toi ?

– Je n'en sais rien, dit Olivier. Je n'y ai pas assez réfléchi. Et puis... Oh ! non, rien. Je n'ai rien à dire d'intéressant.

Tandis qu'ils parlaient, Olivier ressentit du bonheur. Ils étaient là, assis ou debout, tous ensemble et réunis par la parole. La solitude vaincue.

Le beau Fernand, l'athlète, assez curieux de tout comme Olivier pour rejoindre le savoir, apporta des précisions :

– Savez-vous avec quel métal a été construite la Sainte Vierge hissée sur les hauteurs du mont Corneille et qu'on appelle Notre-Dame de France ?

– Moi je le sais, dit Palou, mais dis toujours.

– Pour construire la Dame du Puy, on a fondu deux cent treize canons pris à la bataille de Sébastopol.

– Le contraire de nos ennemis, dit Palou. Eux, ils

volent nos statues pour en faire des canons. Tout un symbole !

– En tout cas, dit Fonsou, il en existe une qu'ils n'ont pas eue. Et ça aussi c'est un symbole.

Tous le savaient. Il s'agissait de la statue de Lafayette. Une étonnante histoire de résistance à l'occupant. On apprit que la statue de bronze allait être démontée et envoyée en Allemagne. Ce fut un coup dur pour les Ponots fiers de leur grand général. C'est alors qu'eut lieu un coup de main des résistants. Ils neutralisèrent les gardes, des Croates, enlevèrent la statue et la cachèrent dans la nature où elle serait retrouvée un jour dans une bergerie sous le fumier des moutons et reprendrait sa place, mais cela on ne le savait pas encore. Ainsi, Lafayette, qui avait donné son nom au plus important groupe de la résistance locale, fut sauvé des vandales.

– Oui, reprit Palou, Le Puy semble calme, et pourtant il s'y passe bien des choses et il s'en passera encore. Cette fois, le maquis de Saugues, c'est-à-dire nous, du bataillon Kellermann, nous y serons pour quelque chose.

– Pour moi, dit Roinita, Le Puy, avec toutes ses églises, est plutôt une ville de bigots. On ne doit pas y être de gauche.

– Tu oublies, dit Palou, que c'est la ville de Jules Vallès. Tu ne sais peut-être pas qui il fut mais je te l'apprendrai un jour si j'ai le temps.

Le vieux Palou s'éloigna avec Olivier. Il lui parla de Jules Vallès et l'engagea à le lire dès que ce serait possible. Puis il continua à lui raconter Le Puy, ses particularités. Il lui dit qu'il n'existait pas deux villes aussi pittoresques en France.

Olivier pensa qu'il aimait bien Palou. Sans doute était-il une représentation de ce qu'il rêvait d'être, de tout ce qui lui semblait impossible. Palou le vagabond, celui qui avait traîné ses guêtres par-delà les océans, qui semblait avoir tout connu, n'en parlait guère sinon par allusions, aurait pu devenir un de ces légendaires oncles d'Amérique alors que ses poches étaient aussi vides que sa tête était pleine de souvenirs. Palou, avec ses rides, sa barbe, cette manière de ressembler à tout le monde, son peu de souci de sa personne, et surtout ses yeux d'un bleu clair et qui riaient toujours, même lorsque le reste du visage paraissait assombri.

Olivier, dans sa boulimie de lecture, avait tant côtoyé les aventuriers, ceux des romans populaires d'Arnould Galopin et de Jean de La Hire, mais aussi Conrad, Melville, et encore Cendrars, Malraux, Mac Orlan, et tant d'autres. Lui, Olivier, sa vie paraissait toute tracée : il serait imprimeur et c'est tout. L'aventure ne serait que dans ses rêves. Petit garçon, il s'imaginait chanteur, marin, boxeur… Loin tout cela. Il aurait voulu questionner Palou, lui demander : « Palou, raconte-moi l'Amérique ! » tout comme il lui demandait de lui raconter le Puy-en-Velay, mais il ne l'osait pas.

Avec un léger sourire, de temps en temps il appelait Olivier « Sergent » et prédisait qu'il monterait vite en grade. Quant à lui, il refusait tout galon. Il riait et disait : « Général ou rien, et plutôt rien ! »

– Olivier, le commandant Tailleur veut te parler, lui dit le lieutenant Célestin.

– À moi ?

– Oui, il a besoin d'un intellectuel.

– Pour la mise en boîte, tu repasseras !

Olivier se donna un coup de peigne, enfila sa vareuse, ferma son ceinturon et se rendit à la tente du chef. Tailleur, assis sur une caisse de munitions, compulsait des paperasses. Olivier crut bon de saluer et se tint droit jusqu'à ce que le commandant Tailleur relevât la tête.

– Plusieurs choses. D'abord, ne sois pas si raide. Ensuite, on ne prend pas cet air godiche. Enfin... là, il y aurait trop à dire. Pour l'instant, restez comme vous êtes puisqu'on ne peut faire autrement : pas beaux à voir et je dirais même patibulaires. Encore que toi, je l'ai remarqué, tu prends soin de toi. Dans le genre beau gosse...

Olivier sentit monter en lui l'énervement. Il chercha une riposte sans la trouver. Il se donna alors l'air de quelqu'un qui s'ennuie.

– ... Plus tard, nous ferons de vous des soldats. La Libération faite, nous aurons une armée disciplinée et forte.

– Après la Libération, vous ne croyez pas que chacun va rentrer chez soi ?

– Non, car il restera tout à faire. Mais il s'agit d'une autre histoire. On m'a parlé de toi. Tu es l'intellectuel du groupe…

– Moi ? dit Olivier. Tous mes copains ici sont bien plus calés que moi.

– Il paraît que tu taquines la muse…

Cette expression, Olivier l'avait en horreur.

– … Et comme j'aime bien Victor Hugo, je vais te donner un travail. Tu es déjà sergent. Je te fais sergent-major. Ta première tâche sera d'inscrire dans ce registre tous les hommes avec leur nom ou leur nom de guerre et leur date de naissance, leur profession, leur origine. Par la suite, ils toucheront une solde. Ensuite, tu vas faire l'inventaire de toutes les armes individuelles. Cela sous la direction du capitaine Duvent. Tu inscriras tout : marque, calibre, munitions… ce que contiennent les camions, mitrailleuses, bazookas, pains de plastic, est déjà répertorié. Moi, je m'occupe de la trésorerie. Il faudra faire aussi un état des vivres. Tes amis t'aideront. Donne des ordres. On t'obéira.

« Tu parles, Charles ! pensa Olivier. Ils vont m'envoyer bouler ! » Il dit :

– Bon, je veux bien, d'accord.

– On répond : « À vos ordres ! »

– Pourquoi pas ? Au fait, mon commandant, je ne suis pas mobilisé, je ne suis pas engagé. Ce que je fais, c'est parce que je le veux bien.

– Pas d'insolences ! C'est oui ou non ?

– C'est oui. Après tout, faire ça ou peigner la girafe…

– Rompez ! Fous-moi le camp avant que je me fâche !

Olivier salua. Dehors, il arbora un sourire réjoui. Ainsi en était-il chaque fois que l'enfant libre, le poulbot, reprenait le dessus. Et pourtant il était bien décidé à effectuer le travail commandé.

Sans l'autorité du capitaine Duvent, la tâche aurait été malaisée. La plupart des hommes refusaient de déclarer des armes dont ils se disaient possesseurs. Olivier s'en tirait par le rire. Il parodiait des officiers de caricature :

– Scrogneugneu ! nous ferons de vous des soldats !

– Si c'est ce qui nous guette, dit Fernand, déjà mobilisé en 1939, je laisse tout tomber. L'armée de papa, beurk ! On veut nous faire marcher au pas. Pourquoi pas au pas de l'oie ?

– Dans toutes les armées, on marche au pas, dit René Allès.

– Ça rend con ! jeta Palou.

En dépit des protestations, ils accomplissaient leurs tâches : longues marches, exercices de terrain et de tir, corvées. Des Allemands séparés de leurs unités erraient. Ainsi, trois verts-de-gris apeurés se rendirent sans combattre. Ramenés à la ferme, ils furent enfermés dans un cagibi.

– Pourquoi on les zigouille pas ? demanda quelqu'un.

– Au contraire de l'ennemi, nous respectons la Convention de Genève, même si nous sommes bien les seuls. Oui, eux nous auraient tués. Nous nous affirmons comme une vraie armée ! expliqua Tailleur.

– Mais qui le saura ? demanda Fonsou.

– Nous, nous le savons ! répondit le lieutenant Célestin.

Palou ne quittait pas Olivier. C'est en sa compagnie que le jeune garçon connut une aventure guerrière.

Ils grimpaient un chemin parsemé de rochers quand apparut l'ennemi : un grand gaillard aux traits rudes.

– Les mains en l'air ! ordonna Olivier en brandissant sa mitraillette.

Le doigt sur la détente, soudain, tout son corps se mit à trembler. Il ressentit un malaise indéfinissable, sans doute la peur – non pas la peur de lui-même mais la peur de l'autre, comme si elle se propageait de son corps au sien. Il entendit le vieux mot « *Kamerad !* ». Il eut peur encore, mais peur de tirer, de détruire une vie.

Il murmura en écho : « Camarade ! », comme s'il était le menacé.

L'ennemi leva les bras en l'air sans lâcher sa baïonnette brandie comme un poignard. À sa stupeur, la main gauche tenant le chargeur de l'arme, l'index sur la détente, il savait qu'il ne pourrait pas tirer. Son corps était comme paralysé.

Tout se déroula avec une telle rapidité qu'il n'eut conscience de ce qui lui arrivait que par une vive douleur au bras gauche, celle provoquée par le lancer de l'arme de l'adversaire.

Palou se tenait en face de lui, le soldat ennemi à ses pieds. Le vieil homme riait. Il dit :

– Je n'ai pas oublié que j'ai été boxeur en Argentine.

– Vous l'avez tué ?

– Non, seulement mis K.-O. au premier round. Je l'attache et on le ramène. Notre premier prisonnier. Mais… tu saignes !

En effet, du sang coulait au long du bras d'Olivier. Une entaille à l'avant-bras.

Après avoir attaché les mains du prisonnier avec de la corde, Palou examina la blessure.

– Il a failli t'avoir. C'est la mitraillette qui a détourné le coup. Je vais te bander mais mon mouchoir n'est pas très propre. Tiens ! je sacrifie mon pan de liquette. Tu te sens bien ?

– Ça tourne un peu, dit Olivier.

– Tu peux marcher ?

– Ça ira.

– Il va falloir te recoudre. On verra au camp. Te voilà blessé de guerre. Pourquoi tu n'as pas tiré ?

– Je n'en sais rien. Je n'ai pas pu. Mon doigt était comme paralysé. Je ne sais pas…

La plaie était assez profonde. Palou poussa le prisonnier devant eux. Parfois, il se retournait et regardait Olivier comme s'il voulait lui poser des questions. Olivier détournait le regard. Son bras ne lui faisait pas trop mal. Il dit à Palou :

– Heureusement que vous étiez là… Merci.

– Tu es sûr que tu es fait pour te battre ?

La question était posée sans ironie. Palou ne se moquait pas. Olivier réfléchit. Il se souvint qu'étant enfant, pour la bagarre, il n'était pas en reste. Il fit cette réponse que tout autre que Palou aurait trouvée effarante :

– Je n'allais quand même pas le tuer…

– La baïonnette, ça te fera un souvenir. Et tu auras aussi une cicatrice. Elle restera toute la vie. Si tu vis assez vieux, elle s'effacera. À la place tu auras des rides comme moi…

Olivier ne savait que penser de lui-même. Et que diraient les camarades ? Comme s'il devinait ses pensées, Palou lui dit :

– Inutile de raconter comment les choses se sont déroulées. Que ça reste entre nous. Un secret en commun. Passons par le camp pour qu'on te fasse des points de suture. Ensuite, on emmènera notre ostrogoth à la ferme avec les autres.

– Merci, monsieur Palou.

– Et cesse de me donner du monsieur. Je suis Palou tout court. Et tu me tutoies. À la guerre, nous avons tous le même âge.

Pourquoi Olivier se sentit-il envahi par une sorte

d'allégresse ? La guerre, ce devrait être cela : neutraliser l'ennemi, ne tuer personne. La meilleure vengeance.

– Palou, demanda-t-il, pourquoi tu es au maquis ?

– Et toi ?

– J'ai fui le S.T.O. Je pensais me cacher chez ma grand-mère. Et quand j'ai vu les copains dans le camion, il a fallu que j'aille avec eux.

– Moi, dit Palou, c'est différent. J'aurais pu rester dans ma chambre. À mon âge, personne n'y aurait trouvé à redire. Mais toute ma vie, il y a eu quelque chose de plus fort que moi. Ne jamais reculer. On se demande comment on peut être au maquis, moi je me pose la question à l'envers : comment peut-on ne pas y être ?

Durant tout le temps que l'infirmier soigna sa plaie, Olivier eut à cœur d'endurer la douleur sans se plaindre. Il avait déjà assez de motifs de ne pas être content de lui-même pour gémir. Il suffit de désinfecter et de nouer quatre points de suture. Il remercia et plaisanta en parlant de haute couture. Ses plus proches, Riri, les frères Allès, Pendule, et aussi ceux qui avaient été les copains de son oncle Victor, Chadès, Fonsou, Fernand, voulurent en savoir plus sur cette échauffourée dont Olivier eût pu tirer quelque gloire.

Il n'était pas vantard mais cela ne lui aurait pas déplu de conter quelque haut fait digne des grandes chroniques de l'histoire de France. Non, il n'était ni Jeanne d'Arc, ni Jeanne Hachette, ni le Grand Ferré. Il se sentait un désir de narration mais comment raconter son histoire sans se donner un trop mauvais rôle ? Sa défaillance, il semblait que Palou seul pouvait la comprendre – encore qu'il ne la comprît pas lui-même. Ses pensées restaient confuses. Avait-il commis une lâcheté ? Il ne le croyait pas. Et si la lâcheté avait été de tirer, de tuer cet inconnu dont il ne savait rien sinon qu'il venait de l'Est, loin même derrière l'Allemagne, dans ces contrées inconnues comme en témoignait son visage d'Asiate ? Celui-là, il aurait aimé lui parler. Il pensa à la tour de Babel. Il finit par dire :

– Les gars, il n'y a pas grand-chose à raconter. Moi, je l'ai tenu en respect et c'est Palou qui a fait tout le boulot.

– Mais ta blessure ?

– Ce n'est qu'un accident. J'ai toujours été maladroit.

– Tu as mal ? demanda Clément Allès.

– Oh ! ce n'est qu'une égratignure.

Ce fut là sa seule forfanterie.

Le capitaine Duvent, qui parlait peu, s'était installé derrière une table à tréteaux. En face de lui se tenait Olivier. Devant lui, un registre ouvert. Les hommes (car Roinita refusa de se plier à cet ordre) défilaient, montraient leurs armes et le capitaine en donnait le détail qu'Olivier inscrivait. Il avait été obligé de coudre trois galons en biais sur sa manche et un autre un peu plus haut : le grade de sergent-major. Il pensa qu'une plume portait ce nom mais il n'avait à sa disposition qu'un crayon-encre dont il mouillait la pointe de temps en temps, ce qui lui colorait la langue de violet. « À quoi sert tout cela ? » se demandait-il. À défaut d'être guerrier, il devenait scribe.

Et puis, ce fut le retour des unités éparpillées à la grande ferme. Un garçon prenait des photographies avec un appareil rudimentaire. Olivier en garderait quelques-unes.

Le commandant Tailleur, à grand renfort de coups de gueule, finit par obliger les maquisards à s'éloigner dans la cour de la grande ferme. Il ordonna même le garde-à-vous, ce que firent les hommes en rechignant et en échangeant des plaisanteries. Le commandant s'arrêtait devant chacun, lui faisait tant bien que mal rectifier sa tenue. Il annonça :

– Quand nous aurons délivré Le Puy, nous savons qu'à l'intendance restée intacte, il y a des uniformes. Vous serez en kaki comme les soldats de 39. Il y a même des restes de l'autre guerre. Et des bandes molletières...

– Des clous ! dit Palou. Je refuse tout uniforme.

– Écoute, Palou, dit le commandant Tailleur, on t'aime bien, on te respecte, mais n'oublie pas que l'exemple vient de haut.

– Pour une fois, dans cette guerre, il est venu d'en bas, dit Palou.

– Toujours le dernier mot ! dit le commandant.

Et Olivier, son registre sous le bras. Ses copains

n'avaient pas épargné les moqueries. Lui, sans se prendre au sérieux, gardait une attitude réservée.

– Nous allons faire notre entrée dans Saugues. Ne vous attendez pas à être acclamés. Pas de défilé. J'aurai mon P.C. Quant à ceux qui habitent Saugues, ils retourneront chez eux comme si de rien n'était, mais au moindre appel de clairon, ils me rejoindront en tenue de combat. Enfin… « en tenue », si l'on peut dire.

Roinita se tenait à l'écart, une cigarette aux lèvres comme si tout cela ne la concernait pas. Quand l'ordre de dispersion fut donné, Olivier la rejoignit.

– Il paraît que tu as fait un prisonnier, lui dit-elle. Tu ne pouvais pas le descendre ?

– Grâce à moi, dit Olivier, la guerre aura un mort de moins. De plus, le prisonnier, c'est celui de Palou.

– Celui-là, il ne te quitte pas d'une semelle. Vous ne seriez pas de la jaquette tous les deux ?

– Si tu étais un homme, dit Olivier, tu prendrais mon poing dans la poire.

– Chiche ! dit Roinita en jetant sa cigarette. Tu veux te battre ?

– On ne bat pas une femme même avec une fleur !

Roinita s'esclaffa.

– Tu es vraiment, dit-elle, un petit con. « Même avec une fleur ». Tu veux que je te dise ce que tu es ? Un petit-bourgeois.

– Et ta sœur ?

– Elle pisse bleu. T'as rien à teindre ? Allez, viens boire un coup. Au fond, je t'aime bien. Et après tout…

Avant qu'il ait pu s'en rendre compte, elle lui mit les bras autour du cou et l'embrassa.

– Ne te fais pas d'illusions. Ça n'ira pas plus loin, mon bébé. Je ne les prends pas au berceau.

– Elles ne savent pas ce qu'elles perdent ! déclara Olivier.

– Vantard ! Tous les mêmes…

Ils s'éloignèrent. Olivier prit son accent parigot pour déclarer :

– Roinita, tu es mon pote. Au fond, je ne t'aurais pas fait mal.

– Non, tu serais par terre en te tenant les roubignolles à deux mains.

À peine eurent-ils le temps de trinquer le quart à la main. Déjà, on les appelait pour charger les camions. On n'oublia pas les drapeaux, ceux avec une croix de Lorraine peinte sur fond blanc, ceux avec l'indication F.F.I. Certains brandirent un drapeau rouge avec la faucille et le marteau malgré les protestations de ceux qui affirmaient :

– Nous sommes des F.F.I., pas des F.T.P. !

Qu'importait après tout : le combat était le même.

– Pour ceux qui ne sont pas de Saugues, il est prévu des hébergements, dit le commandant Tailleur, mais attention : pas d'exactions ! Nous avons tout ce qu'il nous faut et pour les vivres de quoi les payer.

Il ajouta :

– En attendant l'ordre d'attaque du Puy, nous aurons quelques jours devant nous. Je pense que le couronnement aura lieu en août. Ce sera un grand jour. J'espère que nous n'aurons pas trop de victimes. Nous attaquerons par les hauteurs. Enfin, je vous en dirai plus lorsque nous aurons établi toutes les liaisons avec les autres groupes. Ce ne sera peut-être pas si facile… Maintenant, en route !

L'arrivée à Saugues se fit sans fanfare. D'ailleurs, tout le monde n'aimait pas les maquisards. La propagande vichyste avait sévi et certains n'étaient pas préparés aux nouveaux événements. Quelques personnes qui s'étaient groupées au long de la route venant du Puy applaudirent les nouveaux venus. Il y eut même ce spectacle émouvant de quelques anciens de la guerre de 14 qui portaient des calots couleur bleu horizon. L'un d'eux avait une béquille sous le bras. Un autre était assis. Quand les camions passèrent lentement, d'un même geste ils saluèrent leurs cadets et leurs drapeaux. Olivier se sentit ému. À sa surprise, le camion de tête dans lequel il se trouvait s'arrêta devant les vétérans. Chacun se dressa et leur rendit leur salut.

Seule Roinita resta assise, un air de mépris sur ses traits. Elle regardait ce spectacle avec une sorte de dégoût.

– C'est quand même touchant ! lui dit Olivier.

– Pas pour moi. Et pourquoi pas chanter *La Mar-*

seillaise pendant qu'on y est ? Ils n'ont pas dû arrêter de la chanter toute leur vie. « Enfants de la patrie... » La patrie, je m'en fous. Ce qui compte, c'est l'homme, l'être humain, celui de tous les pays. Je me bats ici. Si j'étais chez les Grecs ou les Polonais, ce serait pareil. Et ces vieux qui ont gardé le souvenir de leur guerre comme s'ils n'avaient pas connu autre chose dans la vie. Ils nous saluent. Ils auraient aussi bien pu saluer Pétain. D'ailleurs, ils ont dû le faire.

– Ce n'est pas si simple, dit Olivier. Pour eux, c'est un moment de pureté.

– Et te voilà pédagogue, petit-bourgeois !

– Je ne suis ni bourgeois ni petit, je suis un ouvrier imprimeur et je te dis merde.

– Et il se rebelle en plus ! Ça ne fait rien. Je t'aime bien quand même.

– Moi aussi, dit Olivier. Mais tu ne peux rien faire comme tout le monde.

Roinita haussa les épaules. Elle lui donna sa leçon personnelle :

– C'est ça, mon grand. Tu as visé juste. Continue à faire tout comme tout le monde et tu ne seras jamais toi-même, tu marcheras avec le troupeau et les chiens te mordront les pattes.

– J'y réfléchirai, dit Olivier, mais je ne tiens pas à être différent. C'est toute une philosophie.

– Si tu y penses, c'est déjà un début. Je te signale que ta mitraillette me rentre dans les côtes.

– Oh ! pardon.

– Tu es émouvant, dit Roinita.
– Une manière de me dire que je suis con.
– Pas plus que les autres.

Le camion s'arrêta, cela mit fin à cette conversation. Plus tard, après maintes tâches, la dispersion s'opéra. Dès que seul, Olivier se sentit libre. Il ouvrit son sac à dos, y plaça les armes qu'il pouvait contenir, ôta sa vareuse militaire, retrouva sa tenue civile et alla vers la rue des Tours-Neuves en sifflotant. Son bras était toujours bandé. Il parlerait d'un simple accident.

Il pénétra dans la demeure. La courette était silencieuse. Il n'était pas coutume de fermer les portes à clé. Dans l'étable, les vaches étant absentes, Olivier comprit que sa mémé était allée « garder », comme on disait, c'est-à-dire veiller sur les vaches au pré. Il en profiterait pour changer la paille et vider la rigole. Une brouettée suffirait. Par l'escalier de bois qui craquait, il monta à l'étage. Il savait que sa tante Victoria logeait ailleurs, dans cet appartement qu'elle louait à M. Chauvy. Cela l'arrangeait bien. Il redoutait reproches et conflits.

Le regard d'Olivier aimait pénétrer les lieux, regarder, fixer dans sa mémoire afin d'en garder les images. S'il voyait gravé sur le mur l'inscription « 1610 », il ne parvenait pas à croire que la maison comptât autant d'années. 1610 : une date d'histoire : Ravaillac assassinait Henri IV et l'on construisait la demeure des siens, de ces générations de batteurs de fer, forgerons, maréchaux-ferrants. Combien de chevaux, de vaches étaient passés par-là ?

Dans les compartiments de sa mémoire, se trouvaient les choses visuelles, inoubliables, les visages entrevus, les conversations entendues, et surtout le souvenir ineffaçable de ses lectures. Tous les êtres possédaient ces richesses sans trop y réfléchir, en jugeant la chose naturelle. Olivier, lui, y découvrait un émerveillement constant : ce qui allait de soi lui paraissait d'un ordre surnaturel.

Il s'assit près de la fenêtre sur la chaise de sa grand-mère, son poste préféré puisque, de là, on pouvait embrasser le vaste panorama des prés, des champs, des monts. Il soupira. Que venait faire la guerre dans tout cela ? Pourquoi des morts dans ce lieu paisible où la fin de chacun venait à son heure sans être précipitée ? Quel âge avait la mémé ? Pas loin de quatre-vingts ans. Il pensa qu'elle était née avant la guerre de 1870 et se tenait toujours là, vaillante, solide comme la montagne, menant sa vie tranquille, tricotant sans cesse, à la fois heureuse dans son existence, dans sa foi et ses prières, malheureuse parce qu'elle pensait sans cesse à ses morts, des proches dont elle prononçait les noms en les faisant précéder de « pauvre » : le pauvre Pépé, le pauvre Pierre, la pauvre Maria, et dont elle porterait le deuil sa vie entière.

Olivier décida de procéder à sa toilette quelque peu négligée dans les bois. Muni du savon de Marseille et d'une serviette nid-d'abeilles, il se rendit à la fontaine près de la Maison des Sœurs. Elles l'aimaient bien, surtout la vieille sœur tourière qui l'emmenait dans son jardin au moment des fraises. Il fallait se dépêcher car si une des religieuses le surprenait à demi nu, il devinait la gêne réciproque. Il avait le corps enduit de savon quand il entendit :

– Alors, tu fais ta toilette...

– Heu ! oui, ma sœur, à la maison, ce n'est pas facile.

– Prends ton temps, mon petit.

Ainsi, pour la sœur, il était resté un petit garçon.

Il rentra, mit de l'ordre dans sa chevelure et partit en direction de chez Chadès le coiffeur. Celui-ci, débarrassé de sa tenue guerrière, s'était mis au travail en compagnie de Riri. Il dut attendre car trois paysans à la barbe drue se faisaient raser. Ce fut Riri qui prit Olivier en main.

– Tu me rases, Riri, et tu coupes un peu les tifs mais pas trop.

– Tu seras beau comme un astre.

Le rasage, l'eau Gorlier, le talc après la serviette chaude, le coup de peigne, les mèches sur le linoléum...

Après, il s'attarda. D'autres copains du maquis arrivèrent. Autrefois, on ne parlait guère que de football. Là, des nouvelles de la guerre furent apportées par des clients. Certaines d'entre elles étaient contradictoires. Toutes allaient dans le bon sens : celui du triomphe. Les Alliés n'hésitaient pas à détruire des villes entières même si elles ne présentaient aucun intérêt stratégique. Le mal absolu : la guerre elle-même. La paix ? Un remède, une rémission en attendant le retour de la maladie.

– Quatre ans que ça dure ! dit un homme.

À ce moment-là, Palou entra et jeta :

– Quatre ans ! Tu es modeste. Moi, je dirais trente ans, je dirais cent ans, je dirais mille et mille ans depuis que l'homme existe. Et cela ne s'éteindra jamais. Les races, les religions, les nationalismes, l'esprit de conquête… tout s'en mêle. Et par-dessus, par-dessous, la déesse régnante qui se nomme la Connerie. Tous coupables. Ceux qui libèrent ont eux aussi écrasé des peuples entiers. Non, on n'en sortira jamais.

– Je ne te crois pas, dit Olivier. Il y a du bon en toi, en nous tous. Et les nazis détruits, le monde réconcilié, plus jamais il ne pourra y avoir de guerres. Tout ce qui est arrivé et tout ce qui se passe encore est trop terrible.

– Le Parti sera là pour y veiller. Quand le monde entier aura compris le message de Marx, de Lénine, de Staline, la paix et l'égalité régneront, dit Riri d'un ton convaincu.

Cet avenir radieux, ce qu'on appellerait « les lendemains qui chantent », Olivier aurait voulu y croire mais c'était comme pour Dieu, il restait tant de doutes en lui.

Et Riri poursuivit sa profession de foi en jouant du blaireau avec tant d'ardeur que le savon mousseux jaillissait du visage d'un paysan inquiet qui se demandait ce que cela serait quand il prendrait le rasoir, ce sabre bien aiguisé.

Palou écoutait avec un sourire sceptique. Olivier pensa que, dans d'autres pays, il avait dû assister aux mêmes débats, peut-être connu des révolutions en Amérique du Sud.

Olivier pensait : « Et si cette guerre était vraiment la dernière, si les hommes s'apaisaient, se réunissaient pour chanter, réciter des poèmes, faire de la musique ? »

Le beau Fernand dit à Riri :

– Bien que je partage certaines de tes idées, une chose à laquelle je ne crois pas, c'est la « der des ders ». À chaque guerre, on répète cela. Et ton Staline est peut-être aussi ambitieux qu'Hitler. Il peut aussi envahir tous les territoires de l'Est et même plus loin.

– Je ne te permets pas..., commença Riri, indigné.

Olivier pensa que si Roinita avait été là, sa colère aurait été pire. Sa guerre à elle avait commencé en Espagne et elle portait en elle beaucoup de haine.

Palou dit :

– En attendant, allons chez la Marthe. J'offre un canon à tout le monde.

Il caressa sa barbe et ajouta :

– Oui, nous allons continuer à combattre les Allemands, les nazis, mais attention, le combat amène un risque. Il y a un peu de tout au maquis. On n'a pas pu vérifier le passé de chacun, peut-être même d'anciens collabos, des traîtres, des provocateurs. Nous les Sauguains, nous nous connaissons bien, c'est différent. Mais attention ! Les nazis, les nazis…

– Quoi les nazis ?

– Ne devenons pas comme eux ! C'est le risque des guerres. Restons ce que nous sommes. Des braves gars au fond et qui n'aiment que la paix. Non, ne les imitons pas !

– On n'est pas des sauvages ! dit Pierre Chadès.

La petite bande traversa la rue pour aller un peu plus bas au bistrot de Catouès. Chadès et Riri les rejoindraient plus tard. Quand ils entrèrent, ils ressentirent qu'ils provoquaient le silence des consommateurs présents, une impression de méfiance qu'il fallait dissiper. Puis un vieux dit à Fonsou :

– Qu'est-ce que tu vas faire dans les bois ? Un mois que j'attends la montre que tu dois réparer.

– Tu l'auras demain, dit Fonsou, mais elle ne vaut pas grand-chose.

– Je la tiens de mon grand-père. Et c'est de la qualité. Elle vivra plus longtemps que nous.

– Si tu veux !

Cela brisa la glace. Fonsou dit :

– De vieilles montres, j'en ai tout un carton. Je ne sais pas pourquoi je les garde.

– C'est le cimetière du temps ! dit Olivier inspiré.

La conversation se poursuivit autour des verres de vin. Olivier, tout en écoutant les paroles, s'attachait à l'observation des gestes, des attitudes. Par exemple, cette manière de serrer son verre dans sa main comme s'il s'agissait du manche d'un outil. Certains regardaient la surface du liquide avec une attention soutenue. Et quand ils buvaient, c'était lentement, avec respect pour le vin, une petite goulée à la fois, comme pour faire baisser le niveau selon une méthode bien étudiée. La même méticulosité était apportée pour rouler les cigarettes qu'ils ne tenaient pas tous d'une identique façon. Ou bien ils retiraient leur casquette ou leur béret comme pour saluer et le remettaient aussitôt.

Il se demanda pourquoi il accordait de l'importance à cela. Puis il se dit qu'il aimait bien que les êtres aient chacun son habitude, sa manière d'être, de se mouvoir, de parler. D'eux, il appréciait tout, même leurs silences. Bien que né à Montmartre, il se sentait du pays, il se trouvait avec les siens, il avait une famille. Cet amour qu'il avait reçu dans sa petite enfance, quand la rue Labat apparaissait pleine de vie, une vie souvent venue d'ailleurs, l'avait marqué à jamais. Il comprenait que par-delà toutes choses, les défauts, les manies, il était lié à jamais aux autres. Et la guerre sévissait. C'est de cela que parlaient ses amis.

En dehors de leur propre unité, les maquisards de Saugues ne savaient pas tout des autres groupes, mais Célestin, le lieutenant, élancé, beau, cultivé, qui avait fréquenté les grandes écoles et semblait ne se plaire qu'avec ce qu'on aurait pu appeler « la piétaille », connaissait beaucoup de faits tout comme ses amis, surtout la petite bande composée des frères Allès, Pendule, Nathan et Olivier.

Ce dernier aurait aimé parler d'autre chose. Durant la pause avant les conquêtes simultanées de Brioude et du Puy, il avait eu la chance de trouver dans un grenier trois anthologies de la prose et de la poésie du siècle précédent. Là, des historiens, des voyageurs lui faisaient connaître des pays lointains. Edmond About lui parle de la Grèce, la princesse de Belgiojoso des Turcs, Thalès Bernard de l'Espagne, Astolphe de Custine de la Russie. Et il y a Assolant, Marmier, Comettant, Renouard, Philarète Chasles... Olivier voyage par la pensée et dans un autre temps. De plus, il avait trouvé un manuel de mathématiques dont il ne savait pas encore qu'il lui servirait bientôt.

Pour l'instant, on parle des autres maquis. De la guerre. Ou plutôt des guerres. Celles de la terre et de la mer. Celles des armées constituées. Celles d'Occident et d'Orient. Mais surtout du proche, de l'immédiat, des groupes de résistance, de l'Armée secrète qu'on appelle l'A.S., des F.F.I., les « fifis » pour ceux qui les aiment assez pour leur donner le nom populaire des moineaux, des F.T.P.F., ce sigle dont on ne retient que les trois premières lettres. Les catastrophes, l'expérience l'avait montré, arrivaient chaque fois que les groupes se constituaient en corps d'armée. Un atout des groupes était leur mobilité, leur rapidité d'action et de dispersion. Cela aurait pu donner une idée de désordre. Il n'en était rien. Des civils devenus des chefs de guerre montraient un sens de la stratégie qu'auraient pu leur envier les soldats de métier. La nécessité avait créé des vocations étonnantes.

Les jeunes Sauguains avaient pour quelques jours une impression d'immobilité. « Activités de patrouille », comme on disait dans les communiqués de 39-40.

– C'est pour bientôt, annonça Célestin.

– Pourquoi attendre ? demanda Pendule.

– Les ordres, mon vieux, les ordres.

Les maquis étaient si nombreux en Haute-Loire et dans les départements limitrophes qu'Olivier se demandait comment était assurée leur liaison. Des noms fleurissaient : le maquis Tchad et le groupe Lacour, les unités du groupe Lafayette, le groupe Tarzan, ces maquis portant des noms de villes : Langeac, Saint-Julien, Arvant ou le groupe Noël, le camp Bir-Hakeim, les compagnies Y, la compagnie John, la Compagnie espagnole et des bataillons portant des numéros, le camp Wodli… À s'y perdre.

Olivier bourrait son unique pipe, celle, courbe, qu'il avait achetée à Roanne. On ne manquait pas de tabac, mais un tabac bien particulier. En ce mois de juillet où l'on sabotait les voies ferrées et les routes, les monts, les réseaux téléphoniques, un wagon de tabac avait été enlevé à Saint-Julien-des-Chazes. Il s'agissait de bottes de tabac appelées « manoques », prêtes pour faire des cigares destinés aux ennemis. Ce trésor de guerre avait été réparti de telle façon et en si grande quantité que chaque maquisard en avait plusieurs bottes à sa disposition. Certains, par jeu, les attachaient à leur ceinturon comme naguère Joséphine Baker ses bananes. Il fallait les hacher au couteau avant de les transformer en fumée.

Olivier désigna à ses amis des Sénégalais qui regardaient au travers de la vitre du café comme s'ils n'osaient pas entrer. On savait que ces trois garçons appartenaient à un autre maquis avec lequel celui de Saugues était en liaison. La présence de garçons à la peau noire était rare au pays. Aussi, les clients du bistrot les regardaient avec un air étonné et curieux.

– Peut-être qu'ils n'ont pas d'argent…, suggéra Olivier.

Le père Palou alla ouvrir la porte et les invita :

– Entrez, les gars, il y a de la place pour tous. Venez boire un coup. Vous êtes nos invités. Moi je m'appelle Palou.

Des sourires s'épanouirent. Comme sur la publicité de Banania. Ils entrèrent et saluèrent avec solennité.

– Des verres pour nos amis ! réclama Palou. Ils se battent pour notre liberté.

Il ajouta des paroles dont peu comprirent le sens :

– Un jour, vous aussi vous serez libres !

Les invités prirent du vin mélangé avec de la limonade. Ils se tenaient serrés comme s'ils ne formaient qu'un seul corps. Des propos furent échangés mais les nouveaux venus parlaient peu.

– Ah ! la gueule d'Hitler quand les coureurs noirs d'Amérique ont triomphé aux Jeux olympiques ! dit Fernand.

– Et quand Joe Louis a battu Max Schmeling ! ajouta Olivier.

Palou y alla de son petit discours :

– Ils sont là avec nous. Ils se battent pour nous comme en 14 et en 39. Mais savent-ils pourquoi ? Pour nous, notre regard n'est guère universel. Nous vivons dans l'immédiat. On dirait que seuls Roinita et ses amis communistes luttent pour demain. Pour beaucoup d'entre nous, il semble que la guerre se limite à notre « petite patrie », au territoire où nous sommes nés. Comme si nous ne pouvions comprendre que cet envahissement de la Haute-Loire. Essayons d'imaginer l'univers. J'ai eu la chance de voyager, de baragouiner quelques langues.

– Tu parles trop bien. Tu aurais dû être orateur.

– Qui te dit que je ne l'ai pas été, Fonsou ? J'ai tout fait dans ma garce de vie. Mais tu as raison. Je pérore. Simplement, je voulais vous dire que j'ai réussi à échanger quelques mots avec des ralliés de l'armée Vlassov dans un mélange de russe et d'allemand. À l'Est, il se passe des choses terribles, si abominables que je n'ai pas voulu le croire. Les prisonniers, les déportés, ils les tuent, tous, ils les tuent ! Ils sont entraînés dans un vent de folie. Les Allemands ne sont pas tous des monstres mais ils se battent pour des monstres. Et nous,

nous défendons le pays. Mais il faut regarder plus loin…

– Nous ne sommes pas seuls, dit Clément Allès.

– Par bonheur ! ajouta Olivier.

– Imagine un peu, prophétisa Fernand, imagine que les Anglais n'aient pas puisé en eux cette force, qu'Hitler et Staline aient continué à pactiser, que Pearl Harbor n'ait pas entraîné comme malgré eux les Américains dans la guerre, la plus grande partie du monde aurait été l'esclave de l'autre, la Bête nazie.

– Tout n'est pas encore gagné, dit Palou. L'atroce peut répondre à l'atroce. Pour saper le moral des militaires, on n'hésite pas à détruire des villes entières. Pour la victoire du bien, on se sert des armes du mal.

– Vous faites chier avec votre philosophie ! jeta quelqu'un.

– Pour une fois que nous parlons sérieusement, dit Olivier. Moi, j'ai pour boulot de répertorier notre arsenal. Son boulot, que chacun fasse le sien et laisse pisser le mérinos.

– C'est ça, dit Fernand, mets ton nez dans ton registre, bureaucrate à la manque.

– Et toi, le don Juan à la mords-moi-le-doigt…

– Un peu de respect pour les aînés, dit Fonsou. On te presserait le nez, il en sortirait encore du lait.

– Ne vous énervez pas, conseilla Palou. Ce qui nous met les nerfs à bout, c'est l'attente, l'inaction. Combien de tués dans le monde durant le temps de notre discussion ? Le sang et les larmes coulent…

– Et le lait coule de mon pif…, observa Olivier en riant.

Ils auraient voulu parler d'autres choses, de la vie, des gens, du bétail, de l'amour, des bons souvenirs, mais ils en revenaient toujours à la guerre. Dans des espaces proches ou lointains, elle sévissait. Dans leur village perché à près de mille mètres d'altitude, par les ondes et par les on-dit, l'information arrivait. Tant bien que mal. Par vagues. Ce que l'on avait appris : l'assassinat de Georges Mandel par la Milice et aussi que des Waffen S.S. français se battaient sur le front russe. Et de nouveaux bombardements des Alliés : Blois, Rennes. Sous les bombes, Caen, ville en ruine, serait libérée tout comme Coutances et Saint-Lô. La formidable armée soviétique délivrait la Lituanie, entrait en Pologne, en Finlande, tandis que les Alliés, aidés par les maquis locaux, tentaient la percée d'Avranches pour trouver la route de Paris. Dans les lointains du Pacifique, les Américains repartaient à la conquête des territoires envahis par les Japonais.

Olivier pensait à son oncle et à son cousin Jami à Paris, à Marceau en Suisse. Quant à sa tante Victoria, elle subissait la même attente que quelques années plus tôt, après l'exode, pour rentrer à Paris. Dans le logement près de l'église, elle tuait le temps en faisant des réussites ou en recevant ses amies d'enfance.

Durant ces quelques jours, entre deux batailles, Olivier avait fait la paix avec elle. Il avait même manifesté des regrets pour son insolence – des regrets, pas des excuses : il avait bien pesé ses mots.

Pourquoi rester au café Montel à boire du vin qu'il n'aimait guère et à échanger des propos ressassés ? Cette question de ce qu'il faisait en un lieu et en un temps revenait souvent. S'il cheminait dans sa pensée, il rencontrait le grand « pourquoi » des philosophes et cherchait en vain des raisons à sa présence au monde. Cela le conduisait toujours à se réciter des poèmes, à relire *son* Baudelaire comme s'il n'appartenait qu'à lui. Un vague instinct lui indiquait que seule la poésie tentait de tracer des chemins ou de les trouver – et cela, plus que le raisonnement se voulant lucide. Mais était-ce bien un temps pour se scruter et s'interroger ?

Dans la nuit de Saugues, il leva les yeux vers le ciel étoilé. Pourquoi sa grand-mère priait-elle tête basse et non les yeux ouverts à la nue ? Et pourquoi priait-elle ? Il lui sembla que dans son ignorance des choses, dans ce fait d'avoir toujours vécu dans un même lieu, de mener sa vie comme ses ancêtres, elle possédait une sorte de savoir qui lui échappait.

Il était fort tard. Par bonheur, les portes de la demeure toujours ouvertes, il se glisserait vers son lit en silence. Peut-être entendrait-il dans le noir la voix de la vieille femme en patois : « *Cos tiu ?* » – « C'est toi ? » et il répondrait par les quelques mots qu'il connaissait dans la vieille langue des siens en lui souhaitant bonne nuit.

Quatre

DANS le modeste logement que la tante Victoria louait à M. Chauvy, la locataire temporaire des lieux s'ennuyait. Sans se l'avouer, elle souhaitait la présence d'Olivier et n'osait penser que le petit orphelin de Montmartre qu'elle avait adopté faisait partie de sa vie au même titre que ses propres enfants. Cela l'incitait à l'indulgence mais en partie seulement car elle n'aimait guère qu'on lui résistât. Le seul reproche qu'elle adressait en secret aux groupes du maquis n'était pas leurs luttes mais le fait qu'Olivier y appartînt, échappant ainsi à son autorité.

Elle savait que le jeune garçon préférait se trouver chez sa grand-mère. N'était-ce pas aussi son cas ? Dans cette petite maison familiale sans confort, mais où régnait une chaleur comme accumulée par les générations, on sentait une âme, l'âme des lieux dont la vieille femme en coiffe restait la gardienne.

Ce matin-là, la tante Victoria trouvait sa distraction en préparant une tarte avec un soin minutieux, triturant la pâte plus longtemps qu'il n'était utile pour occuper ses mains et sa pensée.

Olivier était présent. Il avait partagé le petit-déjeuner avant de s'installer à la table, des paperasses, un encrier et trois porte-plume devant lui. Il s'appliquait à établir les inventaires d'armes qu'on exigeait de lui. Pour cela, il avait dû interroger tous les camarades, tâche peu facile, car certains détestaient les questions.

Sur une colonne, on pouvait lire les appellations d'un armement hétéroclite : mitraillettes Sten, mousquetons, carabines Springfield, fusils de chasse, revolvers divers, pistolets, fusils-mitrailleurs, grenades françaises, grenades à manche, etc. Sur ses fiches, en face de chaque rubrique, de petits bâtons pour en faire le total. Il le reportait sur le registre avec soin. À l'école, il avait appris les belles écritures : la ronde, la bâtarde, l'anglaise, la gothique qu'il n'utilisait pas car il s'y prenait mal et cela rappelait les inscriptions de l'ennemi sur les panneaux indicateurs. Comme lorsqu'il était un petit garçon, il tirait la langue pour mieux s'appliquer. Sa tante se demandait ce qu'il pouvait bien écrire mais feignait l'indifférence.

– Encore des poèmes ? demanda-t-elle en haussant les épaules.

– Des poèmes ? s'exclama Olivier. Après tout, pourquoi pas ? Ce sont des poèmes d'un genre nouveau : en chiffres.

– Chacun s'amuse comme il peut, observa la tante.

Mais si tu oubliais la poésie, tu serais un peu moins tête en l'air.

Olivier se contenta de sourire. Il existait une telle distance entre la mitraillette qu'il avait cachée sous le lit et les poèmes dans sa poche. Tête en l'air ! Dès l'école communale, on lui avait reproché sa tendance à la rêverie.

Cela n'empêchait pas son attention. Au premier coup de clairon, il prendrait son brassard F.F.I., ses armes et rejoindrait ses compagnons.

Comme il avait mal orthographié un mot, il regretta de ne pas avoir de Corector, cet effaceur aux deux liquides rouge et blanc. Il lui faudrait gratter l'encre sans égratigner le papier.

Il en était là de son travail quand on frappa à la porte. Une amie d'enfance de sa tante lui rendait visite. Cette grosse dame, Olivier ne l'aimait pas. Qu'elle fût laide le laissait indifférent mais cette laideur semblait naître de sa méchanceté. À chacun de ses propos aigres, chacune de ses allusions perfides, de ses attaques calomnieuses, la peau de son visage changeait, accusait ses rides, ternissait son regard. Sa voix s'accordait à ses propos. « Une vieille chouette ! » pensa Olivier.

La nouvelle venue ne lui accorda qu'un bref regard et il se sentit invisible à ses yeux.

– Ah ! Victoria, Victoria, quelle affreuse époque nous vivons...

- Depuis quatre ans que cela dure..., dit la tante.

– Jusqu'ici, nous étions tranquilles mais depuis que sont venus ces bandits du maquis…

– Ma chère, dit la tante Victoria, s'il n'y avait pas eu l'occupation allemande, il n'y aurait pas eu les traîneurs de sabre. D'ailleurs, il y en a un qui n'est pas loin et je ne crois pas que ce soit un bandit.

Olivier, étonné, se leva le temps d'une courte révérence à la mousquetaire. La dame jeta un coup d'œil sur le brassard F.F.I. posé sur la table. Elle toussota.

– Les jeunes, finit-elle par dire, sont facilement influençables mais ils en reviendront. Les autres, il faudrait quand même dire que ce ne sont pas des saints. On pourrait faire une liste de leurs méfaits ou, du moins, de ceux que l'on connaît.

– Par exemple ? demanda Olivier.

– Qui a volé l'argent de la Poste ? Qui a rançonné des fermiers ? Qui a saisi les cars et les camions ? Qui rapine tout, la nourriture, les vêtements et je ne sais quoi encore ?

– Je peux vous donner quelques explications, madame, dit poliment Olivier. Il se trouve que je suis sergent-major…

– Sergent-major ! je vous demande un peu…, dit la tante.

– Je ne l'ai pas sollicité.

– Les galons, c'est facile à coudre. On ne voit que de faux capitaines…, dit la visiteuse.

– Parce que les vrais ne sont pas là, corrigea Olivier. À part quelques exceptions, les officiers d'active ont oublié leur devoir. Le maquis a souffert d'une insuffisance de cadres. Il a bien fallu y remédier. Et voilà : cela a permis, comme au temps de la Révolution et de l'Empire, à des hommes de se révéler comme des chefs. Chacun est arrivé avec ses qualités propres, son sens de l'initiative…

– Comme toi par exemple, ironisa la tante.

– Moi, dit Olivier, je ne suis rien, mais ma fonction me permet de répondre à cette dame. Rien n'a été volé, mais tout a été réquisitionné. Les vivres sont payés. Pour les notes plus importantes, des bons remboursables sont distribués. Il y a bien quelques collabos qui ont été pillés : juste retour des choses.

– Le Maréchal pourrait pleurer bien des larmes ! dit la femme.

– Les crocodiles aussi !

– Et tout cela sert à quoi ? demanda la tante.

– À retarder les doryphores qui vont attaquer les armées du Débarquement.

– Si tu le dis…

Olivier allait riposter de manière malsonnante quand on frappa de nouveau à la porte. Cette fois, c'était Palou. La tante le regarda en fronçant les sourcils comme lorsqu'on cherche à reconnaître quelqu'un.

– C'est bien moi, Victoria, dit Palou. Mais en près de trente ans, on change. Toi, tu es restée superbe. On t'appelait l'impératrice.

– Comme c'est loin. Bonjour, Pierre. Tu es maquisard, toi aussi ?

– Peu importe ! Marceau, je t'emmène.

– Mais, dit la tante, ce n'est pas Marceau. Mon fils est en Suisse. Lui, c'est Olivier.

– Ah oui, Olivier…

– Marceau était mon nom de guerre, expliqua Olivier.

– Tu as pris le nom de ton cousin !

– C'est aussi celui d'un général. Mais Marceau ne me désavouerait pas.

– On aura tout vu, dit la tante. File…

Malgré la chaleur, Olivier enfila sa vareuse kaki, boucla son ceinturon, ramassa ses armes, mit son brassard. On entendit le son du clairon qui rassemblait les soldats.

Olivier fit un salut militaire ironique. Palou dit à Victoria, son amie de naguère :

– Après ce que tu sais, il m'est arrivé bien des aventures. Ici on me croyait mort ou en prison. Je te raconterai. Si tu aimes les belles histoires…

– C'est si vieux, tout ça…, dit la tante Victoria.

Elle ajouta :

– Je vois que tu es l'ami d'Olivier. Les choses se perpétuent. Quant à toi, le sergent-major, fais bien attention…

– Oui, ma tante. Merci, ma tante.

Et ses propres paroles lui rappelèrent le temps où il était un petit garçon.

Ce clairon qui sonnait le rassemblement, en dépit de quelques fausses notes, apportait quelque chose de guilleret plus que de martial. Serait-ce le grand jour de l'attaque ? Non, les camions et les cars n'étaient pas là. Simplement, en guise d'exercice, des patrouilles de groupe – ce groupe dont Olivier avait appris qu'il était « la cellule élémentaire de l'infanterie ». Diverses directions étaient prévues : Venteuges, Cubelles, Grèzes, Servières… Pas de consignes particulières sinon la surveillance du territoire.

Olivier présenta son travail d'inventaire en bonne voie d'achèvement. Le capitaine Duvent le félicita et lui parla d'autres inventaires à établir. Fernand le prit à part et se moqua :

– Apprends qu'à l'armée si on fait trop bien une corvée, une autre suit aussitôt. Tu t'es embarqué dans une belle galère. Dis-toi bien qu'ici, il ne faut pas trop en faire. Plutôt que travailler, il faut faire croire qu'on travaille.

Le beau Fernand, qui avait été mobilisé bien avant 39 car il appartenait à cette classe 35 soumise à tant d'années de régiment, considérait les choses avec une philosophie moqueuse.

Olivier regarda les autres partir sac au dos, chargés d'armes, de bidons, de couvertures et d'objets inutiles, déjà transpirant dans la chaleur d'été. Il ne les envia pas. Et puis, la plupart de ses copains ne participaient pas à ces expéditions. Nathan et lui furent chargés de monter la garde, c'est-à-dire d'aller et venir arme à l'épaule.

Palou les regardait en fumant sa pipe. Il rejoignit Olivier et lui dit :

– En ce moment, tu es au cirque. Tu fais l'otarie savante. Tu comprends : tous ces anciens sous-offs montés en grade ont gardé les habitudes de l'armée. Voilà : il faut occuper les hommes. Comme il y a parmi nous quelques fortes têtes, c'est une manière de les mater en leur infligeant des corvées. Et puis ils affirment leur autorité. La plupart des hommes sont impatients d'en découdre. À se demander s'ils ne regrettent pas la vie dans les bois…

Olivier marchait dans un sens, Nathan dans l'autre et, quand ils se croisaient, ils se dédiaient une petite grimace.

Plus grand qu'Olivier, plus jeune de quatre ans, Nathan, bien qu'il ne dédaignât pas l'humour, présentait un visage sérieux, celui du garçon qui réfléchit et pèse ses paroles. Brun, les cheveux ondulés, grands yeux et grand sourire, la parole lente et teintée d'accent alsacien, il cultivait l'amitié d'Olivier avec attention et une sorte d'étonnement. On aurait pu croire que c'était lui l'aîné tant il paraissait raisonnable.

Parmi leurs supérieurs hiérarchiques, se trouvait un garçon de Saugues nommé Paulet, le menton en galoche, les yeux enfoncés, qui se reconnaissait à sa démarche chaloupée et à son air railleur. Il s'approcha des deux sentinelles. Il jeta des ordres brefs :

– Garde à vous ! Repos ! J'ai des ordres à vous donner.

– De quoi, de quoi, des crosses ? dit Olivier. Tu ne nous prendrais pas pour des soldats de plomb ? Je te signale que je suis venu au maquis pour être libre...

– On n'est pas des vrais soldats, dit Nathan.

– Alors vous le deviendrez. Peut-être pas pour longtemps car le capiston vous confie une mission dangereuse. On verra ce que vous valez.

Nathan et Olivier eurent l'explication.

Un correspondant d'Esplantas signalait par téléphone qu'un véhicule décapoté de l'armée allemande se dirigeait vers Saugues. Il n'y avait aucune escorte, seulement un chauffeur et deux hommes à l'arrière, sans doute des officiers.

– C'est impossible, dit Olivier. Ils n'oseraient pas se risquer...

– N'oublie pas, dit Paulet, que Saugues est ville ouverte. Et qui sait comment les Boches réagissent ? Toujours est-il qu'il faudra les arrêter. Tous les hommes font des patrouilles dans la nature. Il ne me reste que deux camarades, Nathan et toi. Vous devrez les prendre avant qu'ils entrent dans Saugues.

– Et toi ?

– Moi, je dois rejoindre le groupe Tarzan pour apporter des explosifs. Comme vous êtes nuls, je vais vous conseiller. Tout simple : à la sortie de Saugues, vous faites un barrage comme vous pouvez. Il y a un dépôt de planches et les pierres ne manquent pas. Il faut qu'ils s'arrêtent. C'est alors que vous intervenez.

Nathan et Olivier se regardèrent. Cela avait l'air sérieux. Pour rien au monde ils n'auraient montré leur peur.

– Et on intervient comment ? demanda Olivier.

– C'est simple. Dès qu'ils sont arrêtés, l'un de vous fait les sommations : ils doivent se constituer prisonniers. L'autre sera caché. S'ils ouvrent le feu, ce sera à lui de lancer une grenade comme on vous l'a appris.

– Et qui leur parlera ?

– Vous n'aurez pas à parler. Ils comprendront tout de suite. D'ailleurs, parler, vous n'en aurez sans doute pas le temps... Vous ne seriez pas des dégonflés, par hasard ?

Ce mot fit sursauter Olivier. Comme lorsque, dans son enfance, on lui disait : « Chiche ! » Là, il ne pouvait refuser.

– On y va, dit-il, mais qui fera les sommations ? Qui lancera la grenade ?

– Débrouillez-vous entre vous. Dans ces cas-là, on tire au sort. En route. D'après mon informateur, ils seront là dans une demi-heure.

– Personne pour nous aider ?

– Vous serez seuls. Allez, courage ! C'est pour la bonne cause.

Il ajouta :

– Vos armes devraient suffire. Vous avez chacun une mitraillette et une grenade. On ne sait jamais. Après tout, ils viennent peut-être pour se rendre. S'il y a un drapeau blanc, c'est dans la poche. Méfiez-vous quand même.

– On y va ? demanda Olivier à Nathan.

– On y va, répondit Nathan.

Ils traversèrent Saugues. Après la dernière maison du bourg sur la route d'Esplantas, ils restèrent silencieux. Puis Olivier dit :

– J'ai les grelots.

– Moi aussi, dit Nathan. Je voudrais pas que ma vie finisse maintenant.

– Pourvu que je ne fasse pas dans mon froc…

Ils ne trouvèrent pas de planches, mais des branches épaisses qu'ils placèrent en travers de la route. Dans le pré voisin paissaient des vaches.

– Et si on amenait les vaches sur la route ? proposa Nathan.

– T'es louf ! On va pas faire tuer des vaches.

Les branches formaient un bien mince barrage. Olivier aperçut un ancien poteau télégraphique à demi enterré qu'il fallut dégager de la terre et de l'herbe. Cela devenait plus sérieux. Sur les côtés, une rangée de gros arbres permettait de se cacher. Et aussi un fossé où se terrer au besoin. Par instinct, ils voyaient tout cela, élaboraient des plans pour leur sauvegarde. Olivier rompit le silence :

– Ils seront là bientôt.

– Je ferai les sommations, décida Nathan.

– Ce n'est pas toi qui décides. Et pourquoi tu ferais les sommations ?

– Je crois, avoua Nathan, que je ne pourrai pas lancer la grenade. Tuer des types d'un coup, non je ne pourrai pas.

– Moi si, dit Olivier. Pour te sauver, je le ferai. Et eux, tu crois qu'ils hésiteront ?

– Je ne suis pas comme eux.

– Merde ! nous sommes des résistants, tu l'oublies. Et eux, ça fait des années qu'ils bousillent tout le monde, qu'ils déportent les tiens pour en faire on ne sait quoi. De plus, je suis ton chef. Alors tu obéis, face de rat !

– Ce n'est pas si simple.

– Non, concéda Olivier. Moi non plus, je n'ai pas envie de tuer des types. Mais on pourrait... les neutraliser.

– Ils savent se battre. Pas nous.

Tout en parlant, ils amélioraient leur barrage. « Situation cornélienne », pensait Olivier.

– Et si on tirait au sort ? dit-il. Un qui se montre, un qui se cache.

– Oui, un qui est sûr d'être tué, l'autre un peu moins. À la courte paille ou à pile ou face ?

– Pile ou face. Tu as une pièce ?

– Oui, de deux francs.

Ils regardèrent la pièce. Olivier se souvint : en emboutissant et en travaillant à la lime cette matière,

Bougras lui avait fabriqué une chevalière qu'il gardait dans sa poche.

– Bon, qui la lance, toi ou moi ?

– Toi, si tu veux. Aucune importance, dit Nathan.

– Pile : les sommations... Donc, face : la grenade.

– Je ne vois pas ça ainsi, dit Nathan. Celui qui gagne choisit son rôle. Je prends pile.

– Si tu veux...

Tout en se préparant, ils regardaient la route. L'ennemi maintenant ne devait pas être éloigné.

La pièce fut lancée, roula sur la route, s'arrêta et ce fut le moment de vérité.

– Face ! s'exclama Olivier. J'ai gagné. Je choisis.

– Et tu choisis quoi ?

– Le face-à-face. Et ne discute pas. J'espère seulement que tu sais viser...

Nathan baissa la tête. Désemparé, il ne savait quel comportement adopter. Comme Olivier, pour la première fois de sa vie, il se trouvait dans une situation de désespoir. Il respira profondément à plusieurs reprises et finit par dire :

– Sois tranquille, je ne me dégonflerai pas.

– Moi non plus ! dit Olivier en brandissant sa mitraillette.

Autour d'eux, il n'était que silence. Comme si tous les habitants avaient disparu pour les laisser seuls face à leur destin. Olivier mit sa main dans sa poche pour serrer la petite édition de Baudelaire et protéger le poète et ses poèmes.

L'attente fut interminable. Chacun avait choisi l'emplacement qui lui semblait le plus propice. Toutes sortes de pensées les habitaient. Olivier gardait un espoir : celui que les diverses patrouilles, de retour, se dirigeraient dans leur direction. Ils se trouvaient là depuis deux heures ou plus. Les Allemands auraient-ils changé d'idée ?

Olivier rejoignit Nathan tapi dans le fossé. Il lui demanda :

– Tu es comme moi ? Tu as la trouille ?

– Un peu moins. C'est comme si je m'habituais…

– À quoi faire ?

– À être mort.

– Déconne pas, jeta Olivier. Tu baves et tu dis qu'il pleut. On va pas clamser, je te le promets. Ils vont le payer. Moi, on ne me fait pas attendre !

Il rit de ce qu'il venait de dire. Un peu comme les mots historiques du genre « J'ai failli attendre ! »

– Ils seront combien à ton avis ? demanda Nathan.

– Paulet m'a dit : un chauffeur devant et deux militaires derrière. Et nous avons pour nous l'effet de surprise.

– Pas quand ils verront la barricade…

– Ce n'est peut-être pas une bonne idée, admit Olivier.

– Ce qui est fait est fait. Si ma mère me voyait là, qu'est-ce que j'entendrais…

– Et ma tante alors !

Le jour semblait n'en jamais finir. Ils virent passer un homme à bicyclette qui contourna le barrage sans étonnement. Ils entendirent un son qui peu à peu se rapprochait : le clairon. Ils se sentirent moins seuls. Olivier pensait : « Une histoire de fous ! » Nathan dit :

– On croirait qu'ils ont oublié…

Ils aperçurent une quinzaine de leurs camarades qui approchaient en faisant des signes et en gambadant.

– Je crois que c'est terminé, dit Olivier. Surtout qu'ils ne s'aperçoivent pas qu'on les a eues à zéro.

Ils décidèrent de prendre un air indifférent. Olivier, les pouces glissés dans son ceinturon, regardait ailleurs.

Nathan posa sa main sur son épaule et chuchota :

– Je crois que j'ai tout compris. Il n'y a jamais eu de bagnole allemande. Ils nous ont fait marcher.

– Si c'est ça, grogna Olivier, ça se paiera !

Les camarades s'approchèrent. Il y avait là l'instigateur du guet-apens, Paulet, quelques inconnus, mais aussi Pendule, Roinita, les frères Allès, Fernand, Fonsou et Pierrot.

– Fin de l'alerte ! dit Paulet.

– Ça tombe bien, répondit Olivier. Je commençais à avoir les crocs. Ta bagnole, nous n'y avons jamais cru. Mais nous exécutons les ordres comme de bons petits soldats – de bons petits soldats qui te disent merde !

Ils décidèrent d'en rire. Un rire jaune pour Olivier et Nathan. Un rire déçu pour les autres.

– Le plus beau, dit Paulet, c'est que le père Palou a marché aussi, et plus vite que vous.

On entendit alors une voix qui semblait venir du ciel :

– Eh oui ! j'ai marché. Je n'aurais jamais cru qu'on donne un ordre si bête. Mais à tout hasard, j'étais là.

Ils levèrent tous les yeux. Le père Palou était perché en haut d'un arbre, un fusil-mitrailleur appuyé sur une branche.

– Oui, à tout hasard pour canarder vos fantômes. Quant aux petits, rassurez-vous. Ils ne se sont pas tirés. Ils ont montré ce qu'ils avaient dans le ventre. Je ne suis pas sûr que certains d'entre vous en auraient fait autant.

Nathan et Olivier se regardèrent. Ainsi, sans le savoir, ils avaient eu un allié. Une fois de plus, Palou protégeait Olivier. Mais pourquoi ?

– Aidez-moi à descendre, dit Palou. Toi, Olivier, attrape le flingue.

– En fait, dit Paulet avec gêne, il s'agissait d'un test. Ces deux-là n'ont participé à aucun engagement important. Nous pouvons désormais compter avec eux.

– Tu sais ce qu'ils te disent, « ces deux-là », désormais ? jeta Olivier.

– Insultes à un officier. C'est la prison, dit Paulet.

– Mieux vaut en rire, dit le père Palou, d'autant que les dindons de la farce, ce ne sont pas les jeunes…

– Et fêter ça ensemble, proposa Fernand.

Dans les jours qui suivirent, Olivier fut soumis à tous les travaux qu'il détestait. Il dut établir des inventaires inutiles, des listes de noms.

– Ils te font faire un travail de flic ! lui dit Pendule.

– Je vais te faire désigner pour me donner un coup de main.

– Fais ça et je te mets mon poing dans la gueule.

– Tu n'oserais pas, répondit Olivier en faisant saillir ses biceps.

Il ajouta :

– Blague dans le coin, ce n'est pas inutile. Plus tard, cela permettra d'établir des états pour toucher une solde avec effet rétroactif depuis l'arrivée au maquis et même l'entrée dans la clandestinité. Et puis, après la Libération, nous aurons des cartes d'identité spéciales...

– Tu y crois, toi ?

– Ça se pourrait. Tu vois pas qu'on touche du fric ? Moi, je n'ai plus un rond. Et on ferait un gueuleton à tout casser entre copains, enfin entre jeunes, avec Clément et René Allès et Nathan, d'autres peut-être...

– Tu ne penses qu'à bouffer, dit Pendule.

– Et pas toi ? Si on pouvait s'échapper, on irait aux écrevisses. J'ai les balances de mon oncle Victor.

– Ou aux grenouilles. Elles pullulent dans le ruisseau de Saint-Jean.

– Ou à la truite. En les prenant à la main, dit Olivier.

– Et les champignons...

Tout en bavardant, ils parcouraient les rues de Saugues, l'arme à l'épaule en maîtres de la cité. Des enfants les regardaient comme s'ils assistaient à un jeu. Quelques jeunes filles leur adressaient des sourires timides. Certains passants ne ménageaient pas leur ironie, certains jetant quelque apostrophe en patois sans méchanceté.

– Des bidasses, on a l'air de bidasses..., dit Olivier.

– Et si on laissait tomber ? demanda Pendule.

– Impossible, dit Olivier. Il y a un engagement... moral et laisser tomber les copains avant la bataille...

– Tu as raison, dit Pendule.

Ils s'assirent sur les marches d'une maison. Peu de promeneurs. Le bourg s'animait au moment des grands marchés de bétail et aussi le vendredi où l'on trouvait des étals de produits de la région comme ces merveilleux fromages de ferme, ces fruits qu'on vendait non pas au poids mais au quarteron, ces trésors des maraîchers venus de Prades et, à la bonne saison, les champignons issus de lieux dont les paysans gardaient le secret. Et puis le dimanche, la messe où les gens des alentours venaient en apparat avec un grand chapeau noir, le costume et la pochette en dentelle.

– C'est idiot d'être en uniforme, dit Olivier.

– Parce que tu appelles ces loques des uniformes ?

– Il y a les armes...

– J'ai l'impression que nous sommes ridicules, remarqua Olivier. Nous faisons des patrouilles, mais pour quoi faire ?

– Fernand dit que, dans l'armée, il ne faut jamais chercher à comprendre. Espérons que tout cela ne durera pas. L'ennui, c'est qu'après il faudra se taper le service militaire.

– On y est déjà jusqu'au cou.

– Les copains disent que tu es communiste, jeta Pendule à brûle-pourpoint.

– Ah oui ? Alors ils en savent plus que moi, dit Olivier. Parce que moi je n'en sais rien. Mais quand j'écoute Roinita, je me dis que ça ne doit pas être si mal. Tu comprends : tous les hommes égaux... Et puis, le boulot qu'ils font dans la Résistance. Un monde nouveau...

– Arrête ton char, Ben Hur, l'interrompit Pendule. Ce qu'ils veulent, c'est le pouvoir. Et ils sont contre la religion. Moi, tu comprends, j'ai un frère curé. Ma famille est catholique comme la tienne et eux détestent tout ce qui est spirituel, sacré. Ce sont des matérialistes.

– C'est le peuple...

– Tu l'as dit, bouffi. Le peuple, c'est quoi le peuple ?

– Toi, moi et les autres.

– Écoute, Olivier, on t'aime bien. Mais tu es naïf. Ce qui compte, c'est chasser les nazis. Après, on s'occupera de politique et tu verras que ce n'est pas si simple. Que crois-tu qu'il va se passer quand les Anglo-Américains vont se trouver face aux Russes ?

– Ils vont fraterniser.

– Une vraie voyante, cet Olivier, dit « gobe-mouches ».

Se référant au vrai prénom de Pendule qu'on appelait Totor, Olivier chantonna :

– « Totor, t'as tort. Pourquoi t'entêtes-tu ? Tu te tues et t'as tort, Totor. »

– Bravo, le poète, dit Pendule. Au fait, qu'est-ce que tu feras après tout ça ?

– Et toi ?

– L'horlogerie ou la mécanique de précision. Mais je voudrais voyager, aller en Afrique.

– Moi, je serai imprimeur. C'est mon métier. Mon oncle veut que je devienne prote. C'est le nom du contremaître dans l'imprimerie.

– Je croyais que tu voulais écrire.

– Ça n'empêche pas. Mais écrire, tu comprends, c'est pour le plaisir.

– Ah oui ?

Ils comprenaient qu'ils se trouvaient non seulement à un tournant de l'histoire du monde mais à l'orée de leur propre destin. Olivier voyait son enfance se dissiper dans les brumes. À ce point qu'un couvercle se refermait sur ses souvenirs. Le temps n'était plus de se rêver chanteur d'opéra, boxeur, marin, au gré de quelque enthousiasme. Il fallait choisir le nouveau chemin. Cet entracte de la guerre devenait une frontière entre la vie enfantine et celle de l'homme. Son parcours futur, il le voyait tout tracé et cela le contraignait. Pour se rassurer, il parla de son métier :

– L'imprimerie, c'est une chose étonnante, le plus beau des métiers. Dès la typographie, tu ressens du bonheur. Ces casses avec des lettres dans chaque cassetin, ces petites parcelles de plomb qui, réunies, forment des mots, puis des phrases. J'ai connu de vieux typographes qui les unissaient avec une rapidité inouïe. Et il en est de toutes sortes. On appelle cela des polices de caractères. Tu verrais ce travail ! Et le papier. Quand on le met en ordre, quand on le réunit en ramette, on dit qu'on pelote le papier, et c'est sensuel, comme si tu caressais une femme. Et la première épreuve luisante d'encre que tu regardes à la lumière. Et ces machines...

Ils entendirent le son du clairon. Les frères Allès se joignirent à eux. Pour se rendre au rassemblement, ils ne se pressèrent pas trop. Ils se mêlèrent à la conversation qui portait sur les projets. Ils oubliaient parfois qu'ils se trouvaient dans la guerre.

– Que va-t-on faire maintenant ? demanda Clément Allès. En attendant, j'apprends l'espagnol.

– Pourquoi l'espagnol ? demanda Olivier.

– Et pourquoi pas l'espagnol ?

– Oui, pourquoi pas ? Moi je voudrais parler patois, mais bien. Quand j'ai rencontré pour la première fois pépé et mémé, entre eux ils parlaient une langue que je ne connaissais pas. Et cela durait dans ma famille depuis des siècles. Oh ! Ils parlaient aussi le français. Et même très bien. Surtout mon grand-père qui ne cessait pas de lire Émile Zola. Oui, parler patois. Mais les jeunes le parlent de moins en moins. Et quand je me mêle de le faire, je fais rigoler.

– Ce n'est pas indispensable, dit René Allès.

– Oui, mais ça me ferait plaisir. Regardez : Palou, lui, parle dans n'importe quelle langue comme si elle était la sienne. Ce doit être parce qu'il a bourlingué comme Cendrars.

– Comme qui ?

– Un type que vous ne connaissez pas. Palou me fait penser à lui. Non, je ne le connais pas, mais j'ai lu ses poèmes et j'ai vu sa photo. Parfois, je confonds Palou avec lui.

Les camarades arrivaient de partout. Il y avait quelques nouveaux. À eux tous, ils ne formaient pas un grand nombre. Ceux qui avaient participé à de vrais combats étaient rares. On connaissait l'hécatombe du mont Mouchet. Une fois de plus, Olivier pensa à la bête du Gévaudan. Maintenant, c'était une autre bête qu'il fallait combattre et qui avait pris le monde entier pour terrain de chasse.

Le commandant Tailleur et ses officiers demandèrent aux hommes de se mettre en rang, ce qui restait difficile car la discipline n'était pas le fort des maquisards. De plus, beaucoup fumaient la pipe ou la cigarette et les armes étaient portées n'importe comment, à l'épaule ou à la main. On aurait cru qu'ils le faisaient exprès.

– Bon ! dit Tailleur. Je vais vous faire un discours bien que ce ne soit pas mon fort. Le lieutenant Kimmerlin répondra aux questions éventuelles. Voilà en quelques mots : demain, tous les groupes des environs se dirigent sur Le Puy. La ville sera cernée. Nous avons même des hommes dans la cité, prêts à intervenir. Je pense qu'il n'y aura pas trop de dégâts, du moins chez nous…

On entendit des cris d'enthousiasme, des bruits d'applaudissements, puis en chœur le premier couplet et le refrain de *La Marseillaise*. Après quoi régna le silence, bientôt suivi par la rumeur des conversations. Les traits des visages furent marqués par une gravité soudaine. Le commandant Tailleur, en quelques mots, sembla résumer la situation :

– Nous allons vivre des moments rares. De ceux qui nous suivront tout au long de notre existence. Nul ne doute de la victoire finale. Je ne crois pas que nous ayons à conquérir Le Puy maison par maison, rue par rue. Beaucoup de troupes ennemies sont remontées vers le nord. Nous avons pour nous le nombre puisque des maquis de partout vont entrer dans le combat qui se livrera aussi à Brioude. Nous ne sommes pas préparés à la guérilla urbaine. L'ennemi a pour lui l'expérience des combats. Parmi nous, beaucoup de jeunes. Ce qu'ils ont appris, au cours des exercices, leur sera utile. Mais pas à cent pour cent. En toutes circonstances, suivez vos chefs et obéissez-leur.

Autant Tailleur restait calme, autant près de lui le

lieutenant Kimmerlin bouillait d'impatience. Il se donnait des allures de jeune Bonaparte. À son tour, il parla sur un ton passionné comme pour enflammer les esprits. Sa péroraison prit un tour plus pratique quand il jeta :

– Je suppose que ce soir, la plupart d'entre vous vont fêter la chose. Eh bien non ! Pas de beuveries. Nous allons vérifier la mécanique des camions et des cars. Nous préparerons notre tenue et nos armes. Vous n'êtes pas des va-nu-pieds mais des soldats. Vous vous coucherez tôt. Que les croyants disent leur prière...

– Et les autres ? demanda Palou.

– Heu... qu'ils fassent ce qu'ils veulent. Dispersion !

Olivier et ses camarades se sentaient pris d'une envie de rire dont ils ne connaissaient pas les raisons. Olivier dit :

– Ce type, quel œuf madame !

– Non, dit Palou. Il y croit plus que tout autre. N'oublie pas qu'il est alsacien. Et puis, quoi ? Je l'ai titillé un peu, mais c'est pour le sport. Au fond, notre force morale vient de ce que nous devons garder notre personnalité. Kimmerlin a la sienne. Contre tous ses conseils, je propose qu'on aille boire un coup !

Cette proposition fit l'unanimité. Ils partirent par petits groupes vers les débits de boissons. Roinita, qui était restée à l'écart, rejoignit Palou et les jeunes. Une fois de plus il la regarda, fasciné. Vêtue d'un pantalon et d'une chemise kaki, les manches retroussées, ses cheveux tirés en arrière et cachés en partie par un calot trop grand, les pieds dans de grosses chaussures, était-elle dépouillée de toute féminité ? Se masculinisant, voulait-elle décourager les tentatives amoureuses ? Son regard croisa celui d'Olivier. Elle sourit. Ils se comprirent. Un coup de foudre. Pas celui de l'amour, non ! celui de la fraternité.

– Madame, mes respectueux hommages ! dit Olivier en faisant une révérence.

Elle haussa les épaules : indulgence envers ce grand gamin. Et aussi : par-delà sa petite comédie, Olivier lui vouait un respect. Lui qui adorait regarder les jeunes filles, qui rêvait d'amours futures, après cette guerre, n'envisageait pas cette femme-soldat de la même manière. Elle lui apparaissait, dans son mystère, dans son ardeur, comme un symbole de cette résistance. Elle était « la partisane » et, sous ce titre, il écrirait un poème dont les premiers vers chantaient déjà dans sa tête.

– Veux-tu te joindre à nous ? demanda-t-il.

– Pourquoi pas ? Tu sais que tu n'es pas ordinaire. Ta façon de parler, tout...

– Des clous ! dit Olivier. Moi, je suis un mec à la redresse !

Avec Pendule, les frères Allès, Nathan, ils s'installèrent. Palou faisait figure de grand-père. Roinita était la sœur aînée. Une famille.

Toutes les tables du bistrot occupées, Olivier s'alimentait du spectacle, goûtait diverses sensations : le tintement des verres, un léger parfum anisé, le palper du bois de la table, et le bruit des conversations qui se confondaient devenaient un murmure comme dans une église. Pourquoi, après l'exaltation de l'annonce des combats, cette discrétion soudaine, comme si on craignait d'être entendu du dehors ?

Palou, une fois de plus, veillait sur Olivier, lui prêtait une attention particulière.

– Tu vas bien ?

– Pas trop mal, mais je me sens un peu... bizarre. Pour demain, ce n'est pas que j'aie la trouille...

– Mais ça y ressemble ? demanda Palou. Rien de plus normal. Vous avez tous une appréhension. Je connais bien. Une sensation vague, peu explicable. Ce sont les forces obscures du corps qui ne coïncident pas avec notre pensée. Rassurez-vous. Pour la prise du Puy, j'ai des idées sur la stratégie. Il devrait y avoir un minimum de pertes.

De la table voisine, les lieutenants Kimmerlin et Célestin leur adressèrent un signe. Kimmerlin conseilla :

– Ne forcez pas trop sur les alcools, les gars !

Une autre table se montrait plus bruyante. Certains se donnaient des airs bravaches. L'un d'eux chanta « Ce sont ceux du maquis, ceux de la Résistance... » Auprès des grands hymnes célèbres, il en existait de mauvaise composition, mais qu'on chantait volontiers parce que sans solennité et qui, moins connus, semblaient vous appartenir. Olivier écoutait cela mais pour rien au monde il n'aurait chanté ce qu'il considérait comme des inepties, des succédanés indignes de la tradition. Peut-être son amour de la poésie lui ordonnait-il ce retrait. Il entendit :

Quand tous les Boches auront cessé de vivre,
Que les salauds auront payé leurs dettes…

Sans que personne s'y attende, il jeta d'un ton agressif :

– Comment pouvez-vous chanter ça ? C'est d'une connerie ! « Quand tous les Boches auront cessé de vivre… » On ne va pas quand même les tuer tous…

– C'est une façon de dire, dit Pendule. Ça n'a pas d'importance.

Un des chanteurs, un petit roux au nez écrasé et qu'on savait bagarreur, se leva et s'avança vers Olivier. Le lieutenant Kimmerlin, le dominant de sa haute taille, l'écarta :

– Restez tranquilles ! La guerre, c'est pour demain !

– Ouais, dit le petit roux, mais leur petite bande, je ne les encaisse pas. Au fond, ce sont des cons. Demain, je souhaite que les Frisés se défendent et on en tuera le plus possible. On les écrasera comme des punaises.

– Arrête de dire des bêtises, dit René Allès. Parmi eux, il y a des gens comme nous et qui en ont marre de se battre.

– Les Germains, cette sale race, ça se détruit, dit quelqu'un. C'est de la racaille. Tous nazis. Un peuple de salauds qui n'a jamais rien donné de bon…

Quand cela se calma, Olivier reprit la parole :

– Rien donné de bon ! Et Heine, Rilke, Goethe, Schopenhauer, Bach, Beethoven, Gluck, Mozart…

Entraîné par son éloquence, Olivier ne cessait de citer des noms en désordre, écrivains, musiciens, poètes, philosophes. Et comme s'il avait voulu donner le coup de grâce, après un silence, il ajouta :

– Et Karl Marx, il n'était pas allemand ?

La conversation sombra dans l'absurdité. Quelqu'un voulut que Marx fût russe. Rien que cela. Olivier eut l'impression d'être mal compris. Il reçut des insultes. Ses amis se groupèrent autour de lui. Allait-on assister à une bagarre avant la grande bagarre ? C'est le lieutenant Kimmerlin qui mit fin au débat. Il donna un coup de poing sur la table et cria :

– Vous allez tous la fermer ! C'est un ordre ! Tout cela à cause d'une chanson idiote. Aussi idiote que ceux qui se disputent. Quant à toi, ajouta-t-il à l'intention d'Olivier, tu sors avec moi.

Olivier le regarda. Proposait-il de régler la chose entre eux, à l'amiable, d'homme à homme ? Le combat ne serait pas facile. Il regarda Palou, le vieil homme calme, qui lui sourit et dit :

– Eh bien, Olivier. Tu as reçu un ordre. Pour une fois, obéis…

Kimmerlin lui serrait le bras comme s'il désirait empêcher sa fuite. Il titubait un peu. Peut-être n'aurait-il pas dû boire ce verre de gnole après le pastis.

Durant la saison froide, au village, la veillée restait de tradition. Aux beaux jours d'été, en famille ou entre amis, il était coutume de se promener au long de la route du Puy et de revenir sur ses pas au début de la côte. Cela faisait une sorte de petit ballet charmant, les gens se saluant chaque fois qu'ils se croisaient ou s'arrêtant pour échanger des propos, souvent en patois, avec ceux qui s'installaient sur des chaises devant leur seuil.

Ce soir-là, la cité de Saugues, dans la douceur du mois d'août, aurait pu donner une image du bonheur. On en oubliait la guerre, l'Europe en feu, les amis prisonniers, les déportés, l'ennemi proche, le départ du lendemain. Un village d'Auvergne, un vrai village, un prolongement de la famille, chacun connaissant l'autre et le situant dans sa lignée.

Kimmerlin et Olivier durent saluer, bavarder çà et là avant que le lieutenant mît la main sur l'épaule de celui qu'il semblait tenir prisonnier. Quand ils furent à l'écart, Olivier, sur ses gardes, regarda Kimmerlin de côté. Ses intentions ne paraissaient pas agressives. Arrivés devant l'église, ils s'assirent sur les marches. C'est alors qu'Olivier vit sa grand-mère. Il dit à Kimmerlin : « Permettez ? » Il alla embrasser la vieille femme, lui assura qu'il rentrerait bientôt se coucher et la regarda s'éloigner. Pour la première fois, il s'aperçut qu'elle avait une démarche bien particulière. Elle semblait se balancer d'une jambe sur l'autre, elle paraissait frêle, fragile, et pourtant il la savait solide comme une pierre. Il dit à Kimmerlin :

– C'est ma grand-mère.

– J'ai aussi une grand-mère, dit Kimmerlin. Mais nous ne sommes pas là pour parler de notre famille. Tu veux que je te dise ce que tu es ? Un petit con, un vrai petit con !

– Pas plus qu'un autre !

– Oh si ! Tu viens de nous faire une belle démonstration. Au fait, tu connais bien la musique de Bach ? Dis-moi ce que tu préfères. Et Goethe, l'as-tu lu ? Et tous ceux que tu as cités ? Comme on dit : ça en jetait !

– Je l'admets, dit Olivier, je n'ai pas tout vu, tout lu, tout écouté, mais ceux que j'ai nommés, cela fait du bien de savoir qu'ils ont existé.

– Un pédant, un cuistre, voilà ce que tu es. Et même pire ! On croirait que tu veux saper le moral des troupes. Tu donnes des noms que beaucoup ne connaissent pas. Pour eux, l'Allemagne, c'est Hitler, Goering, Goebbels et leurs acolytes. Et, pour le moment, il est bon qu'il n'en soit pas autrement.

– Ils veulent tuer tout le monde !

Kimmerlin, après ses paroles sévères, atténua son propos. Avec un léger sourire, il admit :

– Le pire, c'est que je suis d'accord avec toi. Mais nous ne sommes ni hier ni demain. Nous sommes aujourd'hui. Les grands hommes de l'Allemagne et ceux de tous les pays, eux, nul ne peut les tuer. Nous avons un combat à mener et ce n'est pas contre eux.

Tes paroles, ils les situent dans un contexte actuel et ils pourraient te prendre pour un de ceux que tu défends. Il n'empêche que tu es un petit con vaniteux et pas autre chose. Qu'est-ce qui t'a pris ?

– J'en sais rien, tout ça, c'est la faute à pas de chance ! Parfois, ça me prend. Je parle, je parle, et c'est comme si ce n'était pas moi qui parlais... N'empêche que...

Ils se turent. Kimmerlin alluma une cigarette. Olivier prit sa pipe, sa blague à tabac, une boîte d'allumettes. Dégrisé par l'air du soir, il réfléchissait. Parfois, il ne maîtrisait pas sa parole, pas plus que les mots des poèmes qu'il écrivait. Ils arrivaient, se bousculaient, formaient des phrases, et, souvent, il se lisait comme si un autre avait écrit à sa place.

– Si tu as de l'énergie en trop, dit Kimmerlin, ne la dépense pas à cause d'un chant sans importance. Garde-la pour demain.

– Ainsi ferai-je ! dit Olivier en se levant et en esquissant un salut militaire.

– Et ironique, en plus ! Au fait, je te signale qu'on ne salue pas tête nue. Va te coucher, petit con ! Et ne te tracasse plus pour ça. Salut !

Olivier marcha vers la rue des Tours-Neuves. Il voulait la compagnie de la mémé, son silence, cet ailleurs où elle vivait tout en étant là. Ses morts, sa foi, sa vie la situaient hors de ce temps, loin de cette histoire à laquelle elle ne comprenait rien, et cet amour du pays, de la nature, sa vie, ces images de la tranquillité, à leur manière, édifiaient une sorte de savoir plus important que tous les savoirs. Il pensa à la mère de François Villon. Et à tous ces noms qu'il avait jetés. Il soupira. Il avait tant à apprendre, lui, le donneur de leçons !

Cinq

DES signes d'automne apparaissaient déjà. Le mois d'août, bien entamé, glissait vers sa fin. Tôt le matin, Olivier avait mis à jour le calendrier-réclame dont la mémé oubliait d'arracher les feuillets. Il regarda le long chiffre rouge et pensa que depuis deux jours, il était majeur. Majeur, que cela voulait-il dire ? Était-il différent de la semaine passée ?

Il quitta la maison en silence. Le maquis menait bon train dans Saugues. Il remarqua de nombreux véhicules qu'il n'avait pas vus auparavant, des camions, des cars, des automobiles placés en file indienne sur le cours, devant la poste, au centre de la ville. Des officiers couraient en tous sens, donnaient des ordres, les annulaient avant que tout le convoi fût bien mis en place. N'aurait-on pas cru qu'un défilé se préparait comme pour un carnaval ?

Pour assister au grand départ, la population accourait. D'un coup, tout le monde était devenu résistant. À la tristesse cachée de certains, les portraits du Maréchal seraient brûlés dans la cour de la mairie. Il semblait qu'on retînt son souffle. Des deux côtés de la rue, les villageois groupés, se serrant pour tenir peu de place afin de ne pas gêner les opérations, observaient le silence. Des personnes se penchaient à toutes les fenêtres. La terrasse de l'hôtel Chany était envahie. Olivier et les plus proches de ses compagnons, assis ou debout sur la plate-forme d'un camion, attendaient l'arme à l'épaule.

– Voilà ta famille, lui signala Pendule.

En effet, sa grand-mère et sa tante s'approchaient pour assister à ce départ sans cesse retardé. Elles s'arrêtèrent au bord du trottoir et se tinrent droites et silencieuses. Il leur adressa un signe de la main. Il sentit qu'une communication muette, un courant inconnu les unissaient. Chose inattendue, sa tante Victoria paraissait émue tandis que sa grand-mère remuait les lèvres et regardait le spectacle sans le comprendre. Sans doute priait-elle. Du bout des doigts, Olivier lui adressa un baiser. Il vit se dessiner un sourire et les yeux bleus de la vieille femme éclairèrent son visage tanné et ridé.

Des jeunes filles, se tenant par le bras, comme pour se protéger, regardaient les héros, l'une d'elles tenant un bouquet de fleurs des champs.

– Olivier, dit Pendule, regarde la jolie brunette aux yeux verts, la jeune Marseillaise. Je crois qu'elle est amoureuse de toi…

– Je sais, dit Olivier suffisant.

– Tombeur ! se moqua Roinita.

Il haussa les épaules. La jolie se déplaça pour se trouver près de la mémé. « Comme si elle était de la famille... », pensa Olivier. Elle s'approcha et lui fit signe qu'elle voulait lui parler. Il se pencha pour l'écouter. Sur un ton que le jeune garçon jugea peu naturel, comme celui d'une actrice, dans l'exaltation du moment, elle lui glissa « Je vous aime ! », puis se proposa comme marraine de guerre. Il n'eut pas le temps de lui répondre. Un des soldats fit signe à la jeune fille de rejoindre la haie des spectateurs.

– Tu as déjà ta veuve de guerre ! dit Paulet.

– Parle à mon cul, ma tête est malade...

Il se sentait au-dessus de ces choses. Comme ses camarades, il avait rendez-vous avec l'histoire.

Les officiers se distinguaient par leur uniforme. Noblesse oblige, ils avaient réussi à récupérer des tenues kaki. Ils marchaient le long du convoi, attentifs, s'arrêtant parfois pour converser comme s'ils échangeaient des secrets, commentant des faits que les autres devaient ignorer. Le matin, une Peugeot était arrivée du Puy. D'un bureau de la mairie, des inconnus s'entretenant avec le commandant Tailleur étaient repartis, montrant les signes de la colère et haussant les épaules.

Palou descendit du camion pour aller aux nouvelles. Il était le seul à qui les officiers n'osaient donner des ordres. À son retour, ce qu'il annonça vola de bouche à oreille. Au Puy, la bataille était engagée. Les gendarmes, à l'exception d'un d'entre eux parti avec un convoi ennemi, se ralliaient au maquis. On trouvait même des G.M.R., les bourreaux de la veille. Une histoire de fous. Où les bons, où les mauvais ?

– On attend quoi ? demanda Olivier.

– Il y a de l'eau dans le gaz, répondit Palou. Au seuil de la victoire, certains tirent la couverture à eux. Mais je n'en dis pas plus. Qui vivra verra !

Les hommes se sentaient tenus à l'écart des décisions. Olivier se plongea dans ses réflexions. Comme les autres, il devenait un pion dans un jeu dont il ignorait les règles. La hiérarchie jusque-là flottante se montrait. Palou lisait-il dans les pensées de son jeune ami ? Il dit :

– Tout recommence. Ne pas chercher à comprendre. Des hommes libres qu'on tient à l'écart. Rien ne change. Et toujours la gloire des petits chefs. Regarde celui-là avec son baudrier...

– Ils se paient notre poire ! ajouta Roinita.

Pourquoi n'était-elle pas officier ? Olivier pensa que ce n'était pas imaginable pour son sexe.

– Je commence à reconnaître, dit Fernand, l'éternelle connerie de l'armée.

Des mouvements de mauvaise humeur furent calmés par cette promesse du lieutenant Kimmerlin :

– Pas de précipitation. Nous formons la deuxième vague d'assaut. Nous allons bientôt partir.

Olivier le savait : on ne fait pas la guerre avec des anges. Les plus efficaces : les moins sensibles à la pitié.

Ce pauvre type, un voleur, traîné dans les rues de Saugues, à demi nu, frappé, insulté, souillé, méritait-il un tel châtiment ? Les justiciers improvisés tenaient-ils compte de la justice ? Les plus jeunes, écœurés, s'étaient contentés de regarder ce spectacle. Palou, gesticulant, tentait de calmer les plus violents. Profitant d'un moment de répit, une femme s'approcha de la victime, une casserole emplie d'eau à la main. Elle fut écartée. On emmena le coupable dans un camion en direction du mont Mouchet. Nul n'en entendrait plus parler.

Cet individu, non seulement il avait pillé une ferme, mais il avait dérobé des vivres au maquis. Un pillard, cela se fusille. Il est ainsi des lois.

Pour Olivier, de tels faits brutaux apparaissaient comme une tache d'encre sur une belle image d'Épinal colorée. Palou lui assura qu'il en verrait d'autres, le bien véhiculant lui aussi sa part de mal.

L'idée de la mort, de sa mort, rejoignit la pensée d'Olivier. Comme pour un adieu, il sauta sur le sol, alla embrasser sa mémé et sa tante étonnées, puis il se tourna vers la belle brune aux yeux verts, la prit dans ses bras et ils s'embrassèrent fougueusement. Les copains se mirent à glousser et à applaudir.

– Tu l'as, ta marraine de guerre, dit Pendule. Mais si tu tournes le dos, je te la chipe !

Le signal du départ fut enfin donné. Le lieutenant Kimmerlin grimpa au sommet d'un car et embrassa la foule d'un geste théâtral. Il ajouta une fois de plus la note patriotique.

Le silence régnait. Surpris, Olivier vit que sa tante essuyait une larme. Et soudain, on oublia tout, l'attente, les agacements, les colères. Et Kimmerlin poursuivait :

– … nous l'aurons notre victoire. Personne d'autre que nous ne pourra s'en réclamer. Et je crie « Vive de Gaulle, vive la France ! »…

Rien n'aurait pu troubler le sentiment d'émotion, la résolution, le panache. Une *Marseillaise* générale unit tout le village. Elle fut suivie des bruits de moteur et du départ. Des enfants brandissant de petits drapeaux couraient en tous sens. L'émotion figeait les spectateurs. Et le convoi s'ébranla avec sa charge de futurs héros et de leurs armes.

Ils furent sur les hauteurs dominant Saugues. Olivier regarda le village des ancêtres. Quand le reverrait-il ? Le Puy qui ne se situait qu'à quarante-quatre kilomètres paraissait éloigné.

Sous la contrainte d'une panne de car, ils s'arrêtèrent au huitième kilomètre, là où dans une auberge, avant la guerre, on venait danser, où l'on portait sur les tables les cannettes de bière et la limonade. Les hommes purent quitter les véhicules, marcher, se détendre.

– Ces vieilles guimbardes n'en peuvent plus, constata Palou. Elles sont comme moi…

Olivier le regarda. Quel âge avait-il ? Il devait être né avant le siècle. Sans doute avait-il connu la Première

Guerre mondiale, cette guerre dont on parlait plus que de celle de 39.

– Parfois, ajouta Palou, je me demande ce que je fais là. Mais je me demande aussi ce que je ferais ailleurs.

– Pendant qu'on fait les zouaves sur la route, des copains se font trouer la peau au Puy, dit Riri.

– Être soldat, dit Fonsou, c'est plus attendre que se battre.

– Ici, c'est l'armée du peuple ! jeta Roinita.

– Foutaises ! dit une voix.

Le voyage reprit. En tête se trouvait une Citroën, une « Citron », comme on disait, où se trouvaient les officiers. Des bidons de vin circulaient, ce vin réputé donner des forces, le « vin du soldat », celui de la Madelon. L'automobile donnait le rythme du voyage. Il était fort lent. Mais pourquoi ? Dans l'après-midi, lors d'une nouvelle halte, ils furent rejoints par un motocycliste venu du Puy. On fut aux nouvelles. Les Allemands se seraient repliés sur la caserne Romeuf. Déjà, des collaborateurs avaient été arrêtés. Le nouveau venu, un officier, s'entretint à l'écart avec ses homologues. Les choses ne se passaient pas au mieux si on en jugeait par les gestes et les éclats de voix.

– C'est le bordel ! assura Fernand que cela semblait réjouir.

Olivier regarda Nathan, son copain de la fausse embuscade. Il arborait un sourire sans joie. Comme si, dès son jeune âge, il avait hérité d'une longue patience.

– Que dis-tu de tout ça ? demanda Olivier.

– Je ne sais pas. Je n'ai pas l'habitude...

– Mon grand-oncle Ernest est allé une fois au Puy à cheval. Ah ! si j'avais un cheval !

– Tu te casserais la gueule..., observa Pendule.

Le convoi s'arrêtait sans cesse. Nul ne recevait aucune explication. Pourquoi cet air soucieux des principaux officiers, ces colères, ces mouvements de découragement ?

– Il semble que tout ne soit pas si simple, dit Palou.

Un des anciens chantonna : « Tiens voilà la quille... » D'autres jouaient aux cartes sur un talus. Puis on entendit une chansonnette : « J'attendrai, le jour et la nuit, j'attendrai toujours... » Le clairon apporta ses notes. L'interprète tentait de trouver une musique de jazz qui se refusait. Un jeune garçon annonça qu'il en avait marre et rentrait chez lui. Cependant, il resta.

Le temps des journées raccourcissait. Le soir apportait une sensation d'automne. Les murmures de la protestation se métamorphosaient en une rumeur sourde. Palou apostropha le lieutenant Kimmerlin dont il n'aimait pas la suffisance :

– Hé ! toi, le jeune lieutenant, on se fout de nous ou quoi ?

Kimmerlin haussa les épaules. Le ton employé par Palou ne sembla pas le gêner. Comme à regret, il donna quelques indications :

– Je crois que l'ordre de marche a été prématuré. Nous devons attendre ici un courrier venant du Puy.

Allons, un peu de patience. Ça fait quatre ans que nous attendons.

– Il arrive que certaines minutes soient plus lentes que des jours, dit Olivier philosophe.

– Et si ma tante en avait, elle s'appellerait « mon oncle », railla Pendule.

Olivier pensa que la seule chose qu'ils n'avaient pas prévue était de se battre de nuit. Une vague idée de poème le traversa. Il murmura : « La nuit, on ne voit pas les morts. »

Le beau Fernand adorait manier l'ironie. Sans doute allait-on revenir à Saugues. Après ce départ en fanfare, ce beau discours, ces instants patriotiques, de quoi aurait-on l'air ?

Plus tard, de nouveaux ordres le rassurèrent à demi. On apprit que la troupe serait mise en attente dans un village appelé Allègre. Les moteurs des véhicules se mirent à toussoter.

– On croirait qu'ils ne savent pas quoi faire de nous, dit Palou.

Olivier se posa la question de savoir qui étaient ces « ils ». Regagnant sa place habituelle sur le camion, il s'aperçut de l'absence de Roinita. Se trouvait-elle dans un autre véhicule ? Riri se mit à rire. Il chanta : « Rosalie, elle est partie… » et il donna l'explication :

– Roinita se fout des ordres. Elle est avant tout une libertaire, ce que nous devrions être. Voulez-vous savoir ? Elle s'est barrée direction Le Puy. Elle a refusé que je la suive. Pour la marche, je ne suis pas très fort.

– Elle ne va quand même pas libérer Le Puy à elle toute seule ! jeta Olivier.

– Qui sait ? demanda le père Palou.

Et il éclata de rire.

À Allègre, les maquisards trouvèrent refuge dans un établissement scolaire vide, les élèves étant en vacances. Certains bénéficièrent d'un lit. D'autres du bon foin des granges. Quelle journée ! Les vaillants soldats s'endormirent épuisés. « Couchés dans le foin », comme dans la chanson. Olivier murmura un poème de Baudelaire : « L'albatros ». Comme s'il priait. Il s'endormit dans cette bonne compagnie.

« Soldat, lève-toi... », chanta le clairon au lever du jour. Allait-on enfin livrer bataille ? Les hommes apprirent bientôt qu'on ne repartirait pas tout de suite. Ils avaient « quartier libre », une désignation qui paraissait absurde. Après le café et la toilette par groupes à la fontaine, ils se disséminèrent, flânèrent, certains discutant avec les gens du village, d'autres entourés d'enfants admiratifs, impressionnés par les armes. Le repas de midi eut des allures de pique-nique. Puis les officiers distribuèrent des tâches pour faire oublier l'attente. Passant près d'eux, il entendit parler du « moral de la troupe ».

Olivier pensa que s'ils avaient atteint Le Puy la veille, il serait peut-être mort. Il s'interrogea sur le destin sans trouver de réponse. Et Roinita ? Où était-elle ? Que faisait-elle ? Il tenta de regarder le soleil en face puis ferma les yeux. Le même soleil éclairait partout le monde en loques, le monde en ruine. Et lui se tenait là dans ce beau village comme un cavalier démonté. Il revit l'atelier d'imprimerie avec son rythme saccadé, ses silences, ses horaires fixes. Un grand besoin de solitude le fit s'écarter des groupes. Ce bourg d'Allègre, tout en montées et en descentes, apportait de constantes surprises. En voyant les ruines d'un château féodal il pensa à un gibet et se rappela le poème de François Villon : « Frères humains qui après nous vivez... » Il imagina des pendus alignés et flottant sur les hauteurs. Un petit garçon lui apprit que la forme spéciale de ces ruines avait valu le nom de « La Potence » à ces restes. Et l'enfant lui désigna une porte ancienne surmontée de sa pendule appelée « porte Monsieur ». Charles VII et François Ier avaient visité ces lieux. Dominait une de ces nombreuses montagnes en forme de volcan, le mont Bar. Et Olivier n'avait jamais entendu parler d'Allègre. Il pensa que ses compatriotes sauguains aimaient tant leur ville qu'ils en oubliaient les autres.

Il revint sur ses pas. Des garçons préparaient de petites bûches pour alimenter un car à gazogène. Les cuistots s'affairaient déjà. On entendait des bruits de gamelle. Rien de plus délicieux que l'odeur d'un feu de bois.

Certains d'instinct regardaient vers le ciel. Dès que quelqu'un levait la tête, tous les yeux se levaient. De là pouvait venir le danger. Pour le reste, des sentinelles avaient été placées sur les hauteurs.

Les tâches étaient distribuées. Fonsou excellait à trouver des gîtes. Le jeune Gignac, qui avait étudié aux Arts et Métiers, se découvrait cuisinier. Pendule, parce que horloger, se débrouillait bien pour réparer les armes. René Allès, qui avait été chef d'atelier aux Chantiers de Jeunesse, fut nommé aspirant. D'autres se contentaient de ne rien faire.

Au Puy, la bataille était engagée. Alors, qu'attendait-on ? Seraient-ils les troupes fraîches appelées en renfort ? Et s'ils arrivaient trop tard ? Waterloo ? Non, on était loin des « mornes plaines ».

Les Alliés avaient débarqué près de Cannes. L'étau se refermait sur les troupes d'Hitler. Partout en Europe, les grands oiseaux de métal pondaient les œufs de la mort. Comme on ne distinguait plus les civils des militaires, que ce soit dans l'un ou l'autre camp, il s'agissait de démoraliser les populations. Des villes entières seraient détruites. « Les deux yeux pour un œil, toute la gueule pour une dent », disait Riri. Partout, les chars avançaient, bêtes préhistoriques, vers d'autres bêtes gigantesques. Les fourmis humaines finissaient dans les flammes.

Toujours, le regard qu'ils pouvaient avoir sur le monde, ce qu'ils imaginaient à partir de ce qu'ils avaient vu, et qui était encore en dessous de la cruelle réalité, ce qu'éclairait le soleil d'été les ramenait au lieu où ils se trouvaient, ce coin tranquille de la France, du pays vellave. Le ciel dégagé niait l'horreur. Et pourtant les lieux de combat n'étaient pas si éloignés.

Ils virent le lieutenant Kimmerlin qui courait les coudes au corps, les officiers qui discutaient à l'écart.

– Ho ! Paulet, que se passe-t-il ? cria Palou. Nous en avons marre d'attendre. Si vous ne vous décidez pas, c'est nous qui prendrons les rênes…

– Te casse pas la tête, Palou, répondit Paulet. Tout arrive. Le commandant Tailleur va vous parler.

Ils remplirent leurs gamelles d'un ragoût de veau aux pommes de terre, coupèrent du pain, dégustèrent la tomme de pays. Ils parlèrent des événements, du courage des mineurs de Sainte-Florine, de cette mansuétude pour les Tartares dès lors qu'ils brandissaient le drapeau rouge du ralliement, de la fin tragique du maire de Brioude ou de celle du capitaine Seigle torturé par les ennemis au moyen d'un casque à vis, de ce gouvernement de Vichy dont on ne savait plus rien, de ce général de Gaulle au nom prédestiné, de la Milice du Puy et de son chef nommé Touraud, de Judex, héros du mont Mouchet.

Pendule qui savait tout faire fut invité à sonner le rassemblement. Il se saisit du clairon et le fit tournoyer avant de faire retentir ce cuivre. Comme il s'était trompé de sonnerie, il dut recommencer : « Rassemblement des anciens comme des bleus, rassemblement sur la tête de mon… »

Ils formèrent un demi-cercle. Le commandant Tailleur monta sur un banc. Il dit qu'il allait annoncer une bonne et une mauvaise nouvelle, apportant ainsi une joie et une déception.

– Mes amis, dit-il, Le Puy est libéré. Libéré sans nous. Nos camarades ont commencé leur travail de nettoyage auprès des collabos. Pas de pitié. Oui, réjouissons-nous : Le Puy, la Haute-Loire sont libres. Nous y sommes pour beaucoup. Cela doit nous consoler de ne pas avoir participé à l'assaut final.

On entendit des murmures. La déception l'emportait. Cette impression d'inutilité. Ces attentes, ces atermoiements… la colère monta. « Silence ! silence ! » ordonnaient en vain les gradés. Tailleur reprit :

– Cette libération du Puy est celle de tous. Nous n'y avons participé que de loin, mais la victoire est de notre côté. Bientôt il en sera ainsi de toute la France libérée par les Alliés mais qui n'auraient pas pu le faire sans le maquis, la Résistance…

– Alors, partons pour Le Puy ! cria Paulet.

– Hélas non ! dit Tailleur d'une voix enrouée, ce n'est pas si simple. Il y a des cantonnements à préparer. La caserne Romeuf est prise. Gévolde s'installe au Lutétia. Le groupe Lafayette occupe le terrain. Ceux du camp Wodli les rejoindront, puis ce sera nous, si tout va bien. En attendant, nous restons ici. Nous sommes sans cesse en relation avec Le Puy. Dès qu'il y aura du nouveau, vous le saurez. En attendant, reposez-vous comme un travailleur après sa journée. Nous aurons encore beaucoup à faire. Dispersez-vous. Moi, je vais aller au Puy voir ce qui se passe…

Pour les civils, les habitants du village, ce fut jour de fête, d'exaltation patriotique. Les drapeaux surgirent. On entendit l'accordéon et *La Marseillaise* mise à toutes les sauces depuis quatre ans qui retentissait au loin. Plus de *Maréchal nous voilà…*

Seuls les maquisards se sentaient tristes, abandonnés. Pour eux, ce n'était pas jour de fête. D'autant que, par une indiscrétion, un bruit courut, une rumeur colportée par un tam-tam inconnu : la présence de leur groupe et de quelques autres n'était pas souhaitée par les libérateurs du Puy. Des F.T.P. exaltés avaient même parlé de recevoir avec la mitrailleuse les imprudents qui se risqueraient vers la caserne Romeuf.

La plupart des jeunes s'étaient retrouvés dans tel ou tel maquis selon les hasards et la proximité. Les idées politiques se partageaient entre les groupes. De tels clivages ne correspondaient pas toujours à une réalité.

– On ne peut pas le croire, dit Olivier. C'est encore un bobard. Nous formons un tout et…

– … Et nous en verrons bien d'autres, dit Palou. Enfin, je suis persuadé que ce problème va être résolu par la discussion et la diplomatie.

– Si problème il y a, dit Fonsou.

Ils furent interrompus par l'arrivée des habitants d'Allègre, fanfare en tête. Ils venaient les fêter. Ils eurent à cœur, les vainqueurs sans victoire, les combattants sans combat, de cacher leur tristesse. Et tout se passa comme si de rien n'était, comme s'ils revenaient du Puy mission accomplie.

– Tu sais de quoi nous avons l'air ? demanda Pierrot Chadès.

– De cons ! dit Fernand.

– Dire que les Tartares ralliés ont été à la fête et pas nous ! dit Nathan.

– Bois un coup. Ça dessoûle, conclut Riri.

Il fallait s'attendre à tout. Une estafette apporta la nouvelle : à Saugues, c'était la liesse. Les combats du département ne devaient pas se limiter à la prise du Puy. Chacun pouvait retirer sa part de gloire.

L'ordre fut donné de revenir à Saugues pour le défilé de la victoire. Il n'était pas question de savoir qui était ou pas au Puy, qui avait participé ou non aux derniers combats. Et comme personne ne désirait qu'on fît des distinctions, on se contenterait de ne pas trop parler de ces dernières heures.

– On va avoir l'air fin, observa Olivier.

– Non, dit Palou, tu verras : tout se passera bien. On ne va pas rayer d'un trait de plume des combats qui se poursuivent des avant-postes à l'arrière-garde. Et puis, mon garçon, quand tu en auras assez vu, tu t'apercevras que seul compte le but et qu'il faut se moquer des fioritures.

– Dis, Palou, tu me raconteras tes voyages ?

– Ah non ! Je veux garder mes souvenirs enfermés

dans ma tête. Si je raconte trop, ils risquent de s'envoler. Ou bien j'embellirai tout et je finirai par les voir avec un autre regard. Enfin, je te raconterai un peu. Tu en sauras sur le voyage plus que sur le voyageur.

Le lieutenant Kimmerlin, fringant et juvénile, fit un discours un rien pompeux. Le plus dur étant passé, venait le temps des réjouissances et du recueillement. À la surprise d'Olivier, il récita du Péguy : « Heureux ceux qui sont morts… »

– Heureux les morts, jeta Riri, tu parles, Charles !

Cela fit penser au général de Gaulle et quelques-uns crièrent : « Vive Charles ! » Puis Kimmerlin dit aux hommes qu'il fallait soigner sa tenue, faire sa toilette et, à Saugues, au moment des cérémonies, marcher au pas du mieux possible.

Bientôt, les automobiles, des tacots fatigués par le temps, le vieux camion firent grincer les moteurs. Quel retour que celui de la bataille à laquelle ils n'avaient pas participé ! Il était convenu de laisser entendre qu'on revenait du Puy. Des personnalités de la Haute-Loire devaient les rejoindre.

Tailleur et son état-major discutèrent avec l'ancien maire, celui qui avait succédé à Prosper Gerbier, l'homme qui s'était proposé comme otage, puis un nouveau, Romeuf. Tout se renouvelait. Le Puy envoyait un préfet tout neuf. Civils et militaires, graves et résolus, voulaient que ces cérémonies fussent une réussite. Pendule regardait toute cette liesse avec un air amusé et sceptique. Olivier se tenait à l'écart avec la belle

Marseillaise. D'autres aussi rejoignaient des jeunes filles qui chantaient et dansaient, oubliant leur réserve habituelle. Tout semblait permis. Même délabré, l'uniforme gardait son prestige.

On vit arriver pompiers et facteurs, des familles entières portant des brassées de fleurs. Et maire, adjoints, conseil municipal... Le commandant Tailleur, paré d'un burnous, se donnait fière allure. D'instinct, tous se tenaient droits. Tambours et clairons offraient des notes discordantes.

Le défilé s'organisa tant bien que mal. Cela commença par le monument aux morts avec un discours du maire bien accueilli, puis par le *Pater noster* et l'*Ave Maria* du curé. Ensuite, on se rendit au cimetière pour déposer des fleurs sur deux tombes de dénommés Bernard et Sabadel. Puis la foule se dispersa. On apprit que ce n'était qu'une répétition : le grand défilé était pour le lendemain. Nouveaux préparatifs : les façades des maisons de plus en plus parées, les toilettes sorties des coffres, les dames se coiffant, se maquillant même si elles n'en avaient guère l'habitude.

Durant ce temps, récents convertis à la Résistance, vrais résistants, soldats de toutes sortes se livraient à cette tâche de nettoyage qu'on appellerait l'épuration. Il fallait laver la ville, et pour certains se laver soi-même de ces années où d'autres idoles avaient été vénérées. De grosses croix gammées étaient peintes, là où se trouvaient le gîte d'un nommé Paulhe et la maison de Torrent, réputés collaborateurs actifs. La demeure de la Légion des anciens combattants devenus vichyssois fut ravagée. On détruisit l'enseigne, on brûla des papiers, des tracts, des fanions. Partout où flottaient des relents de collaboration, mobilier, vêtements, linge furent détruits. Des avis de recherche étaient lancés. Un nommé Léon Cubizolles était traqué. Parfois, la confusion amenait à arrêter quelque innocent, longuement interrogé.

Chasse à l'homme mais aussi chasse aux portraits du maréchal Pétain distribués sans parcimonie par le gouvernement de Vichy. Le chef de feu l'État français, vénéré quelques mois ou quelques semaines auparavant, par sa représentation de papier était déchiré, brûlé sous les applaudissements.

Les chefs de guerre furent logés dans les hôtels, les hommes rejoignirent leurs demeures ou logèrent chez l'habitant. Olivier retrouva sa grand-mère qui était restée à l'écart de tout cela. La tante Victoria les rejoignit dans la vieille maison. Elle regarda Olivier et eut un élan :

– Au fond, je suis assez fière de toi.

– Pas moi, dit Olivier. Vous savez, ma tante, je n'ai rien fait d'important.

– En tout cas, dit la tante, il est bon que notre famille ait été représentée.

– Elle est partout, dit Olivier, même dans un camp de prisonniers.

– Pauvre Victor, dit la tante Victoria. Je le connais, je suis sûr qu'il s'en tirera et qu'on le reverra bientôt.

Olivier pensa à son oncle, au tonton Victor comme il l'appelait. Ces prisonniers, loin des réjouissances, faisaient penser aux soldats d'une très ancienne armée.

– Tout cela, c'est bien joli, dit la tante, mais c'est fini pour toi. Tu vas rejoindre le bercail, quitter cet uniforme ridicule et, plus tard, nous retrouverons Paris.

– Non, dit Olivier. Ce n'est pas le moment de laisser tomber mes amis. Nous serons, je l'ai appris, à la caserne Romeuf et je pourrai venir les fins de semaine avec le car qui remarche. J'ai aussi quelques responsabilités, des histoires de solde et de matériel. Là-bas, j'ai beaucoup à faire. À Saugues, je serais inutile et je passerais pour un dégonflé…

La tante soupira. Quant à la mémé, elle épluchait des pommes de terre jaunes, les coupait en petits cubes, huilait cette grande poêle à frire qu'on ne lavait pas, essuyant la graisse avec du papier journal. Le chien Pieds-Blancs faisait la fête à Olivier qui ne cessait de le caresser mais que la grand-mère écartait sans ménagement. Par la fenêtre, le portail largement ouvert, on regardait quelques passants, des vaches qui rentraient du pré en offrant leurs bouses vertes car c'était la saison du regain, l'herbe tendre dont elles se régalaient avant la deuxième fenaison.

– Demain, dit Olivier, ce sera le défilé. Il y aura un banquet et même un bal, mais je n'ai pas appris à danser. J'ai une marraine de guerre…

– Ah ! dit la tante ironique, la belle Marseillaise. C'est bien connu. Et ton ami Nathan a aussi sa petite amie, je le sais. Ces jours-ci les filles sont comme folles...

– Après dîner, précisa Olivier, je vous quitterai. Je dois prendre un tour de garde. On se méfie encore. Des soldats sont à chaque carrefour.

– Amusant ! dit la tante.

Et le jour de gloire arriva. Le même rassemblement que la veille avec en prime le préfet, des autorités civiles et militaires venues du Puy, et aussi un camion de maquisards supplémentaires. Et, en avant, Tailleur en tête, foule émue et silencieuse, F.F.I. marchant à peu près au pas. Un drapeau américain, puis un anglais flottaient. Une délégation de soldats sénégalais était très entourée. Des discours laissant augurer une ère nouvelle où régneraient la justice et la paix, le bonheur et l'harmonie universelle. On présenta les armes comme on put : avec les mitraillettes ou le bazooka, ce n'était pas facile. Tous avaient conscience de vivre une page d'histoire.

Quand retentissait *La Marseillaise*, Olivier regardait du côté de la belle Marseillaise, la jeune fille qui ne le quittait pas des yeux.

Le banquet des personnalités et des chefs militaires eut lieu à l'Hôtel de France. D'autres repas furent organisés un peu partout, dans les nombreux restaurants, cafés et débits de boissons. La bande des jeunes, Olivier, Nathan, Pendule, les frères Allès et d'autres, se rendit au bord de la Seuge, près du pré de la mémé et du redoutable Gour de l'Enfer cher aux légendes, où ils se baignèrent. C'est là que les filles les rejoignirent et ils se dispersèrent par couples vers le petit bois favorable à l'isolement.

Olivier put se livrer à quelques ébats avec sa marraine de guerre. Si les baisers étaient longs, prolongés et savoureux, dominés par l'ardeur, la belle Marseillaise protégeait sa vertu. En vain, Olivier s'efforçait d'écarter vêtements et sous-vêtements mais ils étaient vite remis en place. « Ce type, un vrai Tartare ! » dit la jeune fille. Olivier tenta de jouer de tous les atouts, y compris le chantage à sa mort possible. Rien à faire ! En ce temps-là, les demoiselles n'étaient guère faciles.

Tout essoufflés, les joues rouges, ils rejoignirent les autres et les eaux de la Seuge en cette fin d'août assez fraîche calmèrent les ardeurs.

Ils retrouvèrent le bourg de Saugues où des nouvelles circulaient. Au Puy, justiciers et vengeurs étaient à l'œuvre. Comme au plus beau temps de l'Occupation, les dénonciateurs affluaient. On parlait d'exécutions rapides, d'arrestations, de justice expéditive. Et il en était de même un peu partout. Némésis, la déesse de la Vengeance, était honorée.

– Pour les simples d'esprit, tout est simple, dit Palou. Les bons d'un côté, les méchants de l'autre, et pas le moindre soupçon qu'il y ait des méchants parmi les bons, peut-être quelques bons chez les méchants, qui sait ?

Les jeunes se taisaient. La plupart n'osaient pas affirmer que tout cela leur déplaisait. Alors, ils feignaient de l'ignorer. Ils restaient en dehors de la hargne et de la soif de sang. Leur jeunesse les protégeait.

Dans la soirée, jusque tard dans la nuit, comme tout était permis, des hommes, d'une voix éraillée, chantaient ou jetaient des rodomontades. L'alcool et l'exaltation du moment faisaient leur effet.

Un accord avait été pris avec les maquisards du Puy : ils acceptaient que les différents groupes de la région soient reçus dans la ville. Ainsi, ils feraient nombre pour le grand défilé de la victoire, bien qu'elle ne fût pas acquise, les Allemands ayant créé bien des poches de résistance.

Bientôt retentit cette nouvelle : Paris était libéré, les Allemands s'étaient rendus aux F.F.I. et aux chars de la France libre. Le général de Gaulle prenait les premières mesures de gouvernement. Les foules parisiennes étaient en délire. On parlait de deux millions de participants, sans doute les mêmes qui avaient acclamé le maréchal Pétain quelques mois auparavant.

Au carré des officiers, cela discutait ferme. Le lieutenant Kimmerlin indiqua que les différents maquis avaient ordre de se rallier à l'armée régulière.

– Des nèfles ! jeta le commandant Tailleur. L'armée régulière, c'est nous. Que croient-ils ? Nous sommes l'armée du peuple pour le peuple.

– Et si les hommes choisissent autrement ? demanda Palou.

– À nous de les convaincre. Nous sommes les garants de la liberté. Qui sait ce qui se passe à Paris ? La France libre, il n'y a rien à dire. De Gaulle non plus. Mais tous ces officiers qui ont dormi pendant quatre ans, qui ont tous prêté serment à leur maréchal sortent les uniformes de la naphtaline et veulent récupérer leur statut. Heureusement, les communistes sont là...

Durant ce temps, Olivier pensait à Paris. Il aurait voulu s'y trouver. Ou plutôt être dans deux lieux à la fois : les monts de la Margeride et l'autre mont de Paris, Montmartre, où il avait, malgré sa condition d'orphelin en attente d'adoption, passé ses plus beaux jours.

Quant à leur armée, il resterait avec elle. Il se sentait engagé par sa fidélité. S'il n'avait pas eu l'occasion de briller, il resterait avec ceux qui avaient engagé le combat, n'ayant au début que de pauvres armes mais gardant celles de l'espoir. Et puis ils seraient les artisans d'un monde nouveau et là, il pensait aux idées de son cousin Marceau, à un ensemble de tribus pacifiques dominées par des idéaux inédits et dont il serait le chantre, le poète. Ce qu'il écrirait transformerait les êtres, un peu comme par ce *Chant des partisans* que Roinita lui avait appris.

Il rédigea durant une nuit exaltée le grand poème de l'homme nouveau sans savoir encore que, le lendemain, son esprit critique l'engagerait à le détruire.

S'il s'interrogeait sur lui-même, il s'étonnait de ne pas trouver de réponses. Une réalité s'imposait : il n'était plus ni un enfant ni un adolescent, mais un jeune homme. Et les perspectives de son avenir l'effrayaient, même si son métier lui apportait ses faveurs. Cette profession d'imprimeur lui plaisait. Il n'en souhaitait pas d'autre. Et existait cette merveille de la machinerie humaine avec ses sens, ses modes de perception et surtout cette capacité de rêver éveillé comme si lui était offerte une vie double, celle des réalités présentes et celle de son imaginaire. Ici où là, des craintes vagues, que la vie dans sa quotidienneté lui échappe et, pire, que le songe s'envole. Les poèmes qu'il écrivait, sans grande originalité et influencés par ses lectures, malgré leur pauvreté, lui apportaient la certitude qu'ils retenaient dans des filets invisibles une part du mystère préservé par les mots et le chant des mots.

Il ignorait encore qu'une part de son enfance était restée en lui et le protégeait. Le soleil de sa rue restait présent, lumineux et chaud. Aux petites bandes de la rue Labat et de la rue Bachelet, aux joyeux et batailleurs petits poulbots, succédaient ses compagnons et la réponse à ce désir d'être partie d'un tout sans rien renier de sa personnalité. Il pensa à trois soldats de plomb qu'il avait eus tout petit, alors que son père vivait encore. Ferait-on un jour de ces figurines avec les maquisards ? Non, la diversité de ce qui devait être uniforme l'empêcherait. Et puis, cela restait moins flatteur qu'un grognard de la Grande Armée.

Il se perdit dans des rêveries, celles du petit matin.

Des bruits de casseroles, de cruches, l'éclatement de lumière, une odeur d'oignons, tous ces signes d'éveil le firent s'étirer, se lever, rejoindre sa grand-mère qui lui fit en silence un signe de tête. Il vit le grand bol de soupe. Sans doute aurait-il préféré un bol de chocolat et des croissants mais il devait s'habituer à nourriture plus rude.

Il entendit le son du clairon encore hésitant comme s'il accordait un peu de répit aux dormeurs. Il fit une toilette de chat, quelques mouvements de respiration appris à l'école, se vêtit, regarda les galons sur sa manche, ce qui lui rappela ses tâches.

Ce matin-là, enfin, après tant d'atermoiements, on rejoignait Le Puy. Les véhicules ronronnaient. Des ordres étaient jetés. Il dut écarter des vaches qui se rendaient au pré communal. Il s'amusa de voir Nathan qui s'en éloignait avec prudence.

– Tu te grouilles, Parisien ! lui jeta Pendule. Et boutonne ta braguette !

Il chercha parmi les rares spectateurs la belle Marseillaise. En vain. La demoiselle devait dormir. Il s'interrogea : non, il n'en était pas vraiment amoureux. Il pensa à une jeune fille de Roanne. Dès que cela serait possible, il lui écrirait. Ah ! les filles, quelle merveille ! La Marseillaise évoquait le feu, la jeune Roannaise des eaux calmes, un lac scintillant comme ses yeux bleus.

On échangea des poignées de main, des saluts rapides. Palou lui tapa sur l'épaule avec une certaine vigueur. Olivier pensa aux colonies de vacances. Une fois de plus, le lieutenant Kimmerlin y alla d'un discours, en fait une mise en garde :

– Le Puy a été libéré. Pour nous, la ville sera vraiment libre lorsque nous y serons. Mais attention ! Des heurts, des bagarres peuvent se produire avec les premiers occupants de la caserne Romeuf. Vous devez montrer votre force en résistant aux provocations. Méfiez-vous de ceux du camp Wodli car ce sont des rudes. Comment les reconnaître ? C'est simple. Ils ont trouvé des ceintures de flanelle et en ont fait de longs cache-col blancs qui traînent jusqu'au sol. C'est leur marque. Abstenez-vous de parler de politique. Nous sommes unis par un même combat…

– On n'a peur de rien ni de personne, jeta Olivier.

– Alors, riposta Kimmerlin, ayez peur de vous-mêmes. Et donnez l'exemple, ce sera l'honneur du bataillon Kellermann puisque nous nous appelons ainsi. Soldats, en avant pour la France !

On entendit des rires. Les grandes déclarations patriotiques, la main sur le cœur, le bras gauche levé amusaient les Sauguains toujours prêts à l'ironie.

– Celui-là, dit Palou, s'il n'existait pas, il faudrait l'inventer.

– C'est qu'il y croit. Il en reviendra, dit Fernand. Au fait, je me demande pourquoi je glande avec vous maintenant.

– Moi aussi, dit Fonsou. J'ai mieux à faire. Mais je veux voir ce qui se passe au Puy.

– Et puis, on va voir la fameuse Vierge. Il paraît qu'elle tient son Jésus du mauvais bras.

– Le curé Bertrand a dit que c'est la Vierge qui a protégé Saugues des massacres, observa Pendule, et c'est sans doute vrai !

– Tu l'as vue au maquis ? demanda Olivier.

– Oui, dit Pierrot Chadès, je crois que c'est Roinita !

Le convoi s'ébranla sous les rires.

Six

À la caserne Romeuf, le groupe de Saugues fut reçu dans l'indifférence. On entendit bien quelques apostrophes, des bousculades. Les gradés apportèrent l'apaisement. Ceux du camp Wodli tenaient leurs distances. Les gradés distribuaient des ordres parfois contradictoires.

Compagnies, sections, groupes furent organisés. Les hommes se mêlaient. Olivier, Pendule et les frères Allès firent en sorte de rester ensemble. On leur octroya une chambrette au rez-de-chaussée près des bureaux, là où le sergent-major Olivier devait travailler avec pour adjoints Pendule et Clément Allès. Le capitaine Duvent demanda à Olivier s'il désirait être nommé adjudant. La réputation de ce grade, celui de « juteux », ne lui plaisait guère. Il refusa. « Bon, dit le capitaine, tu seras aspirant dans quelques jours. » Olivier sourit. Toujours les galons. On ne cessait de découdre et de recoudre.

La caserne se remplissait. Des maquisards arrivaient

de partout, souvent de groupes dont on ignorait l'existence. Les fameux « résistants du mois de septembre » ? Comment le savoir ? Et comment apprendre si d'anciens collabos ne se glissaient pas dans leurs rangs ? Chose curieuse : les nouveaux venus se montraient les plus enragés dans le domaine de l'épuration. L'un d'eux se vanta d'avoir tondu des femmes. Olivier tenta de les percer à jour. Ils se créditaient d'exploits invraisemblables. Aussi fit-il part au commandant Tailleur de ses soupçons.

– Ne te mêle pas trop de ça, ordonna le commandant. Nous avons besoin du plus grand nombre d'hommes possible. C'est une condition de la survie de notre armée du peuple.

Les corvées ne manquaient pas : transport incessant de vivres aux cuisines, entretien des locaux, paperasses. Les armes et munitions furent enfermées dans une pièce dont Olivier gardait la clé. Il fut décidé que la tenue de parade, à défaut d'uniformes, durant cette fin d'été, consisterait en une chemise kaki aux manches retroussées. Pour le reste, et notamment les couvre-chefs, toute liberté était laissée. Bérets, calots, képis, godasses de toutes sortes, pantalons et même, restes du passé, ces bandes molletières difficiles à enrouler autour des jambes et qu'on abandonna bientôt.

– Notre piaule, proposa Pendule, nous allons la décorer. Je vais dessiner de grands paquets de cigarettes.

– Et moi j'écrirai un poème sur le mur, annonça Olivier.

Au centre de la petite pièce à quatre lits, se dressait un poêle cylindrique. Trouver du bois et du charbon devenait une des corvées.

– Parce que tu crois qu'on va rester l'hiver ici ? demanda Olivier à Pendule.

– Gouverner, c'est prévoir ! dit René Allès.

Le capitaine Duvent toqua à la porte et entra. Il regarda les quatre zèbres et ordonna :

– Quand un officier arrive, vous devez vous mettre au garde-à-vous sur l'ordre : « À vos rangs, fixe ! » Le temps n'est plus à la pagaille. Nous allons nous transformer en véritable armée disciplinée. Nous pourrons être fiers de nous. Toi, ajouta-t-il à l'intention d'Olivier, tu me suis !

Olivier se montrait un garçon appliqué comme les pleins et déliés de son écriture en témoignaient. Les soins, la méticulosité qu'il apportait aux moindres travaux faisaient de lui le parfait scribouillard. Il dut troquer le glaive contre la plume. Point de sang, de l'encre.

Il ne pouvait renier le plaisir qu'il prenait à écrire, n'importe quoi, même des chiffres. Il jouissait de sa propre écriture, de cette main à plume, prolongement de son cerveau, et de ce papier dont il couvrait la blancheur comme d'un voile pudique ligne à ligne.

Ce premier soir, et qui se prolongea fort avant dans la nuit, fut celui d'un travail intense sous la direction du capitaine. Tandis que ses amis, dans la chambrette qui leur permettait d'échapper à la chambrée, lisaient, parlaient, se moquaient sans doute de lui, il œuvrait devant d'épais registres neufs, recopiant les noms des hommes de la troupe, traçant des colonnes. Il s'agissait de la solde à préparer, d'inventaires et de rapports comme si mettre de l'ordre dans les écritures amenait à ordonner tout aussi bien cette troupe peu disciplinée.

Duvent était aussi grand que Tarzan. Le verbe haut, la faconde, l'autorité s'accompagnaient d'ironie. Si Tarzan figurait la parfaite brute, le rufian, le capitaine de cette compagnie qui s'appelait C.H.R., ce qui veut dire Compagnie hors rang, le nommé Duvent, aurait pu, comme son collègue, être le héros d'un western comme on en avait vu avant-guerre.

– Maintenant, état du tabac, dit-il.

Ce précieux bien était rangé dans une armoire fermée par un cadenas. Il fallait y veiller comme s'il s'agissait de lingots d'or. Et aussi sur les couvertures car il y avait la possibilité d'y tailler des pantalons. Dans un bâtiment, à l'entrée, se trouvaient des Indochinois, juste au-dessus du poste de garde. Là, ceux qu'on n'appelait pas encore Vietnamiens, avaient fait un atelier de tailleurs. Pour une somme modique ou un échange de vivres, ils pouvaient se livrer à des travaux d'aiguille, fabriquant des calots et toutes sortes de vêtements.

Ainsi, toutes les compétences étaient utilisées, à moins que, par un jeu propre à l'armée, les chefs prissent un malin plaisir à ordonner des travaux contraires au savoir-faire de tel ou tel. Si bien que, lorsqu'on demanda un volontaire pour taper à la machine à écrire, Pendule le joyeux se proposa en indiquant sa connaissance parfaite de la dactylographie. Persuadé qu'il s'agissait là d'une feinte et qu'on lui donnerait quelque corvée éloignée de la demande, il fut étonné de voir qu'il s'agissait bien du travail proposé. Il eut droit à une table face à celle d'Olivier et à une machine à écrire d'un autre âge, avec deux claviers, un pour les majuscules, l'autre pour les minuscules où il tapa avec deux doigts sous les ordres de son ami agacé de son manque de savoir-faire.

– La petite dactylo, ironisaient les autres.

– Le roi de la faute de frappe ! s'exclamait Olivier.

Ils quittèrent les lieux de la bureaucratie pour se joindre au grand défilé de la victoire. Défiler, cela devenait une habitude. Après Saugues, ce fut donc Le Puy. Cette fois, la chemise aux manches retroussées apportait de l'homogénéité mais cela ressemblait plus à une marche de travailleurs qu'à une manifestation de l'armée. On en était encore à l'enthousiasme, aux acclamations, la foule aimait cela. Et puis, les sujets de satisfaction ne manquaient pas. Les nouvelles laissaient croire à une reddition rapide de l'ennemi, ce en quoi on se trompait car la redoutable armée allemande en se repliant préparait des offensives.

La victoire à Paris, la libération de la Roumanie qui entrait en guerre contre les Allemands, la libération de Marseille, de Toulon, de Nice, de Bordeaux et celle d'autres villes comme Arras, Saint-Malo ou Verdun firent qu'on s'habitua aux victoires comme on s'était soumis aux défaites.

Pour les garçons du Puy, pour les gens de la Haute-Loire, ce qui apporta le plus de joie fut la libération de Clermont-Ferrand, la capitale auvergnate, le haut lieu.

Le grand défilé, le long défilé du Puy, avec drapeaux français, anglais et américains, se fit sur trois rangs espacés et non de manière compacte. Cet espace entre les trois files donnait une idée de liberté. Les solides Auvergnats et ceux qui les avaient rejoints inventaient une nouvelle forme de parade militaire. La victoire les rendait beaux, fiers et graves.

Pourquoi Olivier se sentait-il si ému ? Était-ce du patriotisme ? Sa réflexion l'amenait à penser qu'il s'agissait d'autre chose : un petit pas vers son monde idéal, et qui dépassait toutes les frontières. Après le cataclysme, l'apocalypse, après tout cela qui paraissait encore incroyable : les camps d'extermination, les horreurs inimaginables, l'esprit de liberté venu du fond des campagnes et des cités envahies triompherait. Les portes de l'avenir s'ouvraient. Il fallait voir plus haut que la vengeance et les haines, faire en sorte que jamais la cruauté, les supplices ne réapparaissent. Une sorte de bois ancré où Orphée apaisait les animaux cachés dans l'homme.

Mais qui ou quoi permettrait d'aborder à ces rives ? Et toujours les rues, les ruelles des pentes de Montmartre lui apparaissaient. Là, des familles venues de partout avaient formé d'instinct un lieu idéal où régnaient la joie et l'entraide. Tandis qu'il défilait, plus que la foule, les guirlandes, les drapeaux et les fleurs, il regardait vers les hauteurs de la ville. Le rocher Corneille, le mont Aiguilhe avec l'église de Saint-Michel, les maisons partant à l'assaut des pentes, cette impression d'étrangeté, de présence du passé dominant l'actuel, et le ciel si bleu, tout cela troubla Olivier.

– Et si tu marchais au pas ? lui dit le garçon qui le suivait.

Rien ne pouvait troubler la méditation d'Olivier. Et peut-être ce qu'il y avait de différent dans cette ville, ces autels de la nature, cette Vierge haute l'alimentaient-ils. Il se savait présent et pourtant sa pensée voguait vers les siècles passés, parcourait le temps, voyait ces monts et ces monuments comme un défi. Qu'était la page d'histoire inscrite auprès de cela ?

Plus tard, quand retentit *La Marseillaise*, une fois de plus il s'analysa. Pourquoi cette émotion devant un hymne, une émotion qui était celle de tous ? Le chant, depuis les jours lointains de la Révolution française, s'était implanté dans les êtres, parcourant les hérédités. Olivier se demanda si les hommes, dominés par une force secrète et peu maîtrisable, ne pouvaient être habités par la sensation de l'inconnu, la même quand il s'étonnait des mot écrits par lui dans un poème. Il secoua la tête. L'idée de Dieu le troublait. Parce que son père ne l'avait pas voulu, il n'avait pas reçu l'éducation de l'Église. Entouré de catholiques pratiquants ou non, appartenant à cette civilisation, ce qu'il refusait ne s'imposerait-il pas au fil des années ? Il sourit. Pouvait-on penser au divin en passant par un chant de guerre profane ?

– Tu es comme moi, ça te rase ces cérémonies, lui dit Nathan, on le voit à ta figure…

– Je songeais à autre chose.

Bien des pensées envahissaient l'esprit d'Olivier. « Allons, enfants de la patri-ie… » Et cette phrase d'Anatole France qu'il connaissait : « On croit mourir pour la patrie, on meurt pour les industriels. » Non, dans les jours présents, ce n'était pas le cas. Les maquisards s'étaient battus pour la liberté, la libération, et plus encore, pour certains, il s'agissait non seulement de la défense d'un territoire borné par des frontières mais de celle de l'univers, du monde entier décimé par la folie d'un dictateur et des siens.

Non, ces pensées ne le menaient à rien. Il se demandait ce qu'il faisait là mais nombre de ses camarades se posaient la même question. Qu'adviendrait-il de cette armée du peuple ? Il l'ignorait. Pourquoi, alors que des ondes négatives le parcouraient, voulait-il rester ? Il gardait en lui, depuis les jours de sa rue, un sens de la communauté humaine, du phalanstère, de la tribu. Il aimait ses amis proches. Il restait curieux de tous les autres, curieux aussi de l'avenir de ces hommes venus de partout.

Son rôle à la caserne lui semblait n'avoir aucun

rapport avec ces jours qu'on disait historiques. Un travail de bureau, ce qu'il détestait. La seule raison de ne pas le repousser : on lui faisait confiance, il se montrait utile. Puisqu'il fallait que quelqu'un le fît, pourquoi pas lui ? Leur chambrette à quatre l'amusait. Le soir, Clément Allès apprenait l'espagnol et on l'entendait murmurer avec ravissement ces mots chantants venus d'ailleurs. Pendule se livrait à de minutieuses réparations d'armes. René Allès faisait des réussites. Et Olivier avait retrouvé la lecture en même temps que la ville. Pourquoi ne pas continuer ?

Les opérations se poursuivaient, ne mobilisant que de petites parties de la troupe. Des soldats allemands isolés étaient signalés. La plupart du temps, il s'agissait de fausses alertes. Dans tel village, dans telle région boisée, les maquisards ne trouvaient rien. Ne s'agissait-il pas d'entretenir l'esprit de résistance, d'avoir une occupation autre que celle des corvées de caserne ?

En réfléchissant, Olivier découvrit une autre raison qui le poussait à rester parmi ses nouveaux amis : un désir d'indépendance. Pour une fois, son oncle et sa tante ne décideraient pas pour lui. Ce serait son premier acte de garçon majeur, devenu un homme. Il serait toujours temps, après coup, de retourner à l'imprimerie.

Des camarades de son âge trouvaient des raisons pratiques : la guerre finie, on reparlerait sans doute du service militaire. Tiendrait-on compte de leur temps passé dans la clandestinité, puis au maquis ? Certains affirmaient que la guerre finie, Hitler et les nazis écrasés, une armée serait inutile.

Les frères Allès, Pendule et Olivier ne se mêlaient guère de politique. Pendule dit :

– Toi, toujours fourré avec Roinita et Riri, tu vas finir par avoir leurs idées…

– Moi, dit Olivier, je n'ai pas besoin des autres pour croire à ce que je crois – si je crois à quelque chose.

– Tu te plais quand même bien avec les communistes, dit René Allès.

– Ceux que tu nommes ne sont pas communistes, mais anarchistes.

– C'est du pareil au même, non ? observa Clément Allès.

Olivier s'indigna. Il affirma avec force que, partageant ou non certaines idées, en accord ou en désaccord, il respectait et respecterait toujours le sacrifice de ces résistants, leurs martyrs, leur contribution à la libération du pays, et, par-delà, leur amis soviétiques sans qui la guerre n'aurait sans doute pas pu être gagnée.

Comme les copains d'Olivier n'avaient pas le goût de ces discussions, on en resta là. Simplement, de temps en temps, une allusion était faite aux idées prêtées à Olivier. Les manières d'être ne s'accordaient pas toujours aux prises de position. Des réputés « rouges » pouvaient crier « Vive de Gaulle ! » ou même « Vive

Charles ! » comme des non-communistes entonner *La Jeune Garde* parce que entraînante.

Des plaies restaient ouvertes, des haines non éteintes. Les nouvelles des exactions de la guerre, les destructions de villages arrivaient, suscitaient l'indignation. Pires que l'ennemi, devenaient ceux qui l'avaient aidé et il fallait les punir au plus tôt. L'énergie de certains groupes se déployait de ce côté-là au cours de recherches et d'une impitoyable chasse.

Olivier, en certaines occasions, s'échappait du bureau où l'on préparait la solde et la distribution de tabac et reprenait son rôle de soldat. Il s'agissait de longues marches, de simulations de combat, de discipline. Et les vieux ordres de l'armée réapparaissaient, accompagnant le pas cadencé. « Tête droite » ou « Tête gauche » devant un monument aux morts.

« Des soldats de plomb ! » s'exclamait le père Palou qui échappait à ces corvées. D'ailleurs, il échappait à tout, se cantonnant aux cuisines où il donnait des coups de main et conseillait pour la préparation de la popote. Clovis, ancien fonctionnaire, se chargeait du mess des officiers en ville. Il se distinguait par un superbe baudrier qui lui barrait la poitrine, par un mélange de ruse et de virilité.

Roinita occupait une chambre au-dessus de l'infirmerie. Elle adorait recevoir ses amis autour d'un quart de vin. Elle ne cessait d'alimenter la curiosité d'Olivier. Il lui vouait un respect à quoi elle était sensible. Elle lui donna une photographie d'identité qu'il garderait toute sa vie. Il savait qu'il ne lui était pas indifférent et qu'elle aurait pu lui offrir d'heureux moments. Il ne le voulait pas. Il ne ressentait pas d'attirance physique. Il désirait être son ami d'une autre manière. Elle lui avait inspiré son poème « La partisane » dont il ne savait pas encore qu'il contenait une bonne dose de clichés et de pompiérisme. Elle restait dans sa pensée comme la Muse patriotique.

Et ce père Palou tentant de rendre service à son ami Olivier de mille façons, lui demandant s'il n'avait besoin de rien, le regardant de la même manière que son grand-père, le maréchal-ferrant de la rue des Tours-Neuves à Saugues, lui apportait la douceur d'un sourire de la bouche et des yeux.

Certes, les jeunes garçons se demandaient pourquoi on s'attardait au Puy quand il restait des combats à mener dans l'est de la France. Pour cela, il aurait fallu rejoindre la Deuxième Armée, un autre univers. Aurait-on créé des brigades maquisardes avec des lois particulières permettant d'échapper au haut commandement qu'ils s'y seraient décidés.

– Ce qu'il faut, avait déclaré Tailleur, c'est apprendre la guerre aussi bien que nous avons imaginé la guérilla. Quand nous serons prêts, nous deviendrons la force la plus redoutable !

Être quatre unis, partageant la même piaule, faisait penser aux Trois Mousquetaires plus un dont ils se distribuaient les noms avec parfois des changements car tous se voulaient le chevalier d'Artagnan.

Le soir, ils quittaient la caserne Romeuf par petits groupes, les quatre s'arrêtant souvent pour visiter une épicerie, un bistrot, tout lieu de vie où quelque visage de fille les faisait rêver. Et ils se baladaient comme de bons bidasses ou comme les héros du *Train de 8 h 47*. Et eut lieu le repas pantagruélique ou gargantuesque qu'ils s'étaient promis de faire. Ils furent tous les quatre à l'hôtel-restaurant Robert pour ces agapes. On leur apporta une carte assez bien fournie. À la surprise de la serveuse, ils annoncèrent :

– Nous ne choisissons pas, nous voulons tout !

Le défilé des plats commença. Un repas comme on les faisait au siècle précédent, avec des nourritures solides, celles de la bonne cuisine auvergnate. Ils engloutissaient, buvaient plus que de raison, Olivier s'exclamant : « Nous sommes des sables, des outres, des éponges... » Clément Allès arborait un sourire de moine, les deux mains sur le ventre. Son frère prenait un air indulgent. Pendule et Olivier se jetaient des défis. Ils étaient gourmands, gueulards, goinfres, goulafres plus que gourmets, tous mots commençant par un *g* figurant la nourriture qu'on fait entrer dans sa bouche, ce que remarqua Olivier.

À mi-chemin des plats bien nommés « de résistance », après le petit salé aux lentilles du pays et la potée, ils n'en pouvaient plus. Par bonheur, les lieutenants Chany et Paulet qui se tenaient à une autre table s'offrirent comme invités et apportèrent un nouveau coup de fourchette. Mais pourquoi le brave Paulet prenait-il toujours Olivier comme tête de Turc ? Il lui demanda :

– Tu sais tirer ? Oui ? Et pas trop mal ? C'est bien. Je te désignerai comme volontaire, la prochaine fois où nous fusillerons les condamnés en cours de jugement.

– Un volontaire ne se désigne pas ! observa René Allès. Et pourquoi lui ?

– Parce que tel est mon bon plaisir ! dit Paulet.

– Jamais ! s'exclama Olivier. Jamais je ne ferai cela.

– Alors, refus d'obéissance ! Le conseil de guerre n'est pas loin.

– Et merde ! dit Pendule. Nous avons aussi des droits.

– Tes droits, tu peux te les mettre où je pense !

– Et si on passait tous au conseil de guerre pour t'avoir cassé la gueule ?

– Allons, allons, dit le lieutenant Chany, des blagues et vous marchez…

L'arrivée du plateau de fromages fit cesser la discussion. Plus tard, Olivier demanda :

– Ces hommes en cours de jugement, comment sait-on qu'ils seront condamnés à mort ?

– Écoute, dit Paulet, ce sont des miliciens. Ils ont torturé à mort des résistants avec des tenailles et toutes sortes d'instruments. Pires que les nazis ! Tu imagines qu'ils ne soient pas condamnés à mort ?

– Parlons d'autre chose ! dit Célestin. Nous sommes là pour nous réjouir.

Certes, les quatre garçons avaient voulu faire la fête,

oublier l'époque. Et voilà que Paulet faisait flotter l'ombre de la mort, qu'il ramenait à l'horrible présent.

Au retour vers la caserne, ils tentèrent de résister aux effets de la bombance, titubant et se tenant par les bras pour s'entraider.

– Ce Paulet, qu'est-ce que tu lui as fait ? demanda Clément Allès.

– Je n'en sais rien. C'est parce que je suis parisien.

– Sainte Connerie ! dit Pendule.

À la caserne Romeuf, la sentinelle leur fit observer que l'extinction des feux avait été sonnée. Il devrait faire une rapport.

– Ordre du commandant Tailleur ! déclara Olivier. Mission spéciale...

– Si c'est comme ça..., dit la sentinelle en riant. Vous avez dû y aller du canon de pinard.

Il se produisit au Puy un certain nombre d'événements sur lesquels l'Histoire et la chronique jetteraient un voile pudique. Ainsi, il y eut ce raid à la gendarmerie qu'on attribua, à tort peut-être, aux garçons du camp Wodli. Si les gendarmes s'étaient ralliés à la Résistance, on n'oubliait pas certains faits. Le jeu fut d'arrêter les pandores et de les amener place du Breuil où chacun d'eux, sans autre violence, fut attaché à un arbre jusqu'au matin.

La nuit, il arrivait qu'on entendît une explosion. Le

lendemain, on apprenait qu'une boutique, des bureaux avaient été détruits.

Olivier fit des rapprochements. Chaque fois, la veille de ces attentats, un soldat se présentait au bureau de la C.H.R. muni d'un bon pour recevoir des pains de plastic qu'on allait chercher à la réserve. Olivier prit l'initiative de se présenter chez le commandant Tailleur qui le reçut fort affable.

– Mon commandant, dit Olivier, il s'agit du plastic.

– Et alors ?

– Ceux qui viennent avec des bons signés par vous... heu ! ils en font quoi de ce plastic ?

– Tu n'as pas à le savoir. Secret militaire. Je sais qu'il s'agit de fortifications. Mais je n'ai pas à te donner l'explication, compris ? À tout hasard, je vais limiter ces attributions. Pour l'instant, tu obéis aux ordres.

Olivier salua et fit un demi-tour comme on le lui avait appris.

Dans les jours qui suivirent, personne ne se présenta pour demander ces bâtons de plastic d'apparence anodine et si redoutables. Mais il se trouva qu'une nuit, la réserve fut pillée et que des armes et tout le plastic disparurent. Le capitaine Duvent fit un rapport qui devait se perdre parmi la paperasse. Et les explosions de nuit se répétèrent.

Lorsque le froid de l'hiver, la neige arrivèrent, très tôt cette année-là, les quatre garçons furent bien aise de se trouver autour du poêle dans leur lieu de vie. Ils se procurèrent à la cantine où officiait leur copain Gignac des denrées et un vin d'Algérie titrant un haut degré dont ils aimaient le goût. Chacun dans son lit, buvant de temps en temps une gorgée, se livrait à ses tâches. Olivier avait entrepris d'étudier les mathématiques. Il ignorait encore que cela lui servirait bientôt. Le but de chacun était de perdre le moins de temps possible, de lire et d'apprendre : ils se sentaient étudiants plus que militaires.

Seul Olivier, dans la journée, se soumettait à son travail. Pendule mettait tout son art à en faire le moins possible, ce qui provoquait des conflits. Certains jours, dans le couloir, s'étirait une longue file d'attente. Il fallait distribuer la solde et le tabac. En plus des résidents de la caserne, se présentaient des militaires en transit à qui il fallait, sur présentation d'un bon, verser des sommes. Ainsi, Olivier devenait un expert en additions tandis que Pendule tapotait sur sa vieille machine à écrire en bâillant.

Au petit matin, sur le poêle, on faisait chauffer de l'eau pour se raser. La toilette s'arrêtait souvent là. Seul Olivier prenait son courage à deux mains, partait le torse nu dans le froid pour se laver à l'eau glacée d'une fontaine. On le mettait en boîte. Oui, c'était bien un Parisien, un délicat. Ainsi, dès qu'il avait un peu d'argent, il s'occupait à parfaire sa tenue militaire, le grand chic consistant en une cape de cavalerie trouvée chez un brocanteur.

Si le temps le permettait, en fin de semaine, les Sauguains prenaient le vieux car bringuebalant qui les conduisait à leur village. On ne les faisait pas payer mais, quand il y avait surnombre, ils devaient grimper sur le toit du haut véhicule et se serrer parmi les colis. Le trajet long, les arrêts interminables, le vent glacé les contraignaient à ce supplice. La récompense était au bout de la route. À Saugues, l'arrivée du car, distraction d'un moment, faisait accourir les gens qui, ensuite, en famille, parleraient des arrivants.

Un jour où Olivier se tenait assis dans le car près d'un gars qui n'était pas du pays, il entendit derrière eux des paysans qui s'exprimaient en patois.

– J'entrave que dalle à leur sabir, dit le compagnon d'Olivier, tu comprends, toi ?

– Pas du tout, dit Olivier, mais il vaut mieux ne pas comprendre.

– Et pourquoi ?

– Ils parlent de nous et pas en bien. Nous sommes tous, pour eux, des gibiers de potence.

Son interlocuteur se dressa, brandit un revolver et ordonna l'arrêt au conducteur. Sans ménagement, il poussa les deux fâcheux vers la sortie pour les laisser en plan dans la nature. Il regarda les passagers civils avec défi et s'assit entouré de silence.

– Voilà qui n'arrange pas nos affaires, dit Olivier. Notre réputation est faite.

Son compagnon riait. Ils savaient que beaucoup ne les aimaient pas. Au Puy, il avait souvent vu des regards désapprobateurs. Ce n'était pas la Résistance qui déplaisait mais cet afflux de militaires, certains se montrant arrogants.

La tante Victoria regagna Paris où Marceau devait revenir. Elle ordonna à Olivier de partir en sa compagnie : il refusa, en promettant toutefois de la rejoindre un peu plus tard. La mémé, elle, poursuivait sa petite vie comme si de rien n'était. Tout cet « entrain », comme elle disait, lui semblait inexplicable. Olivier découvrait que sa compagnie était des plus agréables. Il adorait s'occuper auprès des vaches, les étrillant et nettoyant leur litière. Il lui arrivait même de traire mais sa grand-mère l'écartait car il s'y prenait mal.

Sa petite amie, sa marraine de guerre passagère, retournée à Marseille, lui manquait. Il allait rôder vers la belle villa du notaire à cause de ses deux jeunes filles. Il apprit que s'il approchait à moins de cinquante mètres, le père lui botterait les fesses et cela l'amusa.

Peu à peu, la France renaissait. Les journaux issus de leur période clandestine apportaient des nouvelles. Passé l'enthousiasme de la Libération, les problèmes quotidiens réapparaissaient. Tout n'avait pas été transformé comme par un coup de baguette magique. Certains s'étonnaient de la permanence du contingentement des produits. Si les comités départementaux de

Libération proclamaient leur indépendance, des commissaires de la République entraient en fonction. L'État centralisateur reprenait ses droits coutumiers. Le général de Gaulle multipliait les initiatives. Il n'en finissait pas d'étonner. Comme l'avait fait le maréchal Pétain, il allait de ville en ville, prônait la reconstruction, l'esprit de renouveau.

La guerre se poursuivait. Les Allemands, sur l'ordre d'Hitler, étaient prêts à se battre jusqu'au dernier. Des dizaines de milliers de F.F.I., de F.T.P. étaient incorporés dans l'armée du général de Lattre de Tassigny. Le haut commandement allié d'Eisenhower donnait son accord pour que l'armée française luttât en Allemagne. L'Europe devenait une immense fourmilière.

– Cette grande perche, dit Palou, traitant ainsi avec une familiarité affectueuse de Gaulle, va finir par me réconcilier avec les militaires.

Ces années malheureuses avaient suffi pour qu'apparût une nouvelle race de hauts officiers, bien différents de ceux de 1940, les Gamelin et autres. Qu'ils soient de Gaulle, Leclerc et de Lattre, ils apparaissaient moins guindés, plus modernes. Et il en était de même des généraux américains à l'allure plus naturelle.

De son côté, l'Armée rouge poursuivait son avance, libérant la Hongrie, l'Estonie, des territoires qui formeraient la Yougoslavie tandis qu'un armistice survenait entre la Bulgarie et l'U.R.S.S. Bientôt les Alliés libéreraient Metz et Belfort, les chars de Leclerc délivreraient Strasbourg.

L'Europe meurtrie ne respirait pas encore. Les Allemands contre-attaquaient dans les Ardennes avec succès. N'en finirait-on jamais avec eux ? En fin d'année 44, on apprenait la mort du colonel Fabien au front. Ce fut une grande tristesse parmi les résistants.

Cette année-là, l'hiver fut des plus rigoureux. Ceux qui croyaient la période des grands maux terminée durent déchanter : le bois et le charbon manquaient tout comme les produits agricoles. L'acheminement du ravitaillement était anarchique. Le marché noir sévissait encore. La carte de pain annulée aux beaux jours était rétablie.

Une lutte intérieure se dessinait, fort inquiétante. La Résistance se voulait force de gouvernement. Sans aller trop loin, beaucoup s'opposaient à de Gaulle. Sa conception de l'État souverain et hiérarchisé se montrait contraire à cette idée de république des régions. Des pouvoirs se heurtaient. Ainsi, au Puy, l'armée du peuple ne voulait pas se défaire, se fondre dans l'armée tout court. Et c'est pour cela que le commandement F.F.I. et F.T.P. retenait les hommes, les engageait à ne pas rejoindre la Première Armée française.

L'épuration se poursuivait, impitoyable. Les miliciens, particulièrement visés, étaient fusillés par centaines. Une Haute Cour de justice se préparait à juger les gens de Vichy, des chambres civiques se constituaient, les comptes bancaires des collaborateurs étaient bloqués. On avait appris le départ de Pétain et de Laval pour une ville allemande appelée Sigmaringen, l'adhésion totale à Hitler des Déat, Darnand, Doriot, Brinon. Des journalistes, des écrivains furent arrêtés, mis en jugement. Certains, comme Suarès, Chack, Béraud, Maurras, Brasillach furent condamnés à mort, très peu connurent la grâce. Tout se fit avec hâte. On était pressé d'en finir. Les balances de la Justice paraissaient mal équilibrées. Dieu reconnaîtrait les siens.

Olivier et ses camarades ressentaient la même impression. Soumis au ronron quotidien, à l'absurde vie de caserne, ils se posaient cette question : « Servons-nous à quelque chose ? » Palou apportait une réponse en forme de question « Et pourquoi servir à quoi que ce soit ? » Ils désiraient tous partir mais ne pouvaient se résoudre à se quitter. Un aimant les retenait : celui de l'amitié, de l'attente, peut-être d'un événement inconnu qui les unirait encore plus.

Le capitaine Tarzan remplaça Duvent à la tête de la compagnie. Cela fut plus débraillé, plus violent et plus drôle. Le colosse au collier de barbe noire ne se résolvait pas à cette vie. Il aurait voulu que le temps des bois, des coups de main, de la bataille restât présent. Querelleur, il brisait les résistances par le muscle. Quelque problème surgissait-il qu'il ôtait sa veste, retroussait ses manches et disait : « Nous allons régler ça dans la pièce à côté… » Parce qu'il lui avait refusé une quantité absurde de paquets de cigarettes, Olivier connut cela. Sans la présence du lieutenant Célestin qui savait calmer les esprits, il aurait reçu une bonne raclée. Tarzan, avec ses sautes d'humeur, ses grands éclats de rire, sa manière de vous taper sur l'épaule avec force apportait une séduction. Il brisait la monotonie. Avec lui, on pouvait s'attendre à tout. Il plaçait à la tête de la compagnie un drapeau rouge qui n'était pas celui du parti communiste mais celui de la Coloniale. Il pratiquait un commandement particulier réparti entre discipline et relâchement. Sans doute aurait-il désiré que le temps dangereux fût éternel.

« Il vient de la préhistoire ! » disait René Allès. Pour Olivier, il jaillissait haut en couleur des pages d'un roman d'aventures. Clément Allès le tenait pour une bonne brute plutôt sympathique. Pendule haussait les épaules.

Les parents de Nathan, depuis peu, s'étaient installés au Puy en attendant de rejoindre Colmar et leur belle Alsace. Le jeune Nathan avait quitté la caserne mais continuait à voir ses copains.

Olivier ne le dit pas à ses camarades : il fut invité à une réunion du parti communiste où il fut fêté. On le félicita de ses poèmes de Résistance. On l'entoura, on l'assura d'un brillant avenir : école des cadres rouges du Blanc-Mesnil, voyage à Moscou. Et s'il était responsable de groupe, puis chef de section au sein du maquis ?

Il devait assister à trois réunions avant de prendre

ses distances. Cela se produisit quand on parla de la poignée de main aux catholiques pour mieux les « posséder ». Il dit que ce n'était pas loyal. « Mon petit, tu as beaucoup à apprendre ! » répondit-on. Et toute une dialectique fut développée à laquelle il ne comprit rien. Cette sorte de logique lui échappait. Il le dit et assura qu'on se trompait sur sa personne. Il n'était pas l'homme qu'il leur fallait. Il fut alors invité à sortir. Ce fut glacial. Non, il ne connaîtrait pas cet univers dit de gauche depuis que Maurice Thorez était de retour en France.

Cet hiver fut ponctué par de grandes réunions. La première eut lieu dans une salle décorée de drapeaux, en ville, où discours et hommages se succédèrent. *La Marseillaise* retentit et tous se levèrent. Puis ce fut *L'Internationale*. Pendule, les frères Allès et quelques autres restèrent assis. On fit semblant de ne pas le remarquer. Olivier fit des reproches à ses amis. Ce chant pour lui méritait le respect. La discussion se poursuivit longtemps sans s'envenimer. Les autres gardaient leur quant-à-soi et opposaient des plaisanteries.

La deuxième réunion fut au grand théâtre de la ville. Il s'agissait d'une soirée donnée au profit des blessés de la Résistance, un spectacle conçu et réalisé par les maquisards eux-mêmes aidés par quelques artistes locaux bénévoles. Olivier fut invité à être sur scène. « Tu n'as qu'à lire tes poèmes… », lui conseilla-t-on. Pendule était d'avis qu'il racontât plutôt de petites histoires drôles.

Ce fut un supplice. Poussé sur la scène, il connut ce qu'on appelle « le trac ». Ses jambes semblaient ne plus vouloir le porter et son menton tremblait. Après un silence gêné, il se décida enfin. Certes, il y avait dans la salle ses amis prêts à applaudir n'importe quoi, mais aussi nombre de civils plus exigeants. Il parlait à voix trop basse. On ne l'entendait guère. Il se rattrapa en disant des poèmes, pas les siens, non, il ne le pouvait pas : ce serait comme se déshabiller sur la scène. Des poèmes, sa mémoire en était pleine. Peu à peu, comme si les mots lui donnaient du courage, il dit des sonnets de Verlaine, de Rimbaud, de Heredia, et bien sûr de Baudelaire.

Puis, Pendule qui se trouvait dans les premiers rangs, près de Roinita, se leva et réclama un poème d'Olivier. Celui-ci accepta. Il dit : « Voici "La partisane" en hommage à Roinita Lair qui est parmi nous. » On applaudit. Olivier, au fur et à mesure qu'il disait les vers, soumis à sa propre critique, savait que le poème était mauvais, emphatique. Et pourtant, il connut une ovation, ce qui lui donna à penser que les gens aimaient la poésie quand elle était nulle et farcie de clichés qui ne dépaysaient pas.

La troisième réunion eut lieu à la caserne Romeuf. Là, on était entre soi. Pour Olivier, ce fut magnifique. Cela commença par les Sénégalais qui semblaient avoir le don du spectacle. Ils chantèrent des chansons naïves, comme *En avant, c'est pour la France…*, que l'armée leur avait enseignées. Comme s'ils étaient entre eux, ils entonnèrent en rythme des chants africains où la danse se mêlait à la voix.

Puis ce fut le tour des Russes de l'armée ralliée qu'on appelait les « Vlassov ». Les Indochinois, gênés, dirent des *Fables* de La Fontaine. On entendit alors, poussées par l'un ou l'autre, des chansons de 1900 et des goualantes réalistes. Enfin, les Auvergnats, présents en nombre, au son d'un accordéon et d'une cabrette, dansèrent la bourrée. À la surprise d'Olivier, tous entrèrent dans ce jeu, métropolitains, gens des colonies, Espagnols, hommes de toutes les provinces. Certes les pas étaient approximatifs, mais tout le monde dansait, chantait. Olivier, à l'écart, cachait une émotion grandissante. Une bourrée internationale en quelque sorte. Et s'il en était ainsi dans l'univers entier ? Ses pensées, ses idées profondes se retrouvaient là.

Plus tard, cela ne se termina pas aussi bien qu'il l'eût désiré. La caserne avait un lieu réservé où l'on ne se rendait pas. Là croupissaient quelques prisonniers allemands. Nul ne savait que le petit groupe de la chambrée des quatre mousquetaires leur avait fourni des couvertures. Ce soir-là, ils proposèrent d'aller donner un peu de nourriture aux ennemis. Le lieutenant Célestin apporta son soutien. Ce fut alors qu'aidée par le vin, la dispute éclata. Les insultes fusèrent. Les premiers coups furent échangés. Tarzan jubilait : enfin une bagarre. À la beauté succéda la laideur et il fallut du temps, de la fatigue pour apaiser les esprits.

À l'entrée de la caserne, dans un bâtiment sur la droite se trouvait le bureau du commandant Tailleur. Clément Allès, Pendule et Olivier avaient été convoqués. Ils frappèrent à la porte, saluèrent, se figèrent, sur ordre se mirent au repos. Ces conventions militaires apparaissaient plus volontiers comme un amusement que comme une contrainte. Un peu comme lorsque, dans l'enfance, on jouait « à faire semblant » ou à « Toi tu serais... ».

– Asseyez-vous, les gars, dit Tailleur. Je vous connais bien et je vous félicite...

– De quoi ? demanda Pendule, le plus hardi.

– De votre réussite. Elle vous permettra d'aller plus loin, plus haut...

Olivier regarda le plafond. Les trois garçons se souvinrent. Quelque temps auparavant, on les avait soumis à un exercice de culture générale écrit et oral de peu d'importance, les questions étant de petit niveau.

– Que je vous explique, dit le commandant. Nous sommes protégés par le Conseil national de la Résistance. S'il n'a pas tous les pouvoirs, ce qui est dommage pour le pays, il a du moins quelques prérogatives. Beaucoup d'entre vous, à cause de leur engagement au combat, n'ont pas eu la possibilité de passer des diplômes...

Cela fit sourire Olivier.

– ... Aussi, le commandement a prévu que dans chaque région militaire un petit nombre de maquisards méritants, exclus pendant ces années de l'université, auront la possibilité de faire le concours d'entrée à Cherchell. Mais savez-vous ce qu'est Cherchell ?

– Oui, dit Clément, une ville d'Algérie. En fait, il s'agit de l'école de Saint-Cyr.

– Exact. Vous avez donc la possibilité d'être des saint-cyriens. Pour des garçons du maquis, c'est une avancée extraordinaire.

Les trois copains se regardèrent étonnés. Olivier se souvint d'une expression populaire pour désigner quelqu'un de pas très malin : « Celui-là, il n'est pas sorti de Saint-Cyr. » Pour fêter la chose, Tailleur commanda à son ordonnance des verres de cognac.

– Un jour, dit-il, si je suis encore en vie, je serai fier de vous. Qui sait jusqu'où vous irez… L'examen aura lieu dans trois mois à Riom. Vous serez en quelque sorte les représentants des nôtres, un grand honneur.

– Heu oui ! dit Pendule et il chuchota : Ben, mon vieux ! Ben, mon vieux !

Olivier commençait à trouver la chose amusante. Tailleur n'avait oublié qu'un détail : aucun d'entre eux n'envisageait une carrière militaire.

– En attendant votre déplacement à Clermont, puis à Riom pour une semaine, vous aurez ici tout loisir d'étudier et de réviser.

– Mais… mon travail de sergent-major ? demanda Olivier.

– Duvent a trouvé une perle, un ancien aide-comptable. Il te remplacera momentanément. Maintenant que tout est rodé, sur les rails, rien à craindre.

De cela, Olivier n'était pas fâché. Pendule et Clément semblaient s'amuser beaucoup. Ils portaient les espoirs de tous mais le poids de cette responsabilité ne les écrasait pas. Ils n'avoueraient jamais leur fierté. Ils voulaient avant tout rire de cette absurdité. Leur choix, l'examen n'y était pour rien. Ils passaient pour les intellectuels de la caserne Romeuf. Ne lisaient-ils pas ? N'échangeaient-ils pas des propos incompréhensibles ? Et Olivier avec ses poèmes comme un Aragon au petit pied…

La belle, la calme, l'apaisante neige apportait le silence. La ville du Puy, les monts alentour devenaient un décor féerique.

René Allès avait fait savoir à ses amis que, mis au courant des projets, il avait refusé par avance. Durant quelques semaines, les trois élus connurent toutes les libertés. Par exemple, celle de se rendre dans le centre de la ville à la bibliothèque, randonnée souvent remplacée par un bistrot tenu par deux jeunes femmes séduisantes. Clément regardait avec un sourire en coin ses deux amis, Olivier et Pendule, rivaliser de moyens de séduction bien inutiles.

Tout leur fut accordé. N'étaient-ils pas les champions désignés ? Ils en abusèrent. Cet examen leur importait peu. Le réussir ou non, quelle importance ! Olivier se sentait sûr de lui en ce qui concernait les matières littéraires. S'il bûchait, c'était du côté des mathématiques. Cela demandait un esprit logique qu'il n'avait pas. Ses copains lui donnaient conseils et coups de main. Il s'aperçut bientôt que trouver une solution était plus facile que démontrer la manière d'y parvenir.

Ce fut une période heureuse. Dans la neige, ils jouaient comme des enfants, se jetant des boules et courant. Ils se lançaient du « Mon général ! » et faisaient des pitreries. Tout au fond de lui-même, Olivier ne pensait qu'à une chose : si d'aventure il réussissait, comme il épaterait sa tante ! Il lui écrivit en indiquant en post-scriptum le plus important : le concours de Saint-Cyr.

Il engagea aussi une correspondance avec la jeune fille de Roanne, celle à la croix de Lorraine à qui il pensait beaucoup, une autre avec la belle Marseillaise. « Ma femme et ma maîtresse ! » rêvait-il.

Il apprit que le cousin, le capitaine Desloges qui l'avait protégé à Roanne, après avoir commandé les maquisards de Bourges, combattait dans les réduits tenus par les Allemands. Sa jolie jeune femme habitait toujours Roanne où il lui écrivit sans recevoir de réponse.

Dans la chambrette devenue une salle d'étude, entre deux coups de vin d'Algérie, on bûchait ferme. Les quatre avaient usé de leur imagination pour transformer le lieu. Dessins sur les murs, photographies et même rideaux improvisés rendaient le lieu habitable. Pour le repassage, ils ne mettaient plus le pantalon entre sommier et matelas car ils en avaient fait coudre le pli. Ils dégotèrent même une petite T.S.F. qui crachait ses parasites.

Le vieux Palou quitta la caserne. Fixé à Saugues, il venait souvent au Puy où il rendait visite à ses jeunes amis. Chaque fois, il apportait un cadeau de vin ou de charcuterie. Il s'entretenait avec Olivier. Cette protection constante, cet intérêt pour sa personne, quelle en était la source ? Le jeune garçon tentait de se souvenir d'une vieille histoire qu'on lui avait contée autrefois mais en vain.

Sans de nouveaux arrivants, les effectifs auraient été en diminution. De nombreuses défections : ceux qui estimaient la tâche accomplie et rentraient chez eux. Ce fut le cas pour Fonsou, Fernand, Chadès, quelques autres que leur métier ou leur famille requérait. Certains s'en allèrent sans laisser de traces. La Première Armée en attira d'autres. On savait que là, bien accueillies, leurs troupes issues du maquis faisaient merveille.

Bientôt, à la caserne Romeuf, les jeunes furent en majorité. Les milices patriotiques se dissolvant, ceux du maquis affirmaient une permanence de l'idée première de Résistance et de Révolution. Les anciens sous-officiers montés en grade redonnaient aux soldats encasernés un air d'autrefois, manières d'être, coutumes, plaisanteries lourdes de chambrée. Et voilà que régnaient la discipline, la marche au pas, le fourbissement des armes, la bonne tenue. Lorsque le haut commandement militaire enverrait un inspecteur, il serait étonné de trouver ce qui ressemblait de plus en plus à l'armée traditionnelle : la horde sauvage domestiquée.

Les chefs multiplièrent les initiatives, les jeux, tout ce qui pouvait rendre la vie agréable pour engager les hommes à rester. L'idée de la renaissance de l'ancien 86e R.I. cher à la ville du Puy commençait à grandir. Le commandant, les capitaines, les lieutenants prenaient les hommes à part, multipliaient les initiatives verbales aux accents de persuasion comme des amants appelant leur maîtresse à la fidélité. Pendule se moquait :

– Ils ont peur de rester seuls dans le noir. Sans troupes, ils ne sont plus rien. Les galons s'envoleront. Les gars, après l'examen de Cherchell, je me tire.

– Oh ! on n'est pas mal ici, dit Clément Allès. On nous fiche la paix.

– J'ignore ce que je vais faire, reconnut Olivier.

Le temps n'était plus où son avenir, décidé par d'autres, échappait à sa volonté. « Il faut que je réfléchisse ! » décidait-il. Ainsi, il s'en remettait aux hasards de l'existence.

Se serait-il trouvé dans une ville autre que Le Puy qu'il en aurait été différemment de ses hésitations et de son impuissance à mener ses jours. L'endroit le fascinait par sa puissance attractive. Les étranges rocs dressés, les créations éparses des volcans éteints, il en répétait les noms : Espaly, l'Arbouisset, Ceyssac,

Aiguilhe, Polignac. Il parcourait les ruelles s'élevant en gradins autour de la cathédrale et des grands monuments. Il explorait et s'attardait sur la vaste place du Breuil, centre de la cité. Là, il contemplait les statues des fleuves et cours d'eau, la Loire, l'Allier, la Borne, la Dolaizon. Il s'arrêtait devant le buste de ce Jules Vallès dû à un nommé Sabatier dont lui avait parlé le père Palou et dont il découvrait l'œuvre.

Après une promenade au jardin public Vinay, il rejoignait un lieu maintes fois visité et qui cachait des trésors, le musée Crozatier. « Regarde de tous tes yeux, regarde ! » lui conseillait Michel Strogoff. Salle après salle, il prenait possession des merveilles. La contemplation devenait baume. Les questions se dissolvaient. Les soucis du jour s'estompaient. De rares visiteurs regardaient ce soldat inattendu en un tel lieu. Et lui voyait en avenir ces témoignages du passé. La splendeur des œuvres de l'homme, la recevant, il lui conférait une unité, celle de son esprit. Cette curiosité, le moteur d'une éducation sauvage, il la retrouvait telle qu'aux plus beaux jours de son enfance avec ses étonnements et ses ravissements.

Il commençait sa visite par le Musée lapidaire. Des antiquités préhistoriques, gallo-romaines, médiévales, de l'homme fossile aux chapiteaux, colonnes, bas-reliefs à la salle du mobilier avec coffres, bahuts, tapisseries, reliquaires, objets précieux, ivoires, bijoux, faïences, il découvrait le rêve à travers l'objet réel.

Sans doute ce musée n'était-il pas un des plus grands

du monde mais il offrait la diversité, des modèles de mécanique à la paléontologie, des copies de danses macabres de la Chaise-Dieu aux fresques des cathédrales. Les salles de peinture rayonnaient de grands noms, Dürer, Le Nain, Delacroix, Rigaud, Clouet, Fragonard, Rubens, Poussin... Olivier admirait en même temps qu'il mesurait son ignorance dans tant de domaines.

Il se reprocha de mal connaître les trésors du Louvre et tous ceux réunis à Paris. Durant les années d'Occupation, il lui répugnait de se trouver dans des lieux envahis par les troupes ennemies, le simple fait de partager une admiration ou une simple curiosité lui apparaissant comme une complicité.

Dans une ville libre, il pouvait regarder les œuvres, les merveilles de la main et de l'esprit humains qui répondaient à celles de la nature. Il pensa à tout ce qu'il ignorait, à tout ce qu'il lui restait à découvrir de ville en ville, dans toute la France, peut-être un jour à l'étranger.

Il passa rapidement dans la salle réservée aux dentelles, les fameuses dentelles qui, avec les lentilles vertes, ajoutaient à la renommée du Puy, regarda quelques pièces d'une riche collection de monnaies, revint sur ses pas, vit de nouveau les guipures, filets, un corsage et autres pièces de fils tirés. Bien qu'il sût que cela ne l'intéressait guère, il pensa aux auteurs anonymes de ces œuvres, non pas de grands artistes renommés et fêtés mais, le plus souvent, de simples femmes de village comme sa grand-mère.

Il pensa à deux dames âgées entrevues dans son enfance alors qu'il découvrait Saugues, le passé de sa famille et toutes sortes de coutumes. Elles se tenaient derrière la porte vitrée d'une demeure, ancienne boutique, pour profiter de la clarté du jour déclinant. Elles maniaient avec rapidité et délicatesse tout un outillage mystérieux de fuseaux, de ciseaux, de nombreuses épingles sur le carreau rembourré. Olivier alors avait rêvé à d'étranges géométries, à des dédales compliqués, se demandant comment ces travailleuses au visage tranquille pouvaient s'y retrouver dans ces enchevêtrements.

Sa mémé, elle, ne connaissait pas cet art mais les gants qu'elle fabriquait au crochet s'en rapprochaient. Dans ce musée, il admirait les œuvres arachnéennes mais plus encore, dans son passé d'enfant, les femmes les concevant. Il aimait le mot *dentelle*. Sa finale féminine convenait à la chose. Dans son souvenir, il voyait la danse des doigts et la naissance du miracle aérien. Elles procédaient sur des modèles mais parfois le goût de la nouveauté prenait l'une d'entre elles. Elle imaginait, inventait, adaptait les points, utilisait ressources et procédés. Il avait aimé les voir entourer les épingles de fil, faire une boucle, planter d'autres épingles, déplacer ces fuseaux au bois lisse et qui couraient sous les doigts, petites poupées actives, fourmis jamais en repos.

Les belles, les blondes, les exquises dentelles, les femmes du pays s'en transmettaient depuis des siècles le secret. Olivier, dans cette salle d'un musée, connut une fascination comme s'il découvrait après de longues recherches l'âme même de son pays. Et il pensa à toutes ces dames d'âge mûr rencontrées aux veillées. Après les travaux rudes aux champs, à la cuisine, à l'étable, elles lavaient leurs mains pour se transformer en servantes d'un délicat artisanat. Ainsi, par la dentelle, elles opposaient à la rudesse de la vie rurale, aux rigueurs du climat burinant les traits, aux forces volcaniques, la délicatesse cachée de l'être intérieur. Les corps des solides travailleuses révélaient des âmes de fine dentelle.

Ces vitrines, malgré l'apparence figée, ne cachaient pas des œuvres mortes. Il fallait savoir regarder, imaginer, voir au-delà. Par un excès de sensibilité, Olivier se sentit au bord des larmes. Puis, comme on dit, il se secoua et s'accusa d'être un peu cinglé. Mais n'était-ce pas son goût de la poésie qui l'amenait à ces méditations et à ces visions ?

Après de telles promenades solitaires, de telles découvertes, de tels fruits pour son imagination, il descendait jusqu'à la caserne Romeuf la tête pleine d'images et de pensées non communicables, de trésors.

Ainsi, ses errances le délivraient d'un souci constant : ce sentiment d'inutilité alors que, durant un temps bref, il s'était senti investi d'une mission. Pourquoi n'avait-il pas le courage de quitter ses amis, de rejoindre la Première Armée ? Cette décision serait considérée comme une démission, une trahison envers ses camarades, une sorte de désertion.

« Nous comptons sur vous ! » avait dit le commandant Tailleur aux candidats à Cherchell. Aussi Olivier avait-il la sensation d'une responsabilité envers tous : porter l'honneur du maquis. Pour un éventuel départ, il verrait après en se concertant avec ses amis.

Dans les jours qui suivirent, on manœuvra dans la grande cour. Un général allait venir de Paris pour inspecter les troupes. Il fallait lui montrer comment des groupes épars pouvaient se métamorphoser en compagnies disciplinées et dignes des anciennes traditions et aussi qu'ils sachent, les hauts responsables, qu'on pouvait se passer d'eux et, pour en parler de manière imagée, leur « en mettre plein la vue ».

Tandis que les hommes étaient alignés au repos, le commandant Tailleur apporta une information. Il parla d'une simple formalité qui consistait à signer une feuille. Toujours la paperasserie.

– … Vous signerez tous. Il s'agit d'un engagement volontaire pour la durée de la guerre. Rassurez-vous : ce n'est qu'une formule, une officialisation de votre présence au maquis. Vous signez et cela va aux archives. Sans autre conséquence…

Le plus étonnant : tous acquiescèrent. Ils ne songeaient pas à ce à quoi ils s'engageaient. De la paperasse, c'est tout.

– Alors, on signe ? demanda Olivier à ses copains de chambrée.

– Pourquoi pas ? dit Clément Allès. De toute façon, la guerre sera bientôt terminée. Chez les Chleuhs, c'est la débandade.

– Oh ! attends une minute ! objecta Pendule. Chez moi, on ne signe pas comme ça. Il faut voir.

– Voir quoi ? dit Olivier.

– Suppose que, par miracle, la guerre dure encore dix ans. La guerre de Trente Ans, la guerre de Cent Ans, cela a existé. Tu te vois toute ta vie en troufion, toi ?

– On sera toujours libre de se tirer, objecta Olivier.

– Et le conseil de guerre ? Et la désertion ? Et toutes ces conneries ?...

Ils eurent quelques hésitations. Puis le cours des choses reprit. On n'y pensa plus guère. Ce fut un conseil de révision avec examen physique et questions de toutes sortes. À défaut de diplômes, un adjudant indiqua pour Olivier : « Sait lire et écrire. » Cela amusa l'intéressé. Il dit à ses amis :

– Les gars, je sais *lire* et *écrire*. Quel compliment !

Ils devinrent officiellement des soldats, des engagés. Puis ils oublièrent. La date de l'examen à Riom était fixée. Les trois bûchèrent des soirées entières et parfois bien avant dans la nuit. Au fond, ce concours les intéressait moins que le prétexte à échapper aux corvées qui l'accompagnait.

Et la ville était recouverte de neige.

Sept

Ce fut une belle escapade. Les trois amis, Clément, Pendule, Olivier, empruntèrent le train pour se rendre à Clermont-Ferrand. De là, ils se rendraient à Riom. À l'aller comme au retour, ils feraient l'école buissonnière, prenant pour prétexte un retard inventé de l'examen.

Peu fortunés, ils emportaient des vivres pour tout le temps de la virée sous forme de pâté de campagne et de bleu d'Auvergne tassés dans des gamelles avec pour accompagnement des boules de pain et des bidons de vin. Studieux, durant le trajet au ralenti, ils s'interrogeaient les uns les autres en se posant des colles.

En cette période de l'année, les trains s'arrêtaient dans toutes les gares, prenant des voyageurs sur de courtes distances avec tout un chargement de cageots de légumes et de volailles. Les conversations rapides tournaient sur « Vous allez où comme ça ? », à quoi les trois amis répondaient par des propos vagues et pleins de mystère.

Arrivés dans la capitale auvergnate, ils se mirent en quête d'un hôtel bon marché et qui accepterait de louer une chambre pour trois. Après un casse-croûte qui emplit la petite pièce où l'un d'eux coucherait par terre d'une odeur de nourriture que la fenêtre ouverte ne parvenait pas à chasser, ils partirent à la conquête de la ville.

De nombreux militaires de toutes espèces parcouraient les artères, des soldats de l'armée dite régulière à ceux issus des F.F.I. et F.T.P. Ici, la Résistance avait été des plus actives. La vie coutumière reprenait son cours. Dans cette grande ville, les quartiers portaient l'empreinte rurale. Sur un marché, derrière la noire cathédrale, ils achetèrent des œufs qu'ils gobèrent après les avoir percés de trous d'aiguille.

– La vie est belle ! affirma Olivier.

Ils cheminèrent dans les ruelles, rendirent visite à un « natif » de Saugues qui tenait un bistrot à Chamalières. Le voyage se poursuivit jusqu'à Royat en tramway. Là, ils découvrirent un nouveau panorama. Olivier regardait les passants. Ils offraient des visages du pays, ceux des bons Auvergnats aux joues rouges. S'ils parlaient à quelqu'un, on s'enquérait aussitôt de leur origine. Pendule agaça Olivier en disant : « Nous sommes de Saugues, sauf celui-là, c'est un Parisien ! »

Place de Jaude, la statue de Vercingétorix se dressait comme s'il avait été un vainqueur, l'autre figure emblématique étant le bon Bibendum Michelin. Mais soudain, une présence statufiée les arrêta : Blaise Pascal. Ils décidèrent de lui rendre hommage. Dans une posture de tribuns, la main sur le cœur, ils se répandirent en discours enflammés qui faisaient s'arrêter les passants. Comme le temps du fameux examen se rapprochait, Olivier s'écria :

– Ô grand Pascal, lumière du monde, prince de la pensée, je t'en prie, inspire-moi pour les mathématiques !

Puis, mêlant ce Blaise à un autre Blaise, il déclama :

– Blaise, sommes-nous bien loin de Montmartre ?

Il dut expliquer à ses amis qu'il s'agissait de Cendrars, une de ses nombreuses idoles. Après cet hommage, ils se sentirent armés et ne doutèrent plus de leur réussite. Devenir les élèves officiers de la plus grande école militaire importait moins que savoir qu'ils pouvaient l'être. Pour Olivier que son destin avait placé loin des études et, par paradoxe, près du savoir, cela se présentait comme un défi et comme un jeu. Dirait-il plus tard : « Si j'avais voulu... » ?

Le lendemain, après une rapide toilette à l'eau froide, ils quittèrent la chambrette pour visiter des parties de la ville où ils ne s'étaient pas rendus. Ils furent à Saint-Alyre où sont les sources pétrifiantes, cette curiosité de la nature. Là, les eaux issues du calcaire, filtrées en partie et dirigées sur des objets, des végétaux, des dépouilles animales font œuvre d'incrustation de manière spectaculaire : des oiseaux, des mammifères soumis à un égouttement reçoivent un enduit pierreux, devenant ainsi sculptures.

– On pourrait faire d'un homme une statue de pierre, dit Clément.

– Je préférerais le contraire, indiqua Olivier. Une statue qui deviendrait humaine. Et Blaise Pascal qui nous parlerait…

– N'importe quoi ! conclut Pendule.

Tandis que ses amis s'intéressaient à des objets, camées, bas-reliefs, médaillons extraits de moules en gutta-percha, Olivier se glissa vers la sortie. Sans qu'il pût en analyser la raison, il ressentait un malaise. Cette utilisation de la nature à des fins fantastiques et pas toujours esthétiques le gênait, ce qui n'était pas le cas pour les œuvres sculptées, par exemple Blaise Pascal sur son piédestal de marbre rose.

En sortant, Pendule dit que Saint-Alyre lui rappelait autre chose et il se souvint. Les deux filles du notaire de Saugues poursuivaient leurs études chez les sœurs. Olivier proposa aussitôt de leur rendre visite. Clément se récusa et dit qu'il attendrait ses amis.

C'est ainsi que Pendule et Olivier tirèrent la sonnette du couvent. La sœur tourière leur ouvrit. Par la porte entrebâillée, elle regarda étonnée ces militaires mal fagotés.

– Que faites-vous là ? demanda-t-elle.

– Heu… heu…, fit Pendule.

Olivier n'eut pas à chercher bien loin dans son imagination pour trouver un mensonge. Il expliqua qu'il était le cousin des jeunes filles et que, de passage à Clermont, il venait leur transmettre un message de leurs parents. Ils purent ainsi pénétrer dans une vaste salle où les pas résonnaient dans le silence. Comme dans une église, ils parlaient tout bas.

Après une attente, ils virent arriver non les demoiselles mais une religieuse que Pendule, plus au courant qu'Olivier des choses de la religion, appela « ma mère ». Cette dame se tenant droit les dominait de la taille et aussi d'une autre manière : par la beauté noble du visage et le calme de sa parole. Les deux mousquetaires au couvent se sentirent rougir.

– Ainsi, dit-elle à Olivier, vous venez rendre visite à vos cousines.

– En quelque sorte... commença Olivier. C'est-à-dire...

– Et comment êtes-vous leur cousin ? Je connais bien toute la famille.

– C'est assez éloigné..., suggéra Olivier en pensant qu'à Saugues tout le monde est plus ou moins cousin.

– Si éloigné que ça ? demanda la mère.

– Encore plus...

La mère supérieure eut un sourire amusé et indulgent. Elle regarda ces jeunes gens penauds et demanda :

– Ne serait-il pas plus simple de ne pas mentir ? Vous désirez voir vos petites camarades, pourquoi ne pas le dire franchement ?

– C'est un peu ça, hasarda Pendule. Il se trouve que...

– Les soldats, dans ce lieu, ce n'est pas banal. Mais bien sûr, je vais les faire appeler vos… amies. Vous pourrez leur parler. Puis je vous raccompagnerai.

– Merci, ma sœur, heu… ma mère ! dit Olivier.

Et les jeunes filles arrivèrent. Elles s'efforçaient sans succès de cacher leur étonnement. La sœur tourière les invita à s'asseoir en ligne sur une banquette, puis se tint à l'écart immobile. Ce fut le silence. L'aînée hasarda :

– Vous êtes devenus complètement fous…

Ils s'apercevaient qu'ils n'avaient pas grand-chose à se dire. Olivier parla de l'examen. Ils échangèrent quelques banalités sur le lieu, le temps qu'il faisait, les vacances. Le temps passa ainsi. Quand la mère supérieure revint, ce fut comme une délivrance. Les deux soldats avaient hâte de quitter le lieu et leur propre gêne.

Ils serrèrent la main des deux collégiennes. La mère supérieure les raccompagna. Avec un doux sourire, elle dit :

– Sans doute avez-vous une idée toute faite des religieuses. Croyez-vous que nous ne comprenons pas la jeunesse ?

Tandis que Pendule s'éclipsait pour rejoindre leur ami Clément, Olivier pensa qu'il avait à charge de bien se conduire.

– Ma mère, dit-il, nous tenons à vous remercier respectueusement. Je vous prie de nous pardonner pour le mensonge.

– Un tout petit péché dans le cas présent.

Ne sachant que faire, Olivier se tint droit comme au garde-à-vous et fit cette chose absurde : un salut militaire. Il se jugea fort élégant. Un homme du monde !

– Elle nous a bien eus, conclut Pendule.

Plus tard, alors qu'ils erraient dans la ville, Clément dit :

– Si je comprends bien, vous avez eu l'air de...

– Pas la peine de le dire ! l'interrompit Olivier.

– Et si, pour réussir l'examen, nous allions faire une prière ?

– Vous les cathos, jeta Olivier, vous croyez aux miracles.

– Catho, tu l'es comme nous. La différence est que tu ne le sais pas, répondit Clément.

Ils se rendirent à la cathédrale Notre-Dame pour le gothique, à l'église Notre-Dame du Port pour le roman. Courtes furent les prières. Olivier pensa que le fait de se tenir en ce lieu était en soi prière. Comme toujours quand il était dans un lieu saint, il pensa à sa grand-mère, la porteuse de foi de sa lignée, puis à son grand-père qui lui demandait, dans un temps d'apparence lointaine, de lui lire dans *Le Populaire* l'éditorial de ce Léon Blum qu'il appelait avec respect « Monsieur Blume ».

Il fut amené à penser que ses deux amis, ayant reçu une éducation religieuse, se trouvaient chez eux, dans leur domaine, et que lui, Olivier, devenait un passant, un touriste sensible à l'architecture, à la couleur des pierres, aux détails artistiques, au déploiement de l'ingéniosité des hommes dans mille détails. Où les autres voyaient un ensemble, il distinguait chaque partie des œuvres de la main ouvrière au service de l'esprit.

Il n'était cependant pas insensible au religieux dans les lieux où la représentation humaine se mêlait au divin. À Notre-Dame du Port, les chapiteaux historiés, la vision d'Adam et Ève chassés du Paradis, le combat des Vertus et des Vices l'émurent moins que tout ce qui touchait à la Vierge. Dans la crypte, la Vierge noire, dans la sacristie, la Mère de Jésus allaitant l'Enfant retinrent longuement son regard. Comme chaque fois qu'il voyait de telles représentations, l'image de sa mère lui apparaissait. Il la voyait devant sa petite boutique, il l'entendait l'appeler, le gronder avec un sourire. Les souvenirs se précipitaient, la rue, ses copains, des visages d'adultes et d'enfants qui peu à peu s'effaçaient dans un vague lointain. Son paradis perdu à lui. Auprès de tout cela, de ce passé terminé dans les larmes, son existence présente lui parut vaine, sans importance, simple prolongement de sa vie.

Les années de guerre, leur grisaille, cet éclair de la Libération, cette attente de la délivrance des prisonniers et déportés, cet espoir d'une vie meilleure dont les maquisards se croyaient garants, tout défilait dans l'esprit d'Olivier comme un film aux images accélérées. Ainsi, sans qu'il se sentît habité par la foi, au contraire de ses amis, dès qu'il se tenait dans une église, des méditations l'envahissaient.

Tandis qu'ils descendaient la rue Albert-Élisabeth en direction de leur hôtel, Pendule dit à Olivier :

– Tu ne parles plus, tu as perdu ta langue ? Tu en fais une tête...

– Heu... non, tout va bien, je pensais...

– À l'examen ?

– L'examen ? Tu rigoles. Je m'en tape comme de ma première chemise.

Clément annonça qu'il en avait marre de manger du pâté et du bleu d'Auvergne, que le pain devenait dur comme de la pierre. Ils rêvèrent devant la carte d'un restaurant, comptèrent leur argent.

– Que diriez-vous d'une bonne omelette au lard ? demanda Clément.

– Et d'une assiette de saucisson, ajouta Pendule.

– Et de la tarte au dessert, compléta Olivier.

Pendule annonça qu'il cachait dans sa chaussure deux beaux billets de banque « pour le cas où... » et qu'il invitait ses amis. Ils pénétrèrent dans le plus modeste des restaurants comme s'ils entraient dans un palais.

À Riom, ils durent se presser pour rejoindre le lieu de l'examen, une salle de classe. Ils choisirent trois places dans le fond de la pièce. Les jeunes militaires qui se trouvaient là étaient plus fringants, mieux vêtus qu'eux. Sans doute d'autres rescapés du maquis participaient à ce concours mais comment les distinguer ?

Clément grave, Pendule goguenard, Olivier intimidé virent un officier de haut grade, un stick à la main, qui dirigeait des garçons vers les tables. Un des candidats fut chargé de distribuer le matériel d'écriture, porte-plume, papier. On alimenta avec une bouteille les encriers de métal insérés dans le bois taché. Puis l'examinateur fit un bref discours, solennel, d'encouragement.

Olivier s'attendait à de graves difficultés. Au début, il n'en fut rien. Il se rendit compte que tout ce qu'il avait appris par lui-même dans tous les sens et dans de nombreuses disciplines lui servait moins que les leçons des instituteurs des bonnes écoles communales.

– C'est pas difficile, chuchota Pendule.

– Silence ! ordonna l'officier qui se promenait dans les travées.

Il regardait souvent dans leur direction comme s'il plaçait les trois mousquetaires dans une zone à surveiller, ce en quoi il n'avait pas tort car l'illustre Pendule devait se distinguer.

Parmi les candidats se tenait un jeune garçon bien propre et bien coiffé à qui l'examinateur s'adressait parfois sur un ton paternel. Une sorte de chouchou. Il demanda :

– Mon commandant, ce problème, peut-on le résoudre par l'algèbre ?

– Fort possible mais la solution juste devra être prouvée par l'explication…

– Ah ! mon commandant, dit le garçon, si j'avais votre intelligence…

Du fond de la salle, une voix retentit, celle de l'incorrigible Pendule, qui jeta :

– Espèce de fayot !

Le commandant plaça son stick sous le menton du délinquant pour l'obliger à lever la tête.

– D'où sortez-vous ? demanda-t-il.

– Maquis de Saugues ! jeta crânement Pendule.

– J'aurais dû m'en douter. Une forte tête ! Allez, dehors ! Et puis non. Continuez en silence. De toute façon, une telle engeance ne peut réussir un examen sérieux.

– Bande de cons ! murmura Pendule.

Olivier pensa que Pascal avait répondu à ses vœux. Les matières dans lesquelles il se savait faible ne lui résistèrent pas. Il ignorait qu'il en serait tout autrement là où il ne pressentait aucun danger.

L'officier ordonna :

– Écrivez cette phrase : « Il n'est pas nécessaire d'espérer pour entreprendre ni de réussir pour persévérer. » Vous développerez votre dissertation sur ce thème. Cette maxime est de Guillaume le Taciturne qui malgré sa réserve savait bien parler…

Après quelques rires polis, il poursuivit :

– … Le fondement de votre réflexion est tout trouvé : l'exemple du général de Gaulle, l'appel du 18 Juin, la participation essentielle de l'armée française à la libération de la patrie…

Olivier pensa : « Il nous dicte ce que nous devons écrire ! » Agacé, il décida de choisir un tout autre sujet. Des idées de plus en plus folles le traversèrent. Il allait se distinguer du lot. Mal lui en prit mais il l'ignorait.

Pour commencer sa copie, il assura qu'on apprécie volontiers des maximes contradictoires : si les voyages forment la jeunesse, ne dit-on pas aussi bien que pierre qui roule n'amasse pas mousse ? et que si la fortune sourit aux audacieux, elle arrive de même en dormant ? La faiblesse du genre vient aussi qu'on peut en inverser les termes en gardant toute l'apparence du sérieux. En revenant au Taciturne qui parlait si bien, Olivier indiqua dans sa copie que « l'espoir est le moteur de toute entreprise » et que « la réussite incite à persévérer ».

Comme il connaissait les délices des idées folles, il enchaîna sur un sujet de son cru : « Histoire du neveu de ma concierge qui était idiot et voulait devenir gendarme ». Là il donna libre cours à l'humour, à la cocasserie, à des idées sulfureuses et contestatrices peu du goût de l'armée. « Je me fous de leur poire ! » pensa-t-il.

Ils eurent les résultats dans l'après-midi. Clément et Pendule furent admis, Olivier refusé. Il regarda sans envie le certificat dont s'honoraient ses amis. Ainsi, le grand Pascal l'avait protégé pour les mathématiques mais pas pour les lettres. Il ricana, annonça à ses amis qu'il avait tout fait pour perdre et qu'en cela, vis-à-vis de lui-même, il avait gagné.

Ses amis, bien que reçus, n'avaient aucun désir d'entrer à l'école interarmes. Aussi décidèrent-ils de revenir au Puy. Olivier reconstitua les termes de sa dissertation et ils conclurent que leur ami était complètement cinglé.

Au commandant Tailleur, Clément déclara qu'ils avaient réussi tous les trois mais qu'ils renonçaient à la grande école pour rester avec leurs camarades.

– Très bien, dit Tailleur, vous avez prouvé notre excellence. Je ne demandais pas autre chose.

– Non, avoua Olivier, moi j'ai échoué.

– Allons, allons... Vous avez réussi tous les trois, un point c'est tout.

Rejoignant René Allès dans la chambrée, Pendule dit :

– J'ai une déclaration importante à vous faire.

Après un silence, il ajouta :

– J'ai décidé de ne plus manger de bleu d'Auvergne. Durant quelque temps...

Olivier adorait prendre une page blanche et écrire sur une planche posée sur ses genoux. Son écriture dansait, ascendante ou descendante, formant de petites vagues au gré de ses mouvements. Il se servait d'un gros porte-plume et de plumes qu'il changeait souvent, sa préférence allant à la plume canard qui l'amusait. Sur ces in-quarto coquille format 21 × 27, il écrivait poèmes et pensées. Il rédigeait aussi sa correspondance peu fournie : la belle Marseillaise ne répondait plus à ses lettres. Ce n'était donc que flirt, amours de vacances vite oubliées.

Il écrivit aussi à son oncle et à sa tante, leur apprenant qu'il s'était engagé pour la durée de la guerre, ce qui apparaissait comme une simple formalité. La réponse de la tante ne tarda pas. Fort mécontente, elle le traitait de « jeune imbécile » et d'ingrat. Cesserait-il un jour de « faire le zouave » pour retrouver son travail qui l'attendait à l'imprimerie ?

Olivier répondit en objectant qu'homme libre, il ferait désormais ce qu'il voudrait de ses jours. Sa reconnaissance restait entière mais pourquoi en parler tout le temps ?

L'absurde vie de caserne se poursuivait. À quoi cela servait-il d'entretenir des armes désormais inutiles ? Et ces manœuvres, ces simulations alors que se déroulaient du côté du Rhin de vrais combats ? Les chefs tentaient de persuader les troupes de leurs bonnes raisons. Les maquisards devenus troufions, pour eux, étaient investis d'un rôle important, celui d'être les garants de l'avenir.

Olivier ne comprenait pas tout cela. Le pays était gouverné par le général de Gaulle qui multipliait les initiatives. En ces premiers mois de l'année 1945, la fièvre de la Libération retombée, les gens retrouvaient des soucis qui n'avaient pas été effacés, ceux de la vie courante, des restrictions qui continuaient. Mais ils connaissaient la liberté. Les informations arrivaient sans cesse. Pour les faits de guerre, chaque jour apportait quelque nouvelle : l'activité diplomatique, les condamnations, la délivrance en de nombreux lieux du monde, pays de l'Est, d'Extrême-Orient, villes d'Alsace. Les Allemands, tant bien que mal, contenaient les troupes alliées. Ce n'était pas la guerre éclair dont ils avaient été les spécialistes. Nul ne craignait de grands revers. La fin du Reich de mille ans apparaissait inéluctable.

– Les gars, dit Pendule, il paraît que nous sommes les hommes de l'avenir. Le camarade Olivier finira commissaire du peuple…

– Ferme ton clapet ! rétorqua l'intéressé, tu n'entraves que dalle, tu as deux cents ans de retard. Il te faudrait un roi de France.

– Et pourquoi pas, bon Dieu ? Ta République va ressembler à l'autre, avec la valse des ministères et toutes les nullités qui se succèdent…

– Au fond, tu as la nostalgie du père Pétain.

– Assez ! jeta Clément. Avec vos conneries, je n'arrive pas à travailler mon espagnol.

Ils revinrent à leurs livres et leurs cahiers. Jamais Olivier n'avait tant lu. Perdu dans son dédale écrit, il connaissait une difficulté à fixer ses pensées. Tout lui paraissait désordonné, à l'image de ce monde de bombardements et de ruines, de victimes et de bourreaux. Il connaissait l'impression d'être naufragé et de s'accrocher à des épaves. Seule la lecture des poèmes lui apportait des délices et un grand calme. Qu'était le reste auprès de cela ?

– Hep ! Toi là-bas, monte au bureau.

Olivier leva la tête et vit le commandant Tailleur qui l'appelait d'une fenêtre.

– Moi ? dit-il.

– Non, le pape ! Allez, grouille.

Des ordres lui furent donnés. Enfin, il allait peut-être servir à quelque chose.

– Tu prends deux hommes avec toi. Tu te rends à la caserne des Russkofs. Adresse-toi au capitaine Grégory. Là, tu arrêtes Michel, oui, l'interprète Michel. Je dois l'interroger. Prends ton flingue mais ne t'en sers pas. Dépêche-toi, la nuit tombe.

Rien ne fut facile. Heureusement, le lieutenant Célestin lui vint en aide et ordonna à deux hommes de suivre le chef de mission. Olivier en tête, ils se dirigèrent vers Espaly où se trouvait la caserne. Ils connurent l'impression d'entrer dans un autre univers. Une panne d'électricité contraignait les Russes à s'éclairer à la bougie. Les lieux, illuminés par tant de petites flammes, donnaient une impression d'église orthodoxe.

Ils trouvèrent Grégory, qu'on appelait aussi Grégoire, dans un bureau sombre. Il reconnut Olivier. Après avoir salué, celui-ci indiqua le motif de sa visite.

– Arrêter Michel. Quelle drôle d'idée ! observa Grégoire. Enfin, nous verrons bien. Encore une absurdité, sans doute.

– Moi, j'exécute les ordres, indiqua Olivier qui faillit ajouter : bête et discipliné !

L'interprète Michel se présenta. Il était mince, grand, élégant. Un sourire désabusé flottait sans cesse sur ses lèvres. Olivier, grave, sévère même, lui indiqua le but de sa mission. Michel dit avec un accent chantant :

– Et on m'envoie un poète pour cela…

Ainsi, il savait. Cette appellation de « poète » dont il aurait pu être fier l'agaça. Il sortit son revolver et ordonna :

– Allez ! Les mains en l'air.

Dans les illustrés et les films, cette injonction était toujours suivie d'un effet. Or Michel mit ses mains dans ses poches et sourit comme s'il se trouvait en présence d'un enfant joueur.

– Allons, allons…, dit le capitaine Grégory. Pas de ça ici où c'est moi qui commande. Michel va te suivre, n'est-ce pas, Michel ?

Ils échangèrent quelques mots en russe. Michel sortit et revint vêtu d'un manteau qui lui arrivait à mi-jambes.

– En route ! jeta Olivier, et vous deux, vous ne le perdez pas de vue !

Dehors, une fine pluie effaçait des restes de neige. Ils croisèrent des militaires russes étonnés à qui Michel adressait des paroles dans leur langue. Celui qu'on appelait « l'interprète Michel » était populaire. Même des civils le saluèrent. « Et nous, pensa Olivier, on a l'air de deux cons… » Et ce prisonnier qui le regardait avec un air ironique et affectueux.

Ils arrivèrent ainsi à la caserne Romeuf. Là, ils s'arrêtèrent et Olivier fit une requête :

– Écoute, dit-il, jusqu'à maintenant j'ai été indulgent. Je ne sais pas pourquoi on t'arrête. Mais je te demande un truc : quand nous arriverons chez le commandant Tailleur, lève les bras en l'air. Sinon…

– Sinon quoi ?

– Ben, tu comprends…

– Sauver la face, c'est ainsi que l'on dit. Eh bien, d'accord !

Viril, Olivier frappa à la porte du bureau, poussa Michel devant lui et dit à Tailleur :

– Mon commandant, voilà notre homme !

– C'est bien. Laisse-nous !

Olivier rejoignit ses amis qui se préparaient pour un tour en ville.

– Mission accomplie, dit Olivier. J'ai arrêté l'interprète Michel. Il n'en menait pas large.

À sa surprise, le soir même, dans Le Puy, sur la place du Breuil, Olivier, Clément et Pendule promenaient leur désœuvrement quand Olivier aperçut l'interprète Michel qui, comme eux, prenait l'air du soir. Sans doute avait-il été l'objet de quelque méprise. Dès qu'il vit celui qui l'avait arrêté, il mima la frayeur et s'empressa de lever les bras en signe de reddition.

« En plus, il se paie ma poire ! » pensa Olivier. Encore une absurdité. Rien de rare. Comme si on jouait aux petits soldats. Où était l'héroïsme ? Une suite comique, voilà ce qu'il vivait.

Cette fin de guerre s'exacerbait. Nul ne songeait donc en Allemagne à demander un armistice ? L'espace nazi rétrécissait. Du ciel couvert d'avions tombaient des tonnes de bombes. Des villes entières rasées. Le feu, le sang, la désolation, le désert. Et d'autres délabrements : ceux des cerveaux.

Les noms d'Oradour-sur-Glane, de villages martyrs. Après la bataille de Londres, l'héroïsme anglais, en réponse la destruction de Dresde et d'autres villes dénuées d'objectifs militaires. Les morts par centaines de milliers sans que la détermination guerrière soit détruite.

Et cet enfer cachait en lui d'autres enfers. Le pire : celui créé par des fous lucides au nom d'un projet froidement calculé, le plus atroce que l'Histoire qui en connut tant et tant eût imaginé. L'abattoir des êtres humains. Le mal absolu. À ce point que dans les semaines qui suivirent les découvertes montrant les degrés de l'horreur, les gens de bonne foi se refusaient à les croire avant que, plus tard, en dépit de l'évidence, la négation fût le but des malades d'un nouveau nazisme. Les terreurs les plus secrètes de l'humanité se métamorphosaient en une réalité inconcevable. L'information s'étendait avec les images insoutenables du martyre. Les pires cauchemars ne pouvaient égaler ces horreurs. Et ces expressions effrayantes : camps, usines de la mort, solution finale. Des noms de lieux de supplices devenus aussi connus que des noms de grandes villes. Les survivants apparaissaient comme des cadavres vivants aux yeux démesurés. Les bourreaux ayant fait commerce de peau humaine, de dents, de cheveux. Tout échappait à la raison.

Olivier et ses amis y pensaient, n'osaient en parler. Ils ne pouvaient imaginer l'inimaginable. Un enfer créé non par les puissances démoniaques mais par des hommes. Et chaque nouvelle divulgation apportait les traces d'une horreur plus grande encore, comme ces expériences touchant à la folie exercée sur des corps humains.

Cette tragédie inaugurée par les nazis allemands, d'autres peuples y avaient pris part. Qui ressentait vraiment, même s'il était innocent, la honte nouvelle d'appartenir à la race humaine, d'être un de ces animaux supérieurs dont une part du destin avait été de dépasser la cruauté des pires fauves ? Tandis que tant voulaient oublier, Olivier ressentait un constant malaise que lui aussi taisait.

Les prisonniers de 1940, les garçons du S.T.O., quel était leur sort ? Les assassins martyrisaient les juifs, les résistants malades, les homosexuels, les Tsiganes dont le nom évoquait pour Olivier la musique. Malgré la meilleure circulation des informations, des doutes subsistaient. Et aussi ce fol espoir qu'on se fût trompé.

La nuit, la nuit blanche, Olivier retrouvait de lointaines images. Ce qu'il voyait : sa rue, ses rues aux noms de Labat, Bachelet, Nicolet, Lambert, ces commerces fréquentés par les familles juives où l'on vendait de la nourriture cachère. Et des enfants, des foules d'enfants de toutes origines partageant les jeux et les rires, tous les petits copains de naguère et qu'il n'avait pas retrouvés durant l'Occupation lors d'une visite à ses lieux d'origine. La bonne Mme Haque lui avait parlé de la rafle du Vél'd'hiv'. Certes, il s'en était ému mais avait pensé que ce mauvais passage dans leur vie serait effacé lors de la victoire espérée. Comment se pouvait-il que nul n'ait rien su, et même, selon leur dire, des Allemands ?

La raison, une idée qu'il avait des êtres lui soufflaient que tout cela n'était pas possible. Il reviendrait vers sa rue, il les retrouverait tous. Comme son ami Nathan qui avait échappé à l'arrestation, comme Samuel, le copain étudiant de la rue de Vaugirard. Et cette étoile jaune à l'emplacement du cœur comme une cible...

Ces immenses défilés, ce cérémonial de la force armée, ces soldats mécaniques marchant au pas de l'oie, ces musiques militaires, ces bannières, ces étendards, ces discours hurlants, ces foules galvanisées..., il les voyait comme aux actualités filmées. Et qu'en était-il aujourd'hui des surhommes, des blonds Aryens, de cette mégalomanie éveillée chez tout un peuple ?

L'étui du revolver, la baïonnette allemande dans sa gaine de métal étaient suspendus à des clous sur le mur. Il les regarda avec dégoût. Il les emporterait à

Saugues et les enterrerait. Des idées contradictoires en lui se heurtaient. Le bien contre le mal ou le mal contre un autre mal ? La vengeance ou la justice ? La défaite, la victoire, le noir, le blanc, le juge, l'assassin… Ce peuple de victimes. Dieu et Satan. Olivier ne voyait que des images grises.

Il en revint à son refuge : un livre dans sa poche, son Baudelaire, l'ami de toujours, l'allié, le frère à la main chaude. Il alluma sa lampe électrique, ouvrit au hasard et lut ce vers comme fait pour répondre à ses interrogations : « Où tout, même l'horreur, tourne aux enchantements. » Il détesta cette suite de mots qu'il avait admirés. De quelle horreur parlait le poète ? De la laideur, de la misère ? Que savait-il de l'horreur ? En avait-il vu, comme les hommes d'aujourd'hui, l'apogée ?

Il connaissait des poèmes de la Résistance, il les admirait, ces Aragon, ces Eluard, et pourtant, dans leurs nobles appels, il ne trouvait pas les mots de la nouvelle Apocalypse. Tout était juste, indéniable, mais Olivier, pour la première fois, entrevoyait l'impuissance du verbe devant les tragédies. Il y aurait fallu un nouveau Dante, un nouveau Milton. Ces vérités, parce que exprimées dans l'harmonie, s'effaçaient derrière trop d'art et de savoir-faire.

La poésie, le chant d'Orphée apaisant les bêtes sauvages, ne s'était pas élevée. Les mots devenus traîtres, la haute musique, les arts… Le crime. Et Dieu ?

On oublierait les joies de la Libération, les danses, l'appétit de bonheur. Resterait la désolation.

Olivier se sentait vieux, usé, couvert de cicatrices morales. Le petit garçon au regard pur, celui qui admirait les adultes, qui croyait à un univers à l'image d'une rue fraternelle, musicale, d'un village du Gévaudan avec ses artisans, ses cultivateurs, ses pâtres, celui-là même, dans ses adieux à l'adolescence, apparaissait lointain, d'un autre temps, d'un autre âge.

Parmi des sentiments inexplicables se glissait la honte semblable à celle d'un coupable. Il se souvenait de mots dans un roman d'Alexandre Dumas : « Hommes, race de crocodiles... » Il était fait de la même matière que les coupables. Portait-il en lui les mêmes marques indélébiles ? Il pensa aux victimes elles aussi du même sang, de la même chair. Ses méditations le conduisirent à mesurer sa pauvreté intellectuelle, sa médiocrité. De cela aussi il eut honte, et pire : la honte de sa honte.

Au petit matin, il sut que c'est durant la nuit qu'on approche le plus de la clarté. Le jour se leva. La tête sous l'eau froide de la fontaine, il s'échappa de lui-même, de ces territoires intérieurs de l'effroi, de l'incontrôlable des visions et des pensées. Il regarda ses camarades, les groupes dans la cour de la caserne, il écouta les bavardages du matin, les appels, les joyeuses mises en boîte. Ceux-là apparaissaient comme une protection. Il voulait les rejoindre, se fondre parmi leur ensemble. Ses copains de la rue Labat, parce qu'il avait toujours quelque réaction inattendue, lui jetaient : « Tout fou, cinglé, la voiture pour Charenton ! » Où était l'insouciance ? Il savait qu'elle ne reviendrait plus jamais.

Sans que ce fût trop visible, l'effectif s'amenuisait. Certains rejoignaient l'armée officielle, d'autres disparaissaient. Ces officiers resteraient-ils des chefs quand ils n'auraient plus de troupes ? Peu à peu, le rêve d'une armée du peuple s'estompait. Par un jeu politique habile, une réunification s'opérait.

Les chefs des maquis avaient eu à cœur de se rapprocher de leur conception militaire. Ainsi put-on apprendre que les compagnies des anciens F.F.I. et F.T.P. deviendraient le 86e régiment d'infanterie ressuscité.

Les brassards tricolores disparus, un petit insigne de métal les remplaçait. Certains parlaient de plus en plus de rejoindre la glorieuse Première Armée, à l'imitation de tant d'anciens maquisards. Pendule clamait :

– Ou ils acceptent ma mutation, ou je me trisse !

– Et tu laisses tomber les copains ? demandait Olivier.

– De toute façon, tout va partir en eau de boudin ! Et toi, tu y crois encore ?

– Si nous devenons le 86e R.I., nous rejoindrons les troupes combattantes.

– À la saint-glinglin ? Quand la guerre sera finie ?

Qui connaissait la réponse ? Aucun ne restait maître de lui-même. Artisans de l'histoire : ils y avaient cru et désormais ils étaient comme des pions qu'on déplaçait dans un jeu incompréhensible.

Olivier trouva chez un tailleur du Puy deux écussons de l'ancien 86e R.I. Il les fit coudre à sa vareuse et provoqua les moqueries de ses amis. Cela lui valut une aventure révélatrice.

Il se promenait dans Le Puy quand un monsieur âgé l'aborda. Ce petit homme bien vêtu qui portait un bouc et de longues moustaches lui proposa de boire un café en sa compagnie. Olivier accepta. Il se demandait la raison de cette sympathie d'un inconnu qui se haussait sur la pointe des pieds pour lui tapoter l'épaule et manifestait un tel empressement joyeux.

Lorsqu'ils furent attablés à une terrasse, Olivier entendit :

– Ce bon vieux 86e ! J'en ai été avant-guerre… Ainsi, vous êtes revenus ?

– Revenus ?

– Oui, vous avez chassé les autres…

– Quels autres ?

– Les bandits, les bandits du maquis !

Olivier se leva, sourit à la serveuse qui apportait les cafés et dit avec calme :

– Monsieur, je suis un de ces bandits et je vous emmerde !

Il raconta l'anecdote à ses amis que cela n'émut

guère. Olivier avait voulu faire du zèle : bien fait pour sa poire !

Lors de ses passages à Saugues, en fin de semaine, quand il en avait la permission, il revoyait les vieux de la vieille qui d'ailleurs n'étaient pas si vieux, Chadès le coiffeur, Fonsou l'horloger, Fernand le fonctionnaire des Ponts et Chaussées, tant d'autres qui, la tâche accomplie, avaient retrouvé leur vie courante.

– Qu'attends-tu pour laisser tomber ? lui demanda Fernand.

– Impossible, je me suis engagé pour la durée de la guerre.

– Tu es vraiment le roi des cons. Je le savais mais tu l'es plus encore.

– La guerre sera bientôt terminée.

– C'est ce qu'on dit. Pour moi, elle sera finie quand ton oncle Victor rentrera du stalag.

Olivier retrouvait Palou, son protecteur. Lui ne le critiquait pas. Il se contentait de l'observer avec un petit sourire. Il lui dit :

– Physiquement, tu ne ressembles pas tellement à ton père mais pour la manière d'être, je le retrouve.

– Il était comment, mon père ?

– Avant que la guerre éclate, le plus insouciant des garçons, joyeux, farceur, courant les filles… En 1917, quand il est revenu blessé, gazé, boitant, un être décimé, détruit, lessivé comme tant d'autres. Je lui dois d'avoir vécu comme je l'ai fait, en voyageur, en errant, en aventurier…

– Mais comment ?

– Une vieille histoire qui n'a plus aucun intérêt. D'ailleurs qu'est-ce qui a de l'intérêt ? Un siècle s'écoulera et nous serons tous morts. Dis-toi bien que rien n'est important à l'exception du temps présent qui est déjà passé.

– Vous êtes philosophe.

– Oh là ! Rien que ça ? Viens donc boire un canon.

Ainsi, tout s'expliquait : l'attention, les attentions, l'intérêt de Palou, tout venait du souvenir de son père qu'Olivier lui rappelait. Un désir de retrouver à travers un autre le souvenir d'un camarade de jeunesse. Il restait cependant des choses inconnues. En quoi son père pouvait-il être responsable de la vie du père Palou ? de ces souvenirs qu'il évoquait parfois en faisant ainsi rêver Olivier à ces pays lointains entrevus dans les romans populaires d'Olivier de La Hire ou d'Arnould Galopin ?

Puisque Palou ne voulait rien dire de plus, Olivier, curieux de tout, s'informerait, mènerait son enquête. Il interrogea sa grand-mère sans pouvoir rien obtenir. Ce qui l'agaçait : il gardait un souvenir flou d'avoir tout appris dans son enfance mais sans y attacher la moindre importance, au point de tout oublier.

– Fonsou, parle-moi de Palou.

– Il n'y a rien à dire. Il a quitté le pays comme beaucoup. Il est revenu. D'ailleurs à Saugues, on y revient toujours. Beaucoup de ceux qui l'ont connu avant ont disparu, mais tu devrais demander à ta grand-tante Finou…

Là, une impossibilité : sa grand-mère lui avait interdit la fréquentation de cette dame, sœur de son grand-père, avec qui elle était fâchée depuis des dizaines d'années sans qu'on connût la cause de cette brouille.

Il passa outre et rendit visite à cette vieille femme, plus âgée encore que sa mémé. Bien usée, bien fatiguée, elle avait gardé toute sa tête. Assise dans un fauteuil Voltaire qu'elle ne quittait pas, au point qu'il semblait faire partie intégrante de son corps, une broderie à côté d'elle, un chapelet sur ses genoux, elle reconnut son visiteur, celui qui venait faire la cour à ses petites-filles en déclamant des poèmes.

La tante Finou gardait bonne mémoire. À la question d'Olivier, elle répondit :

– Ce Palou, un gentil garçon, mais il a fallu qu'il tue un homme. Je crois qu'il a survécu sans garder toute sa tête.

– Et Palou ? Et mon père ?

– Comme deux frères !

Puis la grand-tante s'égara. Débutant par une narration, elle poursuivait sur une autre. Tenace, Olivier finit par démêler l'écheveau de ses paroles.

Elle s'endormit. Il se glissa dehors. La neige disparaissait, ne laissant que le froid. Il prit la rue de la Borie, rejoignit le cimetière, suivit le petit chemin qui longeait le mur arrière et s'installa dans une cabane en bois. Assis sur un empilement de vieux sacs de jute, il regarda les outils épars, la fourche, la pelle, le râteau auquel il manquait des dents. Ces instruments du travail des hommes le rassuraient.

Les yeux fermés, il plongea dans le passé, recula de trente années, entendit la parole de la tante Finou et la traduisit en images. Il pensa à Arthur Rimbaud, le Voyant. Lui se voulait le voyant non du futur mais du passé. Comme le personnage de Wells. Il se transporta dans un pré non loin de la rivière Seuge. Là, il vit deux jeunes garçons, à peu près de son âge, qui se déplaçaient lentement.

Au plus fort de la Première Guerre mondiale, en 1917, à Saugues, dans la quiétude, ils marchaient, ces deux jeunes gens, l'un soutenant l'autre qui s'aidait de béquilles : son père. Handicapé, maigre, harassé, vaincu, le garçon tentait de diriger ce corps blessé par les armes. Brun, le visage barré d'une moustache, vêtu mi-civil, mi-soldat, lorsqu'il s'arrêtait pour retrouver un souffle difficile, celui de poumons attaqués par les gaz, il regardait vers les monts de la Margeride.

Son compagnon, le jeune Palou, militaire en permission, avait quitté l'uniforme pour un pantalon de toile et un bourgeron noir. Pour un temps, dans la paix de la nature, ils oubliaient la guerre. Ou tentaient de l'oublier. Elle s'était inscrite dans la chair du père d'Olivier, dans ses poumons gazés, dans ses os brisés. Elle se trouvait aussi dans la tête, dans la pensée de Palou, le costaud, le râblé, celui qui soulevait des poids et pratiquait la boxe.

Ils ne parlaient pas, ils ne se dépensaient pas en inutilités comme si chacun savait ce que pensait l'autre.

Alors qu'ils se dirigeaient vers ce lieu appelé simplement « le petit bois », un paysan, le propriétaire du pré, courut vers eux en brandissant le poing. Les deux copains entendirent qu'on les traitait de « fainéants » et de noms plus imagés en français et en patois. Cela les fit sourire. Palou eut un geste d'apaisement. Il était prêt à convenir qu'ils n'auraient pas dû fouler cette herbe et à s'excuser.

Rien n'y fit. La colère de celui qui se croyait spolié, celui dont on avait osé violer le territoire ne s'apaisait pas. Ses injures fusaient, son bâton tournoyait. Palou dut l'arracher d'une main ferme et le jeter au loin. Alors l'homme ricana, s'en prit au plus faible, à celui que soutenaient les béquilles. Il le bouscula, le fit tomber, et jeta avec mépris :

– *Tiu, lou gambeï !*

Lou gambeï : le boiteux. Sur un ton abominable, et le répétant ce mot pour en faire surgir ce qu'il portait de péjoratif. Et le futur père d'Olivier tentant de se redresser, lui le forgeron musclé, solide, que nul n'aurait osé braver autrefois, avant les gaz et les éclats d'obus. Palou l'aida à se relever, tenta de garder son calme. L'assaillant continuait à jeter ses sarcasmes.

Palou tentait de se persuader de l'absurdité de cette situation. Ce paysan avait peut-être abusé de la boisson. Se serait-on attaqué à lui, Palou, qu'il aurait riposté par la parole. Là, on s'attaquait à son ami désarmé. Il serra les poings.

En quelques secondes, un geste marqua son destin. Le coup qu'il donna au visage de l'autre aurait assommé un bœuf. Le paysan s'écroula.

Palou tira son corps jusqu'à un talus. À la colère succéda l'inquiétude. Après de vaines tentatives pour ranimer cet homme, Palou prit une décision. Il dit au futur père d'Olivier :

– Tu montes à Saugues. Tu préviens un docteur. Après, sans trop te presser, tu préviens le garde champêtre et les gendarmes.

– Et toi ?

– Moi ? dit Palou. Moi, je disparais. Je quitte tout. Je déserte de l'armée. Je l'avais prévu. J'en ai assez de tout, de la guerre, des hommes. Je suis ailleurs. En France, ou si je peux à l'étranger. Plus de Palou.

– Je t'aiderai, je témoignerai...

– Et je serai en prison quand même. Non. Je m'envole comme un oiseau, je cours comme un lièvre. Je t'embrasse. Ménage-toi ! Tu ne retourneras pas au front. Tu as donné ta part. Soigne bien ta famille. Nous nous reverrons peut-être ou peut-être pas...

Et Palou se mit à courir. Il ne cesserait plus cette course durant des années. Il traverserait les montagnes, les mers. Ce poing qui avait jailli lui montrait le chemin.

Il ne reverrait plus son ami mais le redécouvrirait

un jour au cours d'une autre guerre si différente sous la forme de son fils, Olivier.

Olivier s'émut. Ainsi, Palou le suivait pas à pas, le protégeait comme il l'avait fait pour son père, pour ce père mort des suites de la guerre alors que l'enfant n'avait pas atteint ses huit ans.

Pauvre Palou ! La tristesse envahit Olivier. Maintenant, il savait. Il devait faire semblant de ne pas savoir. Ne pas parler de ce passé. L'enterrer.

Il entra dans la salle de café de l'hôtel Chany. Là, dans ces odeurs de tabac, de vin, d'apéritifs sucrés, parmi les joueurs de cartes, il ne vit que Palou, il reçut son rapide regard attentif, affectueux.

– Viens par ici, dit Palou, Riri s'en va. Il nous faut un quatrième à la belote.

– Je joue mal, avoua Olivier.

– Alors je jouerai bien pour deux. Et tu seras mon porte-bonheur.

Son porte-bonheur ? Le père d'Olivier avait-il été le sien ? Étrange destin dont il ne paraissait pas se plaindre. Palou n'était pas Edmond Dantès devenu le comte de Monte-Cristo. Ni fortune ni désir de vengeance. Son village retrouvé. Comme si rien n'était arrivé. Un saut dans le temps. Et ce jeune garçon qui ressuscitait par sa présence un père disparu dans les brumes.

Il importait peu de gagner ou de perdre à ce jeu

sans enjeu. Ce qui plaisait à Olivier, la danse des cartes et cet éventail dans sa main où il réunissait les couleurs. Quand il commettait une erreur, Palou riait. Quand il emportait un pli, Palou riait encore.

Plus tard, assis sur des marches en pierre, les deux amis prirent le frais en fumant la pipe, chacun respectant le silence de l'autre.

Olivier voyait cette image de deux hommes dans un pré, celui qui boite, celui qui l'aide dans sa marche. Et le temps qui efface.

Ces guerres dont des dates fixent la durée. Et ces blessures qui jamais ne cicatrisent. Ces vies transformées. La méditation d'Olivier se poursuivait jusqu'aux régions de l'absurde. Il énonça pour Palou ce à quoi il voulait croire, une fausse certitude, une affirmation suscitant la réponse telle une interrogation :

– Après cette guerre, après ce que les nazis ont fait, il ne pourra pas y avoir d'autre guerre.

– Le ciel t'entende, Olivier, le ciel t'entende ! On disait déjà cela en 1918. « Plus jamais ça » ou « la der des ders ». Et, de nos jours, c'est pire que tout, à ce point qu'il est des choses dont on n'ose pas parler. Comme si nous en étions responsables. Et peut-être le sommes-nous ?

– Les monstres seront détruits à jamais !

– Garde ton optimisme, c'est bien. Tu vois, mon gars, il doit y avoir en nous deux microbes qui se battent, le bien et le mal. Le mal peut atteindre n'importe lequel d'entre nous. Il n'est pas réservé à une nation. Nous n'en sommes qu'à la moitié du siècle et déjà deux guerres mondiales, les pires atrocités. Que va-t-il se passer dans l'espace qui nous mène à l'autre siècle, celui que je ne verrai pas ? Toi, peut-être…

Olivier fit un calcul. Non, lui non plus n'irait pas jusque-là.

– Passe-moi ta blague, dit Palou, je n'ai plus de tabac.

Cela les ramena à l'instant présent. Que leur prenait-il de philosopher ainsi au seuil de la nuit ?

Palou accompagna Olivier jusque chez sa grand-mère.

Huit

LES noms des villes libérées grandissaient en nombre dans les communiqués de guerre : Coblence, Francfort, Dantzig, Nuremberg, Poznan... et, auprès des villes connues, des lieux de mort dont les noms résonneraient à jamais dans les consciences : Auschwitz, Buchenwald, Bergen-Belsen, Oranienburg, Sachsenhausen, Ravensbrück... Et les noms d'une géographie lointaine : Tokyo bombardé, Manille, Iwo Jima, Okinawa reconquises... Des mondes en lambeaux, des villes en loques, partout la souffrance.

Au Puy, l'absurde vie de caserne se poursuivait. Bientôt les mutations furent acceptées. Cela se passa dans le désordre. Certains, comme Pendule qui rejoignait la Première Armée, purent partir. Malgré ses demandes pressantes, ses protestations, Olivier dut rester. Le commandant Tailleur et le capitaine Duvent trouvèrent de bonnes raisons : le sergent-major, indispensable pour les inventaires d'une liquidation, ne partirait pas.

Sans cesse Olivier devait fournir des états, des bordereaux, des listes que le capitaine adjudant-major devait ratifier. Du matériel se volatilisait. Et même des armes. Il fallut mettre des gardes la nuit. Dès lors, des vols eurent lieu en plein jour. Les couvertures, les uniformes disparaissaient. Olivier, scrupuleux, en gardait le souci. Puis il s'aperçut que ses supérieurs restaient indifférents.

Ce fut une période triste, des jours d'abandon. Ainsi, quelques mois avaient suffi pour que ce rêve d'une armée autre se dissipât. Il s'insurgea auprès de Clovis resté comme lui pour l'intendance du mess des officiers en ville.

– Je n'y comprends rien. Je m'engage pour la guerre et je dois rester là comme un embusqué…

– Et alors, de quoi te plains-tu ? De toute manière, il est trop tard pour la castagne. Le temps de t'incorporer, de faire tes classes et la guerre sera finie.

Cette caserne désertée offrait un spectacle sinistre. Olivier continuait à occuper seul cette chambre où les murs décorés paraissaient dérisoires. La disparition progressive de tous ses amis faisait de lui un abandonné. Il prenait ses repas dans la grande cuisine, sur un coin de table, pour ne pas rester seul. Parfois, il se permettait le restaurant, cela grâce à un rappel de solde qui lui avait apporté de l'aise.

Il ne put partir que lorsque la caserne fut presque vide. Son ordre de mutation le conduirait à la caserne d'Assas à Clermont-Ferrand au 92e R.I.

Là, il fut affecté à la compagnie hors rang où se

trouvait déjà un sergent-major dont il fut l'adjoint. Il eut la chance de retrouver des camarades du maquis dont un nommé Ardant, un garçon ténébreux, taciturne mais amical. Encore la vie de caserne, tout ce qu'il détestait.

Il fut là peu de temps. Avec Ardant et un garçon du Nord qu'on appelait Ch'timi comme il se doit, ils furent dirigés vers Paris, à cause, leur dit-on, de leur bonne écriture. Ils se rendraient à l'École militaire où leur affectation serait indiquée.

Enfin, il se passait quelque chose. Mais quoi ? Les trois garçons furent bien étonnés de loger dans une chambre du célèbre monument derrière une balustrade avec pour vue le Champ-de-Mars et la tour Eiffel. Que demander de plus ?

– On croirait qu'ils ne savent pas quoi faire de nous, dit Olivier.

– J'en sais un peu plus, indiqua le Ch'timi. Nous allons travailler à la Direction de l'infanterie. Ils ont besoin de scribes…

– Ou de scribouillards, jeta Olivier. La fête continue !

En effet, le lendemain ils reçurent l'ordre de se rendre au service des officiers d'active de cette Direction de l'infanterie.

L'endroit les surprit : des bureaux réquisitionnés aux Champs-Élysées dans un grand immeuble. Cela évoquait tout autre chose que l'armée.

Ils devaient se présenter à dix heures. Aussi mirent-ils beaucoup de temps à se préparer, à se pomponner. N'était-on pas à Paris ?

Ch'timi le blond frisé et Ardant le beau brun avaient en commun leur économie de paroles et un sourire affable qui les situaient au-delà de leur âge, vers le temps d'une sagesse anticipée. Olivier, comme régénéré par l'air de Paris, ne tenait plus en place. Ayant pour charge de faire découvrir la ville aux amis, il les emmena à pied vers les Champs-Élysées, commentant chaque lieu comme l'aurait fait un guide. Ainsi leur promit-il des visites en maints quartiers qu'il disait connaître comme sa poche.

En quelques mois, que de choses avaient changé ! Il parcourait les lieux tout en ayant le sentiment de les découvrir. Ce Paris, il le ressentait, le revoyait en diverses époques : celle de l'avant-guerre libre, un peu débraillée, élégante et pauvre, avec ses chanteurs de rues, un aspect goguenard, à l'image de ces poulbots de Montmartre ; celle de l'occupation allemande dont on ressentait d'autant plus le poids qu'on la voulait ignorer, et cette grisaille, cette méfiance envers l'autre, cette émergence de sentiments dissimulés à l'intérieur de l'être, les plus bas cachant les plus honorables, la ville étant un condensé de tout. Ce temps si récent ne pesait-il pas encore ?

Olivier le curieux croyait connaître Paris, il le découvrait autre. Il se trouvait en des lieux de prestige, qu'en était-il des populaires ? Il lui tardait de le voir. Il regardait les visages des passants pour tenter d'y lire quelque émotion. L'explosion de joie provoquée par la Libération passée, les soucis de la vie quotidienne éteignaient la flamme. S'attendait-on à un miracle, à un changement de la vie ? Et voilà que dans ce nouveau temps, se mirait encore l'ancien. Ces quatre années maudites, leur tache noire était-elle ineffaçable ?

Ainsi, cet Olivier dans ses vingt ans connaissait-il déjà une nostalgie. Il ne dit rien à ses amis, se contentant de nommer les merveilles urbaines et de les magnifier par sa connaissance de leur histoire. À sa manière, il reconstruisait la ville, tentait de la montrer en passé autant qu'en présent.

Le temps de la guerre tirait vers sa fin, nul n'en doutait. De jour en jour, les images de l'horreur apportaient un message : voilà ce que l'homme, animal supérieur, est capable de perpétrer.

Dans le secret d'Olivier, le doute effectuait ses ravages. L'apaisement d'Orphée, tout ce qu'il attendait de la poésie révélait son impuissance.

Il lisait beaucoup, abandonnant les poètes pour les prosateurs, les philosophes, les constructeurs d'idées, les témoins. Toujours à la recherche d'un grand secret, il devenait ce non-intellectuel qui ne cesse pas de penser.

Et ce Paris tant aimé, était-il le protecteur d'une enfance perdue ou une bourgade indifférente ?

– Là nous remontons les Champs-Élysées. En haut, c'est l'Arc de triomphe. De quel triomphe ?

Les trois garçons rejoignirent les lieux inattendus de leur affectation : des bureaux en étage dans la galerie du Lido. Une histoire de fous : la plaque DIRECTION DE L'INFANTERIE avoisinait les photographies de girls emplumées.

En avance, ils s'offrirent le luxe de s'asseoir à une terrasse proche et de commander des bocks. Ils reçurent le spectacle en silence.

Plus que les civils, ils regardaient les soldats alliés, surtout les G.I. de l'Amérique. Une impression étrange. Comme si, d'un coup de baguette magique, on avait métamorphosé les troupes allemandes de l'Occupation, avec cette différence qu'on avait évité de voir les premiers et qu'on ne cessait de se repaître du spectacle de leurs vainqueurs.

Dans le proche souvenir d'Olivier, cette armée allemande composée de garçons jeunes, beaux et forts avait peu à peu été remplacée par des vétérans harassés, les soldats de réserve, les éternels bidasses ridicules et pathétiques.

Par son uniforme, il pensa qu'il ressemblait à ces soldats d'outre-Atlantique mais qu'il n'en avait ni l'aisance ni la démarche : leur allure apparaissait plus libre, plus souple en même temps que nonchalante. Ils gardaient, quel que soit leur âge, un je-ne-sais-quoi de juvénile et d'ouvert. Cela venait-il de ce mouvement de mâchoires provoqué par la manie du chewing-gum que les enfants d'hier appelaient le « sem-sem-gum » et qu'ils n'imaginaient pas dans la bouche des adultes ? Ou peut-être de cette démarche chaloupée qu'ils avaient en commun ?

Olivier regarda ses compagnons. En dépit de leurs efforts vestimentaires, ils avaient pauvre allure auprès de ces Américains aux uniformes bien coupés qui semblaient sortir de chez un tailleur.

– Dire que ces types viennent d'Amérique ! dit Ardant.

– Ils nous ont sortis de la merde ! ajouta le Ch'timi.

– Et les Russes qui ont le plus payé, tu les oublies ? Et les Angliches, les Australiens, les Canadiens, et la résistance des nôtres, tu les oublies ? observa Olivier.

– Pourvu qu'ils ne se foutent pas sur la gueule ! dit Ardant.

– Qui ça ?

– Les Amerloques et les Russkofs.

– Tu rigoles ! dit Olivier. Pourquoi ils feraient ça ?

Ardant consulta sa montre et annonça :

– C'est l'heure d'y aller.

À quoi les emploierait-on ? Pourquoi les avoir mutés de Clermont-Ferrand à Paris où les soldats ne manquaient pas ? Mystère. Peut-être pour leur belle écriture…

Un soldat les introduisit dans cet appartement réquisitionné. Plus tard, ils furent invités à rejoindre une pièce encombrée de dossiers où un sous-officier les accueillit tout souriant. Ils regardèrent ce petit homme brun et remuant qui portait un uniforme à l'ancienne, bien fermé au col. Il semblait issu d'une opérette ou d'un spectacle mettant en scène un comique troupier. Ses cheveux gominés formaient une plaque noire ornant un crâne pointu. Ses moustaches en virgules à la Clark Gable semblaient peintes.

Il se dressa comme un coq et ordonna : « Repos ! » bien que les trois garçons ne fussent pas au garde-à-vous.

– Bien, bien, dit-il, présentez-vous, mes garçons !

Chacun le fit avec économie.

– Apprenez, soldats, que vous êtes sous les ordres de l'adjudant-chef…

Ils entendirent un nom avec quatre fois la voyelle *i*, quelque chose comme Quiliquini qu'ils transformèrent en « Guili-Guili » comme pour la chatouille. Et le petit homme sautillant poursuivait :

– Nous sommes sous les ordres du général Ely mais vous ne ferez que l'apercevoir. Nous avons des horaires souples. Tout est une question d'arrangements. Il suffit d'être respectueux de la hiérarchie et tout ira bien. Vous venez du maquis ? Moi aussi. Ah ! ah ! mais pas le même : je suis corse, militaire de carrière et…

Le discours continua. Olivier et ses compagnons souriaient aimablement mais n'osaient se regarder de peur de rire. Ils ne se doutaient pas encore que ce petit homme ridicule était un brave type qu'ils apprécieraient.

– Bien ! Ce sera tout pour aujourd'hui. Vous reviendrez demain matin. Quartier libre. Les belles Parisiennes vous attendent.

– Merci, mon lieutenant, dit le Ch'timi.

Guili-Guili rougit de plaisir. Il offrit des cigarettes. Pas des troupes mais des américaines. Il précisa :

– Ici, nous travaillons en famille. Et calmement. De l'ordre, de la méthode, voilà le secret. N'avancez un pied que si vous avez bien posé l'autre. Ah ! j'oubliais… vos uniformes. Mes garçons, sans vous vexer, vous êtes fichus comme l'as de pique. Nous allons y remédier. Et cela grâce à qui ? grâce à qui ?

Il appuya deux fois sur un bouton. La porte s'ouvrit. Apparut un jeune militaire comme sorti d'une boîte à malice.

– Grâce à qui ? poursuivit Guili-Guili. Grâce à l'incomparable Albert. Mon cher, voilà nos nouveaux amis.

Olivier se demanda au cœur de quelle pantomime ils se trouvaient.

Le prénommé Albert, blond et joufflu, frisotté comme au petit fer, à la fois favori et fou du roi, se déplaçait comme un danseur. Il se planta en face de chacun, virevolta et dit :

– Mais c'est qu'ils sont jolis garçons ! Mais oui, mais oui. Nous irons à l'habillement. De beaux uniformes.

Tissu américain et coupe anglaise. Tout de suite ? Pourquoi pas tout de suite ?

Ardant, le Ch'timi et Olivier se regardèrent. Ils ne savaient que dire. Ils pénétraient dans un univers inconnu. Ils décidèrent sans se concerter de se laisser porter par le courant. Albert s'occupa d'eux comme un frère aîné. Ils furent coiffés, vêtus de nouveaux uniformes d'origine américaine en tissu souple. Les sous-vêtements, chemise, chaussures, tout était neuf.

– Vous n'êtes déjà plus les mêmes ! annonça Albert le frétillant. Glissez le bas de votre cravate dans la chemise comme le font les G.I. À croire que vous venez de Saint Louis ou de Cincinnati !

Quand il les quitta, à l'École militaire, il les regarda avec satisfaction.

– Si vous mâchez du chewing-gum et si vous vous déhanchez un peu, vous serez de vrais petits Yankees ! dit-il. Maintenant, l'oncle Albert va se livrer à ses futilités. Demain dix heures au bureau !

– Ouf ! fit le Ch'timi après son départ, moi, il me mange la laine sur le dos, celui-là...

– Un type charmant ! dit Olivier.

– Ouais, ouais, il ne serait pas un peu de la jaquette ? suggéra Ardant.

– Un peu beaucoup, dit Olivier, et alors, ça vous dérange ?

– Nous on s'en fout, dit le Ch'timi, mais toi, gare à tes fesses !

– Tu crois pas que Guili-Guili a une option ? demanda le Ch'timi.

– Penses-tu ! Guili-Guili, c'est un don Juan. Le tombeur des coiffeuses et des dactylos. Ça se voit tout de suite, décréta Olivier.

– Que fait-on Margoton ? chantonna Ardant.

Ils passèrent la fin de l'après-midi dans leur chambre. Olivier ne cessait de frotter le cuir de ses bottines comme pour obtenir le brillant absolu. Ardant tordait du fil de fer pour fabriquer des portemanteaux. Ils restaient tout étonnés. Dans ce monument historique, personne ne les contrôlait. À la cantine, ils trouvaient toujours des militaires différents, des métropolitains, des Arabes, des Noirs, des mal-vêtus et des dandys militaires.

Ce soir-là, l'un d'eux, vêtu comme eux à l'américaine, s'offrit, comme il dit, à les rencarder.

– Je vous emmène au Grand Hôtel, près de l'Opéra. Là, il y a une salle immense où les troupes alliées viennent se divertir. On entre comme dans un moulin. Il y a bien des M.P. à l'entrée. Alors là, vous faites les Amerloques. Prenez un air impeccable et nunuche. Qui parle anglais ?

– Moi, un peu, dit le Ch'timi.

– Alors, tu la fermes. Si on vous questionne, vous êtes des Canadiens, mais ça risque pas. On y trouve de la bouffe à volonté. Pour la picole, c'est autre chose. Des boissons à eux, sans alcool. Il y a aussi des filles en uniforme qui dansent avec vous. Mais on n'y touche pas… J'oubliais le principal : vous pouvez vous faire du blé. Il y a des rombiers qui vendent des cartouches de cibiches au rabais. Je connais un gars à la Chapelle qui les rachète… Un bon bénef…

Plus tard, alors qu'ils se promenaient sur le Champ-de-Mars, Olivier dit :

– On veut se battre pour la patrie, on finit par faire du trafic…

– On verra bien, dit le Ch'timi. Non, mais regarde : je rêve ou quoi ?

Deux filles, visiblement des prostituées, s'approchèrent et leur proposèrent dans un anglais un peu vague de « faire zigue-zigue » avec eux. Ils déclinèrent l'invitation en bon français. Elles se dirigèrent alors vers des G.I. qui les suivirent derrière une ligne d'arbustes.

– Elles disent « zigue-zigue ». Avec les Frisés, elles disaient « fique-fique ». Tout change !

Le lendemain matin, comme de bons employés, le trio se rendit aux Champs-Élysées.

Olivier pensait à un autre lieu de travail, l'atelier d'imprimerie. Il n'osait pas se présenter devant la sévère tante Victoria. Pris par ses obligations, il en usait comme prétexte pour remettre à plus tard la rencontre redoutée.

Le charmant et ridicule Guili-Guili les fit asseoir à une immense table et posa devant chacun une pile de dossiers à sangle. Il donna des explications :

– Chacun de ces dossiers correspond à un officier d'active. Les circonstances ont occasionné un retard dans les mises à jour, notamment en ce qui concerne les mutations, mais aussi la carrière, les montées en grade et autres. Vous trouverez une carte qui est en quelque sorte la feuille de route de l'intéressé. Il faudra y porter avec votre plus belle écriture les changements intervenus. Ils figurent dans la première chemise. Vous pourrez également procéder à des classements dans les chemises qui contiennent des renseignements confidentiels sur la carrière de chacun : le cas échéant, documents touchant au mariage, notes des supérieurs au cours des diverses affectations, etc. Pour ceux qui sont tombés au champ d'honneur le dossier sera complété et clos pour être envoyé à l'état-major. Je me charge alors de l'expédition. Nous ne gardons qu'une simple fiche pour en faire état…

Les trois garçons firent des signes de compréhension. Olivier eut cette impression qu'ils allaient violer des secrets, regarder des vies par le trou d'une serrure, lire le roman personnel de chacun de ces êtres.

– … Procédez avec minutie et sans hâte. Au besoin, demandez conseil à notre Albert qui sait tout ou à moi-même. Ah ! autre chose…

L'adjudant-chef Guili-Guili parla à voix plus basse, presque un chuchotement :

– … Souvent vous trouverez un feuillet, toujours le même, la copie de la prestation de serment au maréchal Pétain. Oui, la plupart ont été obligés d'en passer par là. Dites-vous bien que ce n'était qu'une formalité obligatoire et ne représentant rien de plus qu'un chiffon de papier... Hum ! ces feuillets, déchirez-les, réduisez-les en petits morceaux qui seront brûlés dans le poêle.

– Bien, mon lieutenant ! dirent-ils en chœur.

– Allez, au travail !

Ils s'attelèrent à cette tâche fastidieuse, suivant la vie de ces inconnus depuis les écoles de guerre jusqu'aux péripéties de leur carrière.

Ils s'appliquaient à faire au mieux avec parfois des hésitations quand il y avait des blancs dans ces biographies. Lorsqu'un fait curieux apparaissait, pour la distraction, chacun en parlait aux autres. Parfois cela touchait au vaudeville : ainsi ce lieutenant séduisant la femme de son commandant, des querelles parfois mesquines, des notes données par les supérieurs visiblement en raison de sympathies ou d'antipathies.

– Les gars, lisez ! C'est à se fendre la pipe !... Ah ! celui-là en avait dans la culotte !... Un héros !... Merde, un dossier pour Guili-Guili : encore un mort...

Les premiers jours, Olivier éprouva un sentiment de gêne. Il parcourait ces vies humaines, il découvrait des secrets non pas militaires mais intimes. Il imaginait des êtres cachés derrière l'abstraction des mots, éprouvait un sentiment de viol. Il pénétrait dans la comédie humaine. Comme chez son cher Honoré de Balzac, mais là ce n'était pas du roman.

Il lui sembla incongru que de jeunes soldats fussent affectés à cette tâche. N'aurait-on pas dû leur faire prêter serment de ne rien révéler de la vie de tel ou tel ?

Une chose le gênait sans qu'il pût s'en expliquer la raison : la destruction du demi-feuillet de prestation de serment au maréchal Pétain. Il finit par demander à être reçu par l'adjudant-chef Guili-Guili.

Il le trouva dans son fauteuil, les pieds sur le bureau, fumant un cigarillo. Olivier crut bon de se tenir au garde-à-vous. Son supérieur, comme pris en faute, se redressa et boutonna son col.

– Repos ! dit-il. Mon garçon, inutile de te mettre au garde-à-vous. Nous nous voyons trop souvent dans la journée. Tu as quelque chose à me dire ? Assieds-toi.

– C'est-à-dire que… enfin, ce n'est pas facile… Et j'ai peur que… Enfin, voilà…

Olivier tenta d'oublier de bredouiller. Il finit par dire :

– Voilà… c'est à propos des prestations de serment. Parfois, je me demande si j'ai le droit de les détruire parce que… après tout… Enfin, je suis gêné et je ne sais pas comment expliquer pourquoi.

– Tu… enfin, vous avez reçu un ordre. Il faut l'exécuter, et sans hésitation ni murmure. Ceux qui ont signé y étaient obligés. Tous l'ont fait. Sale période, c'est vrai. Mais il faut bien tracer un trait. D'autant que la plupart se sont bien comportés. Et puis, tout cela ne vous regarde pas. Écoute, mon garçon, je t'aime bien, mais tu es un emmerdeur de première. Ça tombe mal : j'avais quelque chose à te demander…

– À vos ordres.

– C'est un peu particulier. Enfin, d'ordre intime. Heu ! je connais une jeune personne, une fille très sentimentale et j'aurais aimé lui offrir un joli poème d'amour. Tu pourrais me l'écrire ?

– C'est comme si c'était fait, dit Olivier.

Tout cela l'amusait. Il reprit son premier propos :

– Pour les serments à Pétain, toutes mes excuses. J'avais seulement pensé que si quelqu'un devait le détruire, c'était l'intéressé, celui qui l'avait signé. C'est pourquoi…

– Croyez-vous seulement qu'ils s'en souviennent ? Pour eux, il s'agissait d'une formalité, sans plus. Pour cette poésie, que cela reste entre nous… L'amour, vois-tu…

– Motus et bouche cousue, mon lieutenant.

– Pour les serments, je ne comprends pas tes scrupules. Tu reçois un ordre, tu l'exécutes, c'est tout. Où irait-on si l'homme de troupe avait des scrupules ?

– Je n'ai pas l'habitude.

Guili-Guili caressa sa moustache, se prit à rêver, sans doute à l'inconnue qui recevrait le poème, puis il dit :

– Ces déclarations de serment, tu me les apporteras. Je m'en chargerai moi-même.

Il se leva pour activer le feu dans le poêle.

Olivier devina où finiraient les feuillets. Il haussa les épaules. Puis il demanda :

– La demoiselle en question, est-elle brune ou blonde ? Vous comprenez, c'est une éventualité pour les rimes...

– C'est une brune. Elle est corse comme moi.

Olivier fit un salut réglementaire et sortit. Guili-Guili l'amusait. Il s'avisa qu'il employait tantôt le tu, tantôt le vous.

Il rejoignit Ardant et le Ch'timi et se mit à la tâche. Il leur dit :

– Au fait, pour les prestations de serment, il faut les filer à Guili-Guili. Il doit en faire collection.

Parmi tant d'officiers inconnus, il en était un qui était cher à Olivier, le capitaine Desloges, le cousin à la mode de Bretagne, l'ami de Roanne au temps de l'Arsenal, qui paraissait, bien que proche encore, éloigné dans le temps. Il s'interdit de lire son dossier puis il pensa qu'il lui serait intolérable que ses deux copains moqueurs en eussent la charge. Du moins ce fut là le prétexte qu'il se donna.

Il mit ainsi l'œil au trou de cette serrure. Il aurait même pu compléter la feuille de route, bien que nul document ne l'indiquât, en signalant que son cousin combattait du côté de ces zones où résistaient encore des Allemands. Il lut les notes des supérieurs, s'indignant chaque fois qu'elles ne lui semblaient pas assez élogieuses. Il détourna les yeux de l'enquête avant mariage avec montant de la dot et autres. Pouvait-on ainsi pénétrer dans la vie personnelle d'un être ? La servitude, dans quelle grandeur ?

Ce regard l'amena à penser à sa famille. Ses oncle et tante, ses cousins vivaient non loin. Personne ne le savait à Paris. Leur téléphoner, il ne l'osait. Les visiter lui apportait des craintes : il entendait déjà les reproches de la tante Victoria, il redoutait le silence de son oncle. Aussi remettait-il sa visite à plus tard.

Se moquer de l'adjudant-chef Guili-Guili faisait partie des plaisirs du bel Albert qu'Olivier appelait le Dandy et Ardant le Gommeux. Olivier et ses copains apprirent que le noir des cheveux et de la moustache de Guili-Guili, petit homme coquet, était dû à la teinture. Tandis que les plaisanteries fusaient, Olivier s'indigna :

– Pour une fois que vous rencontrez un gradé gentil, vous vous en prenez à lui. Il se teint et alors ? C'est son affaire, pas la vôtre, minus !

En ce beau printemps, chaque jour, après l'avoir lu, Guili-Guili sans cesse passait le journal à ses collaborateurs. Partout dans le monde en guerre, ce n'étaient que bulletins de victoire en même temps que découverte de nouvelles atrocités.

Peu à peu la vie courante se modifiait. Olivier s'en aperçut quand il fit visiter Montmartre à ses amis, en évitant les alentours de la demeure des cousins Jean et Élodie car il continuait à cacher sa présence à Paris. Certes, sa rue apparaissait moins triste qu'au temps de l'Occupation mais quelque chose avait disparu, peu repérable ou définissable. Les visages avaient-ils changé ? Les bordures des trottoirs étaient encombrées d'automobiles, les enfants ne jouaient guère dans la rue. Les T.S.F. étaient plus discrètes. Les terrains vagues chers aux jeux de l'enfance disparaissaient. Seuls les bistrots gardaient quelque chose de la vie dans les années trente. On y entendait encore l'accent parigot. La gouaille restait présente. Les propos de comptoir jetés à la cantonade faisaient rire.

– Salut les Américains !

Ils le savaient bien que les trois garçons étaient français, Olivier ne manquant pas une occasion, par chauvinisme, de préciser qu'il était de Montmartre. Il ignorait qu'au contact de ses bourgeois de tuteurs, il avait acquis une autre manière de s'exprimer. Quand il voulait faire parisien, il lui semblait imiter quelqu'un d'autre.

Désormais, chaque soir ils faisaient une incursion au Grand Hôtel où ils pénétraient sans aucun problème. Ils excellaient tous trois à imiter la démarche des G.I. jusqu'à en être la caricature. Ils avaient appris quelques mots anglais, des interjections surtout dont ils usaient avec économie.

Leur déception fut qu'ils ne prisaient guère nourriture et boisson. Ces tartines de beurre de cacahuètes, ce Coca-Cola à la tirette moussant comme de la bière et n'ayant pour avantage que d'être frais, ils ne s'y habituaient pas. Ce n'était pas là de la vraie bouffe. Pourquoi faire venir ces horreurs d'Amérique quand il y avait mieux en France ? Après tout, peut-être que les Fritz avaient meilleur goût.

Olivier regardait ces soldats d'outre-Atlantique avec curiosité. L'un d'eux qu'il fixait peut-être avec trop d'attention lui chercha querelle. Il ne comprit heureusement pas son langage et répondit par un sourire conciliant. Ardant et le Ch'timi s'interposèrent. Dangereux, car le premier aimait la bagarre. Un officier américain, élégant dans son uniforme au pantalon clair et à la veste d'un joli marron, éloigna le méchant qui se permit le luxe de quelques insultes.

– Il t'a traité de *chicken* ! dit Ardant.

– Qu'est-ce que ça veut dire ?

– Ça veut dire « poulet », autrement dit froussard ou dégonflé.

– Poulet, je trouve ça plutôt gentil.

– Celui-là, quelle sale gueule ! conclut Ardant.

Mais la plupart de ces soldats libérateurs avaient l'air de grands gosses. Ils paraissaient tout neufs, tout propres, soignés et calmes. Olivier pensa à tous leurs morts sur les plages de Normandie et d'ailleurs, loin de chez eux. Mais pour la plupart, ces boys cherchaient dans cette ambiance typique du Grand Hôtel à retrouver un peu de leur Amérique. Ils montraient des visages étonnés. Pourquoi ? Ces hommes qui avaient apporté la liberté dans leurs bagages n'avaient jamais connu d'autres contraintes que militaires. Ils ne portaient en eux aucune trace des défaites, de ces années de souffrance morale, de l'oppression. S'ils avaient le mal du pays, ils le cachaient bien derrière cet aspect d'innocence et de tranquillité.

Olivier ne songeait guère aux trafics. Il se contentait d'écouter cette musique venue d'ailleurs et que prisait tant son cousin Marceau, de regarder les couples en tenue militaire qui dansaient avec un air si convenable. À ce point qu'Olivier revoyait les bals populaires du 14 Juillet, ceux des guinguettes des bords de Marne ou ceux un peu voyous, à la Carco, de la rue de Lappe. Ardant et le Ch'timi, plus réalistes et industrieux que lui, achetaient des cartouches de cigarettes à bon prix. Ils firent connaissance de soldats canadiens avec qui on pouvait mieux s'entendre. Car si les Américains étaient en majorité, on reconnaissait les soldats alliés d'autres nationalités venus de par-delà les mers et les océans.

Le trafic rapportait un peu d'argent. Les deux copains tenaient à ce qu'Olivier eût sa part même s'il ne participait pas à ce commerce. Bien que modestes, ces gains leur permettaient de s'offrir des séances de cinéma et des consommations aux terrasses.

Ils restaient ainsi tous les trois assis sur des chaises paillées teintes en jaune et vert au bord de ce fleuve nommé Champs-Élysées où les passants coulaient comme de l'eau.

Olivier regrettait ses anciens amis, Pendule et les frères Allès. Non seulement ils avaient en commun d'être du « pays » mais chacun se vouait à quelque étude, à quelque curiosité. Les nouveaux, Ardant et le Ch'timi, flottaient dans leur indifférence, dans leur acceptation de tout. En vain, Olivier tentait d'animer la conversation. Elle se réduisait toujours au quotidien, aux choses triviales de la vie courante avec ses rythmes et ses rites ennuyeux.

Un sentiment d'échec le dominait, de lent glissement des jours, d'enlisement. Ces quatre années de son jeune âge, dont on dit qu'il est le plus beau de la vie, restaient marquées par la grisaille et l'abandon. Le sursaut de révolte de quelques mois se terminait par un travail de scribe.

Et le flot des passants coulait, interminable, tant de gens, civils, militaires, hommes, femmes, enfants marchant dans la ligne de leur vie. « Tout est absurde ! » pensait Olivier.

– Garçon ! la même chose..., commandait Ardant.

– La même chose... toujours la même chose. Je me demande ce qu'on fait là, dit Olivier.

Il ajouta :

– Rien à faire, glander, être bien, belle philosophie !

Ses deux compagnons se regardèrent. Ils ne prisaient guère certaines reparties de leur copain. Était-ce une réprobation ou un accord ? Ils ne surent le distinguer.

– Avec toi, dit Ardant, on ne sait jamais si c'est du lard ou du cochon.

– On fait quoi ce soir ? demanda Olivier.

– Le Grand Hôtel ? proposa le Ch'timi.

– Pas moi ! affirma Olivier. J'en ai plein les bottes.

Ils marchèrent en direction des Halles. Le jour résistait à la nuit comme un enfant qui refuse de dormir. À l'aise dans leurs beaux uniformes, ils se pavanaient.

Olivier pensait à leurs soirées dans la grande salle où se réunissaient les troupes alliées de passage à Paris. Les premiers jours, le lieu les avait éblouis. Peu à peu, ils en avaient ressenti la monotonie, la répétition des mêmes gestes, l'absence de spontanéité. Tant pis pour les petits bénéfices des cigarettes. Et cette gêne : pourquoi faire, la guerre en voie d'achèvement, ce qu'Olivier avait refusé au cœur de l'Occupation ?

Et Paris ? Et la France ? La vie reprenait mais à son violon une corde brisée semblait résonner encore. Les années noires pesaient. À défaut de pouvoir les rayer sur la carte du temps, c'était comme si on avait brisé un fil en 1940 pour le renouer en 1945. Ne tentait-on pas de prolonger et de revivre l'avant-guerre ?

Les communiqués de presse, les convois de prisonniers et de déportés témoignaient d'une blessure qui serait longue à cicatriser.

Olivier regardait, pensait et en lui grandissaient le sentiment de son inutilité, une fracture inexplicable comme s'il portait une part de la responsabilité de l'horreur, lui qui n'avait tué personne. Ce sentiment de l'absurde dont parleraient les philosophes, il en éprouvait la sensation sans se trouver à même de l'analyser.

Aux Halles où la terre et la mer déversaient leurs biens, il redécouvrit un paysage perdu. Dès lors, il se fit le guide de ses compagnons, les entraînant vers les pavillons, leur montrant les personnages de Zola qui n'avaient guère dû changer dans le ventre de Paris.

– Il faut passer la nuit ici, dit Olivier. C'est au petit matin que commence le vrai spectacle.

Ils se rendirent dans un bistrot où on leur servit de la saucisse avec des frites. Olivier s'amusait de tout, des attitudes, des échanges de paroles, des accents. Ses camarades s'ennuyaient. En vain essayait-il de les initier aux merveilles de la nuit naissante, ils bâillaient : tout le monde n'est pas noctambule.

Il fallut rentrer. Olivier pensa qu'il n'existait plus de couvre-feu, qu'on pouvait se promener la nuit à sa guise. Et ses compagnons, que se passait-il dans leurs crânes ? Rien ne les intéressait. Il rit. Une image le traversa : il conduisait une paire de bœufs.

Le seul moment animé fut quand ils ramassèrent des cailloux sur le Champ-de-Mars. Un rite : le fier monument de l'École militaire abritait d'autres hôtes que les soldats, des rats, d'énormes rats qui couraient le soir dans l'escalier. Les projectiles n'avaient pas pour but de leur faire du mal mais de les éloigner. Le jeu se poursuivait dans la chambre. Entre la fenêtre et la balustrade se trouvait une rigole de pierre. Les gaspards couraient là, jouaient ou se battaient. Les trois compagnons adoraient les nourrir. À peine les débris de nourriture jetés, la fenêtre refermée, qu'ils arrivaient, les maudits, les détestés de tous. La seule armée que les Allemands n'avaient pu défaire : celle des rats.

Le visage près de la vitre, Olivier les regardait. Leurs yeux luisants vous perçaient. « Et si j'étais un rat, quelle sorte de rat serais-je ? » ou bien : « Celui-là qui me regarde, peut-il me comprendre, peut-il lire en moi ? » Toujours ces rêveries, ces réflexions en désordre.

Plus tard, quand Olivier s'endormit, ce fut en compagnie encore des rats, des rats rêvés, non ceux du réel. Puis le rêve traduisit des préoccupations qu'il tentait de refouler très profond dans sa conscience comme des rats au creux des égouts.

Il se croyait libre, il ne l'était pas. Cet engagement absurde et qui procurait des semaines de vie d'apparence agréable le contraignait. À la cantine, il parla avec des tirailleurs sénégalais, les amenant à évoquer leur pays. L'exotisme le tentait. Voyager, le pourrait-il un jour ?

Il rêvait et son rêve le conduisit sur l'autre rive. Il se trouvait à l'imprimerie, au fond, là où se tenait la typo. Debout devant une casse sur un plan incliné, il glissait dans son composteur les caractères Cheltenham corps 8. Plus tard il lierait la composition, la porterait au marbre, l'enserrerait dans une forme, jouerait du marteau et du taquoir, de l'encreur de la feuille de papier qu'il tapoterait avec la brosse à poils durs pour jouir ensuite du miracle de l'imprimerie.

L'imprimerie ! Il y songeait sans cesse. Pour la rejoindre, il devrait passer chez son oncle et sa tante. Il connaissait la somme des reproches mérités. Il redoutait les scènes, les colères de la tante Victoria et, pire, le silence de son oncle.

En mission à Paris, il appartenait toujours au 92e R.I. de Clermont-Ferrand. Il revit la cour pavée de la caserne, les rites militaires. Combien de temps encore durerait cette affectation à Paris ? Il avait fait part à l'adjudant-chef Guili-Guili de son désir d'être muté, de rejoindre, comme maints copains du maquis dispersé, l'armée de Lattre. Le gradé lui avait répondu en riant :

– Tu as honte de passer pour un embusqué ? Ici, tu fais du meilleur boulot. Au front, un de plus, un de moins, cela ne changera rien. Et on arrive au bout. Tu ne lis pas les journaux ? C'est la course pour Berlin entre les Russkofs et les Ricains. Nous avons libéré la France. Et puis, basta ! Tu es engagé pour la durée de la guerre, pas vrai ? On te démobilisera bientôt. C'est moi qui te le dis. À moins que tu ne veuilles rester...

– Très peu pour moi ! dit Olivier. Ma vie est ailleurs...

Honnête sous-off ! Il ne cessait de manifester sa sympathie à ses jeunes aides. « Ah ! jeunesse... », disait-il. Cela traduisait toute sa philosophie de l'existence. Et son regard flottait vers sa Corse natale, vers des lointains regrettés.

Neuf

Les rapports d'Olivier avec Ardant et le Ch'timi différaient de ceux entretenus avec ses copains du Puy. Il y manquait la complicité d'un village. Ils s'adonnaient aux loisirs. Ils parcouraient Paris. La ville qui avait manifesté tant de joie était redevenue triste. Comme si toute la vie, après le départ des armées allemandes, avait dû être transformée. Le miracle n'avait été suivi d'aucun autre. Chacun avait retrouvé ses soucis, les difficultés de la vie quotidienne, l'attente du retour des prisonniers et, çà et là, tant de blessures qui ne cicatrisaient pas.

Des dactylos furent engagées. Les jeunes militaires se montrèrent empressés auprès des plus jolies mais elles ne s'intéressaient pas à eux.

Un soir, sur le Champ-de-Mars, ils se bagarrèrent avec des soldats américains ivres. Leurs poings firent merveille, mais Olivier eut l'œil décoré de noir. Un coquard de première ! Que n'avaient-ils pu en faire autant lors de l'Occupation contre les soudards ennemis ! Olivier se vengea en traitant ses agresseurs d'« abrutis à l'eau de Javel », une vieille expression.

Que faire ? Il aurait suffi d'un appel téléphonique et ce numéro lui trottait dans la tête : NOR 74-20. Qui décrocherait le combiné ? Sa tante sans doute. Et que dirait-elle ? Il s'attendait à une scène au cours de laquelle lui serait reprochée son ingratitude. Que répondre ? Qu'il venait d'arriver à Paris, que ses lettres avaient dû se perdre. Mais s'inquiétait-on seulement de lui ? Et si Marceau était rentré ? Lui seul pourrait le comprendre. Et Jami ? Il se rendit en face de l'école des Francs-Bourgeois et vit sortir son petit cousin en compagnie d'autres écoliers. Ce fut alors qu'il prit sa décision.

Ainsi, Olivier prit prétexte d'un rhume pour trouver une journée de liberté. Vers midi, il se rendit à l'appartement du faubourg Saint-Martin, s'arrêtant devant chaque boutique, marchant jusqu'à la rue du Terrage, revenant sur ses pas. Puis il eut une idée : il acheta un bouquet de roses rouges. Il le cacherait derrière lui avant de le présenter à la tante Victoria. Il finit par prendre l'ascenseur poussif qui le conduisit au quatrième. Une bonne qu'il ne connaissait pas répondit à son coup de sonnette. Il passa devant elle et entra dans la salle à manger. Ils étaient prêts à déjeuner : l'oncle qui lui parut immense, la tante toujours élégante et, surprise ! Marceau. C'est vers lui qu'il se dirigea. C'était idiot mais ils eurent tous les deux des larmes aux yeux. Ils s'embrassèrent, puis Olivier se tourna vers sa tante stupéfaite et lui tendit le bouquet de roses. Elle haussa les épaules et dit :

– Si tu crois que cela suffit à te faire pardonner…

Elle réclama un vase. Tandis qu'elle y disposait les fleurs, Olivier embrassa son oncle. Jami, qui déjeunait à la cantine de son école, était absent. Marceau, amaigri, flottait dans sa veste. Il gardait ses gestes élégants, son sourire désabusé, ironique. L'oncle Henri, le bon géant, celui qui, dans l'enfance d'Olivier, lui offrait ses sucettes à la menthe, paraissait inquiet, comme quelqu'un qui redoute un éclat.

– Aïe ! dit la tante Victoria en suçant le bout de son index, je me suis piquée.

– Si j'avais su, je n'aurais pas choisi des roses, dit Olivier.

– Qui sait ? répondit la victime.

Olivier sentit que le temps des explications était proche. L'oncle Henri dénoua la situation.

– Aujourd'hui, haricot de mouton ! annonça-t-il.

Il demanda à la bonne d'ajouter un couvert. Le repas commença par des blancs de poireau vinaigrette.

– C'est meilleur qu'à l'armée, dit Olivier.

– L'uniforme te va bien, le félicita Marceau. Tu as l'air d'un Américain.

– Merci, dit Olivier, mais j'ai hâte de m'en débarrasser. Bien… Maintenant, il faut que je m'explique. Attention ! Je ne me vais pas m'excuser. J'explique…

– Je ne vois pas ce qu'il y a à expliquer, dit la tante Victoria. Tu as profité de la situation pour faire l'anarchiste, oublier ta famille, et voilà que tu reviens pour faire le malin, l'intéressant.

– En aucune façon, dit Olivier.

– Tiens, dit la tante, voilà qu'il parle bien.

– C'est tout simple, ma tante. J'ai eu mon lot d'ennuis, le S.T.O. et tout ça, vous le savez. Et puis le maquis... Vous l'avez bien vu à Saugues. Après, s'engager devenait tout naturel. Presque tous l'ont fait. De toute manière, il aurait bien fallu que je fasse mon service militaire...

– Après tout, dit Marceau, il fait ce qu'il veut. Il est majeur, non ?

– Il y a des garçons qui ne sont jamais majeurs ! décréta la tante. Surtout quand ils ont des obligations auprès des leurs.

Dans son for intérieur, Olivier s'amusait. Rien de grave dans tout cela. Moins que ce à quoi il s'attendait.

– On a des nouvelles de tonton Victor ? demanda-t-il.

– Rassure-toi, dit Marceau, il est revenu et a retrouvé son métier. En bonne santé. Il paraît qu'il a même pris du ventre. Il a eu la chance de travailler près d'une ferme. Je crois qu'il se tapait la patronne pendant que son Fritz de mari était sur le front de l'Est. Nous avons peut-être un petit cousin vert-de-gris sans qu'on le sache.

– Et l'atelier ? demanda Olivier.

– Tiens-toi bien, dit l'oncle, ils sont tous revenus, même ce coco de David, même Lucien, parti au S.T.O.

Ils te raconteront eux-mêmes. Quant au père Hullain, personne ne le savait, mais il était un haut responsable de la Résistance.

– Et ta guerre à toi ? demanda Marceau.

– R.A.S. Rien à signaler, dit Olivier. Je n'ai pas rapporté de médailles. En fait, je n'ai rien fait. Pas de héros dans la famille. À part deux ou trois petits riens, que dalle ! Et les commandes ? ajouta-t-il pour changer de conversation.

– Les machines tournent à plein rendement. Je songe même à embaucher, dit l'oncle. Ta place t'attend. La guerre terminée, tu pourras reprendre et je te donnerai des responsabilités.

– Je ne demande que ça, dit Olivier.

Le haricot de mouton était délicieux. L'oncle Henri ne cessait de resservir son gourmand de neveu.

– Voilà ce qui s'est passé ! dit Olivier. Je suis depuis quelque temps à Paris. Je ne pouvais pas venir vous voir. Mission secrète…

L'oncle Henri posa sa main devant sa bouche pour cacher son sourire. Marceau prit un air faussement attentif. La tante Victoria, parce que éprise de romanesque, fut intéressée.

– Aujourd'hui, reprit Olivier, je peux me montrer au grand jour. Je ne peux pas en dire plus. Je loge à l'École militaire.

– Ça en jette ! dit Marceau.

– Ah ! j'en aurais à raconter, reprit le jeune aventurier, mais ce sera pour plus tard.

À la fin du repas, il sortit un paquet de cigarettes Camel. Il annonça qu'il tenait cela de ses amis américains et parla des splendeurs du Grand Hôtel. Il décrivit les nourritures et les boissons inconnues qu'il y prenait. Au gré de son imagination, il inventa toutes sortes d'anecdotes et embellit aussi quelques faits réels. Plus tard, Marceau lui glissa à l'oreille : « Chapeau pour tes bobards ! Tu devrais écrire des romans… »

On prit le café au salon. Olivier regarda autour de lui. Rien n'avait changé : le cosy-corner, les poufs et leur velours, le piano avec la bande pour protéger les touches, la même qu'il empruntait naguère pour s'en faire un cache-col qu'il croyait élégant.

Il lui semblait retrouver des lieux depuis longtemps quittés, il ressentait à la fois le désir de s'y blottir comme dans un cocon et celui de le fuir. Une fois de plus, il ne comprenait rien à ses sentiments mêlés et contradictoires.

– Nous allons rejoindre l'imprimerie, dit l'oncle. Reste avec Marceau. Si tu le désires, viens nous voir après.

Il répondit : « Oui, mon oncle ! » et regarda sa tante qui, au contraire de ce à quoi il s'attendait, ne montrait aucune hostilité. Il dit : « Merci, ma tante, à tout à l'heure… »

Lorsqu'ils se retrouvèrent seuls, Olivier et Marceau se regardèrent. Voyant l'état physique de son cousin, si pâle, si décharné, il se sentit gagné par une infinie tristesse. Il avança vers lui. Marceau tituba et il le retint serré contre lui.

– Tu vois, c'est pas brillant, dit Marceau. Je dois m'allonger. Maintenant, je passe ma vie sur un lit.

Enlacés, ils rejoignirent la chambre du malade. Olivier s'assit au bord du lit. Le silence les réunit. Après une quinte de toux, Marceau dit :

– Petit frère, tu as fait tout ce que j'aurais voulu faire.

– Je n'ai pas fait grand-chose, répondit Olivier. (Il ajouta :) D'ailleurs, tu étais là. Sais-tu quel était mon nom de guerre ? Je m'appelais Marceau. Tout le monde croyait qu'il s'agissait d'un général, mais non ! c'était toi.

Pour ne pas se laisser gagner par l'émotion, Marceau plaisanta :

– Tu es vraiment taré, la reine des cloches. Oui, j'aurais voulu être avec toi, mais j'aurais souhaité autre chose.

– Quoi ?

– Y laisser ma peau. Pas crever comme je vais le faire.

– Dis pas ça.

– Tu écris toujours des poèmes ? Je t'ai rapporté de Suisse une édition clandestine des poèmes d'Aragon.

– J'en ai écrit mais ils sont cons comme la lune. J'ai tout déchiré. Tu sais ce que j'ai fait ? J'ai appris *Les Fleurs du mal* par cœur ! Et toi ?

– J'ai essayé de raconter ma vie. Je me suis arrêté à

la deuxième page. Je n'ai pas le don. Je vais te dire comme je vis. En bref, j'attends. Elle vient me voir les après-midi en cachette. Ce n'est pas la mort, c'est une fille, mais ça revient au même. Nous baisons comme des fous. La mort par l'amour. N'est-ce pas admirable ? Rassure-toi. Elle est aussi poitrinaire, tuberculeuse, tubarde que moi. Ou phtisique, si tu préfères le romantisme. Oui, la Dame aux camélias qui a rencontré l'Homme aux camélias. De quoi corser l'œuvre de Dumas fils ! Mais, bel Olivier, ne t'approche pas trop de moi. Pas de pédérastie entre nous. Je suis contagieux. Lépreux sans la sonnette. Intouchable.

– Arrête, Marceau, arrête. La médecine existe. Il paraît qu'il existe un nouveau remède.

– Pénicilline. Comment si ça venait de « pénis ». Trop tard, même si c'est efficace. Le pneu crevé, le boyau mort, plus la place pour une seule rustine. Quoi ! tu pleures ! Eh bien, pleure si tu aimes les larmes. Moi, je suis joyeux. Oui, heureux de quitter ce monde ignoble. Condamné à mort et pas par la guerre. Suicidé non avec du poison mais par excès d'amour. Ou même pas. Par abus de baise. Mais, après tout, c'est peut-être le meilleur amour, celui où les corps ne mentent pas… Dis donc ! rigole un peu sinon nous allons entrer dans le mélodrame de bas étage…

Olivier prit la tête de Marceau dans ses bras. Il le serra contre lui, le berça. Des larmes froides mouillaient ses joues, les cheveux de son cousin, de son grand frère.

Marceau se dégagea. Il mima la colère, prenant les poignets d'Olivier avec une force inattendue. Il lui jeta :

– Arrête un peu. Tu me les casses. Je croirais être avec ma mère. Mon père, lui, au moins, il ferme sa gueule.

– Je te jure que tu vas guérir...

– Fais des prières pendant que tu y es. Si tu penses que le Jésus t'écoutera ! Il était peut-être aussi tubard. Des millions de gens ont fait des prières ces dernières années. À lui, à sa mère, aux saints, aux martyrs. Personne ne leur a répondu. Cesse de faire le pathétique. Marre-toi. Si tu veux, ma chère maîtresse, je te la prête. Et puis non, elle contamine elle aussi. Je crois que ma mère est au courant, mais elle ferme les yeux.

– Arrête, dit Olivier, parfois tu yoyotes de la touffe !

– L'argot revient. Tu es sauvé. Va voir dans ta piaule. Tu en meurs d'envie. Tes bouquins sont toujours sous le plumard. J'en ai ajouté tout un carton. Je t'offre la pensée contemporaine, la nouvelle poésie. Allez, barre-toi, le héros de la Résistance...

– Tu peux dire le « zéro », ça convient mieux.

– Comme tu voudras. D'ailleurs, celui qui a inventé le zéro dans l'Antiquité était un génie. Maintenant, laisse-moi dormir un peu. Je suis comme les vieux, je m'assoupis. Dans l'absolu de l'existence, j'ai cent ans.

Olivier se rendit dans la chambre voisine, celle qui avait été la sienne. Le lit seul restait. Partout des armoires, des malles contenant des provisions de bouche. Il s'allongea par terre et tira quelques bouquins défraîchis. Il lisait quelques lignes, puis passait à un autre. Tout le bonheur de naguère ressurgissait. On trouvait un peu de tout : romans d'aventures, livres de poèmes, romans, proses diverses, du plus facile au moins aisé.

Avant d'ouvrir le carton des livres offerts par Marceau, il eut un moment d'hésitation. Son cousin lui léguait ses livres comme s'il s'agissait d'un héritage. Il réfléchit : non, ces livres avaient été lus, comme le prouvaient les dos cassés et les pages découpées – car, sans même s'en apercevoir, il avait ouvert le carton et feuilletait les trésors. Çà et là se trouvaient des signets ou des pages aux coins cornés. Des annotations parfois. Ainsi, Marceau, en Suisse, dont ses parents retenaient seulement qu'il avait mené une vie désordonnée, apparaissait comme un lecteur, un homme qui pense. Il lut les noms des auteurs : Albert Camus, Jean-Paul Sartre… Et une anthologie de la jeune poésie par un nommé Bertelé avec des poèmes si différents de ceux que lui-même tentait d'écrire. Il s'attarda. Un peu comme si la clé d'un monde nouveau lui était offerte.

Il souleva le carton. Il ne pouvait pas l'emporter dans sa chambre à l'École militaire. Dans la cuisine, il trouva un sac en papier qu'il emplit en prenant une demi-douzaine de livres au hasard. Il rangea les autres avec ceux qu'il possédait de longue date.

Il avait prévu de se rendre à l'imprimerie. Puis il se dit que cela pouvait attendre.

En remettant le carton à sa place sous le lit, il vit un dossier en toile. Il en détacha la sangle pour trouver toutes sortes de feuilles de papier imprimé, des tracts, des coupures de journaux. Il ne s'attarda pas à les lire et ouvrit la porte qui séparait sa chambre de celle de son cousin.

Marceau, vêtu d'une robe de chambre en soie bleue, se reposait. Allongé sur le côté dans une pose nonchalante, il paraissait à la fois proche et lointain, comme vivant dans le lieu réel et dans un autre, immatériel, inaccessible. Olivier ne put s'empêcher d'admirer son élégance, sa beauté. Ils restèrent un instant face à face sans parler. Marceau dit :

– Ce sont la vie et la mort qui se regardent.

– Cesse de jouer, dit Olivier.

Il s'assit près du lit sur une chauffeuse. Ils restèrent silencieux. Marceau dit :

– L'uniforme te va bien. Mais c'est un uniforme. Tu es déguisé. Bientôt, tu auras tous mes costards y compris ma veste à soufflets dans le dos, avec la martingale. Au fait, tu peux la prendre.

– Merci pour les livres. Il y a aussi ce dossier. C'est quoi ?

– Le Livre des Morts. Pas celui de l'Égypte. Il est à toi. Je ne veux plus le lire. Je suis comme le laboureur de La Fontaine qui fait venir ses enfants sans témoins. Il leur lègue la terre où est caché le trésor mais ce n'est ni un trésor ni même sa promesse que je te lègue. J'ai réuni tout ce que je pouvais sur l'infâme et je ne veux plus lire. D'ailleurs, je ne peux plus rien. Sinon disparaître.

– Arrête ! s'exclama Olivier, arrête !

Il prit les mains de son cousin et les serra comme s'il voulait lui insuffler la vie qui bouillonnait en lui.

– Même si le destin en avait décidé autrement, dit Marceau, crois-tu que je voudrais rester dans ce monde ? Béni soit le bacille !

– Écoute, le monde n'est pas toujours si tarte. Et ça va bientôt finir…

Marceau lui prit la main, le tira contre lui, le prit par l'épaule et lui parla doucement près de l'oreille :

– Tu te souviens quand je t'appelais « petite âme populaire » ? Tu n'as pas changé. Tant mieux pour toi. Et fais comme si de rien n'était, imbécile ! Ouvre les yeux avant qu'on ne te les referme. Ouvre tes oreilles avant d'être sourd. Ouvre la bouche avant qu'elle soit pleine de mouches. Tu sais pourtant ce qu'ils ont fait, ce que les hommes ont commis, et les hommes, c'est nous aussi.

– Et que veux-tu que je fasse ?

– Rien. Surtout rien. Reste en dehors de tout, mais n'oublie pas, n'oublie jamais le temps de tes vingt ans, celui qui aurait pu être celui de la joie et qui est celui des crimes les plus abominables que nous ayons perpétrés, nous les hommes.

– Quoi ? J'ai pris le maquis. J'ai été du bon côté. Comme les Alliés, comme les Russes, comme tous ceux…

– Bien dosé, mon petit ! La balance du bon poids. Et de la bonne conscience. Tu liras dans le dossier tout ce que j'ai réuni en Suisse et en France, ce qui est connu maintenant, et des faits plus abominables encore.

– La déportation, je suis au courant.

– La « déportation » ! N'emploie jamais ce mot qui cache tous les autres. Déporter : porter d'un point à un autre. Là, il s'agit du lieu de la vie au lieu de la mort. Et la plus atroce qu'aucun esprit n'aurait pu imaginer. Ne dis plus « déportation » mais « génocide » contre les juifs et contre tous ceux qui n'entraient pas dans la norme décrétée par la folie. Tu as entendu des informations, des rumeurs, tout ce qui est à ce point inimaginable que certains, en dépit des preuves, douteront.

Marceau eut soudain la voix brisée par une quinte de toux. Il mit un mouchoir ensanglanté devant sa bouche. Olivier éclata en pleurs. Il alla jusqu'à l'armoire et prit d'autres mouchoirs, glissant celui, rouge, de son cousin dans sa poche.

– Bref, tu vois : rien à regretter de ce monde.

Un long silence s'installa entre eux. Marceau fermait

les yeux puis les rouvrait pour fixer intensément son cousin. Il lui demanda :

– Tu vas à l'imprimerie maintenant ?

– Je ne crois pas.

– Et si je te demandais de rester avec moi ?

– Je reste avec toi, dit Olivier. J'ai la permission de la journée. L'atelier, j'irai une autre fois.

– Je ne veux pas t'empêcher. Mais on a tellement à se raconter. Surtout toi. Et si nous jouions aux dames comme avant ?

– Et tu vas me battre comme avant.

– Qui sait ? Peut-être que ton quotient intellectuel a augmenté depuis.

Cela les fit rire et ce rire leur fit du bien.

Retrouver ce vieux jeu de dames était amusant. Il y avait toujours une pièce de deux francs qui remplaçait un pion manquant.

Marceau gagna trois parties de suite. Olivier en fut heureux. Ils parlèrent. Olivier, du mieux qu'il put, raconta ses aventures : le refus du S.T.O., le séjour à l'Arsenal de Roanne, les sabotages, le départ jusqu'à Brioude, la marche à pied, la rencontre avec ceux du maquis, la tentative avortée d'une armée dite populaire, la déception, les idées qu'il avait eues puis en partie perdues, l'examen à Riom, le retour au Puy, la dispersion des anciens maquisards, la caserne à Clermont-Ferrand, la mission à Paris…

– Tu as vécu…, observa Marceau. Pour moi, rien. J'ai cherché à comprendre. La tuberculose : maladie contagieuse. Éloigne-toi de moi, mon frère. La folie meurtrière : des milliards de fois pire. Un cerveau malade, puis dix, puis vingt, puis cent, puis des milliers, des millions, une nation tout entière. Le monde embrasé !

– Je comprends, dit Olivier qui, en fait, trouvait le raisonnement de Marceau quelque peu incohérent, abstrait.

– En Suisse, j'avais une amie juive. Elle est entrée en France trop tôt. Ils l'ont arrêtée, jetée dans l'enfer, je ne la reverrai jamais. Jamais.

– Je n'ose plus aller rue Labat. La dernière fois que j'y suis passé, c'était un désert. Là vivaient mes copains, beaucoup étaient juifs, surtout rue Bachelet. Alors, j'ai peur…

– Hélas ! Personne ne peut se voiler la face devant notre vraie nature. C'est pourquoi j'ai voulu que tu lises tout ce que j'ai recueilli.

La partie de dames s'était interrompue. Ils rangèrent les pions dans leurs cases, poussèrent les glissières, écartèrent le jeu. Olivier songea au temps lointain déjà où, avec Marceau, les conversations étaient d'une autre nature. Il lui sembla que d'année en année la joie, le bonheur s'éloignaient, qu'ils ne reviendraient jamais plus.

– Écoute, dit Olivier, tu parles de notre « vraie

nature ». Cela veut dire quoi ? Que nous sommes tous des monstres ?

– Nous en portons tous le germe. Et ce n'est pas réservé aux Allemands. Regarde comme les miliciens, les gendarmes, les G.M.R., les flics de toutes espèces se sont empressés d'arrêter les victimes, en y apportant tout leur zèle. En attendant de retourner leur veste au bon moment. Et tous ceux qui, de par le monde, étaient au courant des abominations et se sont tus. Pas seulement les gouvernements mais même le pape. Il est vrai que ceux-là, ils se sont préoccupés pendant vingt siècles de faire la chasse à ceux qu'aujourd'hui ils font semblant de plaindre. En vérité, tout le monde s'en foutait…

– En Haute-Loire, les gens ont été bien, aussi bien les cathos que les protestants. À Saugues, les familles réfugiées ont été protégées…

– Tes exceptions sont des confirmations.

– Si nous parlions d'autre chose ? proposa Olivier.

– Voilà bien la conclusion des indifférents : « Parlons d'autre chose » ! Tu n'as pas compris que l'autre face du mal, c'est l'indifférence ? Mais après tout, parlons d'autre chose si tu veux… Tu as une petite amie ?

– Non, personne. Il y a bien une jeune fille avec qui je corresponds. Parfois, ça devient sentimental. Au fait, ta petite amie à toi ne vient pas aujourd'hui ?

– Petite amie ? Tu veux dire « la Grande Courtisane » ou « la Fille de Feu ». Je lui autorise quelques autres occupations. Ensuite, nous brûlons ensemble sur notre grand bûcher.

– Ce n'est peut-être pas très bon pour ta santé…

– Ma santé ? Mais je n'ai plus de santé. Je suis veuf de la santé. À la bonne vôtre, messieurs dames.

– Tu lis toujours beaucoup ?

– De moins en moins. La chair est moins triste et je n'ai pas lu tous les livres, comme disait l'autre.

Les deux cousins reprirent le jeu de dames comme si la concentration évitait les paroles.

En cours de partie, Marceau s'endormit. Olivier le regarda longtemps, comme s'il devait ne jamais le revoir. Pourquoi n'avait-il parlé que de désastres ? Il le savait bien, Olivier, que son cousin allait mourir, mais tout en lui le refusait. Sans Marceau, il serait orphelin de nouveau. Pourquoi tout en ce monde était-il marqué par l'injustice ? Pourquoi cette impuissance en lui à changer le destin ?

Il reprit le faubourg Saint-Martin, marcha jusqu'à la rue du Terrage, atteignit la gare de l'Est, regarda à travers les grilles les quais tout en bas, là où les tragédies s'étaient nouées : les départs, les moins nombreux retours. En face, le bureau des P.T.T. et des immeubles aux murs noirs, encrassés. Tout dans la ville était sale. Olivier pensa au Sacré-Cœur de Montmartre resté tout blanc parce que sa pierre le voulait ainsi. Il regarda vers un ciel encore bleu avant la tombée du jour. Marceau, pauvre Marceau à la veille de mourir et qui pensait à l'état lamentable du monde. Que faire pour lui ? Adresser une imploration à l'invisible, à quelque grand atténuateur des peines, aux puissances inconnues qui guidaient ces destins tragiques ?

Olivier marchait ainsi parmi d'autres passants, tentait de lire les visages comme si l'un d'eux allait lui donner une réponse. Un officier lui jeta un regard sévère : il avait oublié de le saluer. Il le fit avec retard et trouva cette situation ridicule. Cet uniforme absurde lui retirait une forme d'anonymat. Soldat, oui, il était soldat. Demain, il se rendrait au bureau de la Direction de l'infanterie, prendrait pour arme un porte-plume et suivrait la trace d'autres destins. Il pensa à Robinson sur son île déserte.

Il portait cette sacoche contenant quelques livres, un dossier avec des coupures de journaux, des tracts, de minces brochures, des premiers témoignages. Par tout ce qu'il avait entendu déjà, il imaginait vaguement ce qu'il y trouverait, mais aurait-il le courage de le lire ? Il ignorait encore qu'il découvrirait pire que le pire. Pourquoi tout cela ? Pour quoi ? Les visages des passants lui parurent indéchiffrables. Quels secrets cachaient-ils ? Aucun ne répondait. Sans doute la plupart lui ressemblaient-ils. L'innocent, le coupable, mais aussi l'indifférent qui, pour Marceau, était aussi coupable. Et lui dans tout cela ? Ne se cachait-il pas derrière les poèmes d'antan pour oublier l'aujourd'hui, « le vierge, le vivace et le bel aujourd'hui », comme écrivait Mallarmé ? Et si la poésie elle-même le trompait ?

Avant de s'enfoncer dans les souterrains du métro comme un enfant apeuré se cache sous ses draps, il regarda encore vers le ciel trop clair. Une rage en lui répétait : « Eh ! Toi, là-haut, qu'est-ce que Tu fais ? »

Avec Ardant, ils étaient installés à la terrasse d'un grand café des Champs-Élysées. Le Ch'timi avait été rappelé à Clermont-Ferrand. Il en serait bientôt de même pour eux. Pourquoi les avait-on mutés d'Auvergne à Paris alors que n'importe quel soldat sur place aurait fait l'affaire ? « Mystère et boule de gomme ! » conclut Olivier. Ils regardaient les passants. Parfois l'un d'eux retenait leur attention, souvent d'ailleurs l'une d'elles puisque les jolies filles ne manquaient pas. Ils pensaient que, dès la belle saison, toutes devenaient belles et même les moches.

On voyait aussi beaucoup de militaires étrangers qu'on supposait tous américains. Olivier se souvint d'une chanson que chantait Fréhel : « Y a des gens qui rêvent de l'Amérique… Ils ont des visions de cinéma. » Pour Olivier, l'Amérique, c'étaient des films muets puis parlants qu'il avait vus au Marcadet Palace ou au Palais Rochechouart. Il se souvint d'un musicien noir qui habitait avec la mère d'un de ses copains nommé Alain. Il faisait partie d'un groupe de jazz. Lui et ses amis se donnaient un genre américain. Et puis, il y avait Charlot, Laurel et Hardy, Buster Keaton ou Harold Lloyd qui l'avaient tant fait rire. Et aussi les gratte-ciel de

New York dessinés par Alain Saint-Ogan dans son *Zig et Puce* et Bicot avec son club des Ran-tan-plan.

Il regarda un G.I. qui tentait de parler français avec une jeune fille. Il pensa à ces Françaises séduites par les beaux libérateurs. « Celles-là, on ne leur rasera pas la tête. C'est toujours ça… »

Les Champs-Élysées gardaient un air de fête. Cela au contraire d'autres quartiers qui semblaient avoir replongé dans la morosité des années noires.

Ses pensées le ramenaient toujours vers la rue Labat, vers ce père tué par ce qu'on appelait les « suites de guerre », vers sa mère toujours si gaie, et ces horribles photographies des camps de la mort qu'il n'osait pas regarder. La rue Bachelet, la rue Labat, que d'enfants ! Et ces parties de gendarmes et voleurs, ces petites guerres de rues, cette insouciance, ce bonheur. Et ces adultes si proches, ces personnages colorés ne quittant pas la tenue de leur métier : le mécano en bleu de travail, le charpentier au pantalon de velours, le boulanger en blanc, le chauffeur de taxi en blouse grise, tout ce folklore disparaissant qui donnait à la rue des airs de théâtre.

Ainsi, en un lieu aussi peuplé, remuant que les Champs-Élysées, au travers des passants, Olivier voyait d'autres personnes. Venant de dépasser sa majorité, de l'enfance encore sur le visage et dans les gestes, il s'étonnait d'avoir côtoyé tant de gens en tant de lieux, de tant d'origines et de personnalités diverses. Les disparus, les dispersés restaient présents en lui. Les différents épisodes de sa vie, de Montmartre au canal Saint-Martin, de l'usine de Roanne au maquis d'Auvergne lui apparaissaient dans une vive clarté comme chez ces naufragés qui, au seuil du péril, voient défiler leur existence.

Et si vivre consistait à faire des provisions de souvenirs pour les garder après sa mort, les revoir sans cesse dans sa tombe ?

Une vérité lui apparut : il aimait les gens et cet amour des autres ne le quitterait jamais. D'autres pensées surgirent et cette éclaircie fut de courte durée. Ces images, ces horribles images, ces premières narrations des rescapés du peuple martyr et de tant d'autres lui apparurent. Il ressentit un grondement dans le tréfonds de lui-même et il comprit qu'il s'agissait de haine, la haine non pas de l'homme mais de l'animal en l'homme. Et cet animal, cette bête sauvage, avait dû se servir de la technique et de la science pour éliminer de manière industrielle tout un peuple. Sans doute aurait-il continué avec d'autres populations qu'ils jugeaient de race inférieure. Ces profanateurs du corps humain, ces inférieurs de la civilisation appartenaient, comme lui, à ce monde où chacun, sans le savoir, portait les germes du mal.

Pour chasser ces funestes pensées, auprès de son ami Ardant qui jouait à compter les jolies filles qui passaient, il se mit de nouveau à penser avec ardeur à ceux qu'il avait connus, à ceux qu'il aimait. Le vers de Rutebeuf le hantait : « Que sont mes amis devenus ? » Il murmura alors pour lui-même des noms, des prénoms comme s'il faisait un recensement puisé depuis les lointains de sa mémoire.

Il se revit couché dans le grand lit de l'arrière-boutique de sa mère. Il était tout petit et malade. Un autre petit garçon, derrière la fenêtre, lui adressait des signes. Affaibli, il ne trouvait pas la force de lui répondre. Une dame se tenait à son chevet, Mme Rosenthal, mère de famille et qui se dévouait aux gens du quartier, veillant Olivier pour que sa mère s'occupât de son commerce. Et le petit garçon ? Il se souvint : David, et un nom comme Zuber ou Zober, son premier ami. Il fit abstraction de ce qui l'entourait et, paupières mi-closes, se laissa entraîner dans une rêverie où apparaissaient des ombres, des visages flous, des images lointaines qui lui apportaient à la fois bonheur et déchirement. David, le premier ami, cet enfant venu avec ses parents et sa grande sœur d'un pays d'Europe centrale, qui parlaient entre eux une langue inconnue ou avec les autres un français hésitant.

Les promeneurs qui passaient devant cette terrasse aux yeux d'Olivier paraissaient irréels. Les images des camps de la mort réapparurent. Il ferma les yeux. Comme si la nuit fermait le plein jour.

Son compagnon commanda de nouveaux bocks de bière. À l'imitation des soldats américains, il mâchait du chewing-gum, ce qui lui donnait un air détaché de tout. Olivier pensa aux vaches de sa grand-mère quand elles ruminaient.

À la table voisine, trois G.I. nonchalants échangeaient de rares paroles. Olivier admira leur insouciance. Et pourtant ! Pour eux la guerre qui se terminait en Europe ne représentait peut-être pas la fin du danger. Des nouvelles arrivaient de l'Extrême-Orient. Qui sait si on ne les enverrait pas dans ces lointains pays ? Olivier se demanda si lui-même ne serait pas exilé. Son engagement pour la durée de la guerre ne vaudrait-il pas pour toutes les guerres menées par les Alliés ? Il ne connaissait rien du Japon si ce n'était par deux livres d'une dame japonaise vivant en France qui traçait des tableaux idylliques et fleuris de son pays. Pourquoi combattrait-il contre ces gens qu'il ne connaissait pas ?

Ainsi voguaient ses pensées en tous lieux. Penser à sa petite rue montmartroise ne l'apaisait pas. Là vivaient son cousin Jean et sa femme Élodie, mais il pensa à tant de volets clos, à ses anciens copains de jeux disparus. Seule la vision intérieure de Saugues l'apaisait.

Il regarda ses voisins américains. L'un d'eux le fixait de manière désagréable comme s'il cherchait quelque bagarre. Olivier lui sourit et il parut désarmé. Un autre qui avait des galons lui adressa un signe amical. Qui étaient-ils ? D'où venaient-ils ?

Il se reprocha de ne pas connaître l'anglais. Il avait tenté vainement d'apprendre cette langue mais il n'en avait pas le don. Ils se présentèrent aux soldats en se nommant avec un sourire. Ardant dit son nom et les autres répondirent par de courts prénoms : « Jay, Jack et Al » puis ils se turent car aucun ne parlait la langue de l'autre. Alors ils trinquèrent.

Une idée folle traversa la pensée d'Olivier. Et si David, le petit copain de Montmartre, exilé aux États-Unis, était l'un d'eux. Puis il pensa que c'était folie. David avait l'âge d'être un combattant mais il en était tant dans tous les pays du monde. Il finit par bafouiller dans un anglais approximatif qu'il avait un copain de New York nommé David. Un des soldats fit « Ah ! » mais aucun ne connaissait de David. Et puis ils étaient issus d'autres États qu'ils nommèrent avec fierté.

Ils se quittèrent. Olivier et Ardant devaient rejoindre ce qu'ils appelaient « le burlingue ».

Guili-Guili qui revenait du bureau du général Ely déboutonna son col, poussa un soupir, tira un flacon de son bureau et but une lampée. Il assurait que c'était un sirop contre la toux, mais Olivier et Ardant n'en croyaient rien.

Il leur demanda de s'asseoir en face de lui, toussota et annonça les récentes nouvelles.

– Il y a, dit-il, du mou dans la corde à nœuds. Nos bureaux vont être déplacés pour se reconstituer dans des lieux plus officiels. Quant à vous, mes amis, vous aurez à rejoindre votre unité. J'espère que ce séjour à Paris vous aura été agréable. Les Russes sont aux portes de Berlin et les Alliés s'en rapprochent aussi. Pourvu qu'ils s'entendent !...

– Nous partirons quand ? demanda Ardant.

– Disons une quinzaine de jours. Peut-être moins. J'ai tenté de vous faire affecter à un autre service mais rien à faire.

– Ça devait arriver, observa Olivier. Mais si la guerre finit, pour nous ce sera la quille.

– Pas tout de suite. Je sais que les engagés volontaires pour la durée de la guerre devront faire deux ans. Vous irez sans doute rejoindre des troupes d'occupation en Allemagne. À moins qu'on ne vous garde à Clermont-Ferrand... À moins que vous ne rempiliez. L'armée, ce n'est pas si mal...

« Compte là-dessus et bois de l'eau ! » pensa Olivier.

Les deux copains reprirent sans enthousiasme leur travail de classement.

Ardant y mettait plus de cœur qu'Olivier. Il inscrivait les ordres de mutation d'une écriture appliquée, lisait, relisait comme s'il craignait d'avoir commis une erreur. Ensuite, il alignait les feuilles, refermait les dossiers comme s'ils contenaient des trésors.

– Encore un mort ! dit Olivier en brandissant un feuillet.

– Un mort ? Il ne devrait pas être là...

– Où sont les morts ? demanda Olivier.

Il fut effrayé de s'apercevoir qu'il pensait à Marceau. Puis ses rêveries dérivèrent. Il revoyait ces villes en ruine qu'avaient montrées les actualités cinématographiques, là où se déroulaient des épreuves sportives, des défilés de mode qui amusaient les spectateurs, des concours d'élégance automobile ou des courses de chevaux.

– Ardant, tu crois qu'il fallait écraser des villes entières, sans qu'aucun objectif militaire y soit présent, tuer femmes, enfants, vieillards, comme à Dresde…

– Ça, mon vieux, c'est pour démoraliser l'ennemi.

– Comme ces salauds l'ont fait à Londres et l'effet a été contraire. Tu imagines le glorieux aviateur qui lâche ses bombes en sachant très bien quels dégâts il va causer ?

– Eux aussi risquent leur vie.

– À un contre dix mille.

– Tout ce qu'on dit, ça ne rime à rien, observa Ardant. Et d'abord, pourquoi t'es-tu engagé ?

– Oui, pourquoi ? Et toi ?

– Tout le monde le faisait. Alors, j'ai suivi.

– Moi, assura Olivier, je sais pourquoi.

Il resta un instant sa plume en suspens, plongé dans ses pensées. Oui, pourquoi ? Comment expliquer à son compagnon ? Il avait signé cet engagement non par patriotisme mais parce qu'il ne voulait pas quitter ses amis du maquis. Ce temps dans les Margerides, dans le Gévaudan, en pleine montagne, dans les grandes forêts, cette fraternité avec des êtres si différents de lui et si proches, copains de son âge, anciens, amis de son oncle Victor le prisonnier, ceux du Sénégal, d'Espagne ou de Russie, cette sensation de danger et d'espoirs partagés, ce goût de la liberté si proche de la liberté des arbres et des herbes, il le regrettait, il l'aurait voulu éternel.

Tandis qu'ils recopiaient, mettaient à jour, s'introduisaient dans la vie de ces officiers, ces réalités qui finissaient par paraître abstraites, il revit les rayonnages de la bibliothèque municipale de la mairie du Xᵉ arrondissement. Tant de livres et qu'il n'avait pas lus, tant d'idées avancées par des penseurs et qu'il ignorait, tant de haute musique pour lui qui ne connaissait que des chansons, tant d'œuvres d'art et d'architecture à découvrir. Une tâche immense pour toute sa vie. Les études que son sort lui avait interdit de faire, il les reprendrait à partir du peu qu'il savait.

Il pensa à Marceau, plus que son cousin, son frère, le seul à qui il pût se confier. Puis il se reprocha de trop se soucier de lui-même. Sa solitude morale ne faisait-elle pas de lui un égoïste, un être seulement préoccupé de sa personne au cœur d'un univers où régnait la folie ? Aller vers Marceau devenait aller vers l'autre. Il le savait en danger, ne pouvait rien contre son mal.

Il revit le temps où il imprimait sur de petits rectangles le V de la victoire pour le coller sur les murs, son rejet du travail en Allemagne et cette usine en France où il avait participé aux actions de sabotage sur les vieux tours à obus qui dataient de la guerre de 1914. Pauvre Résistance, petites actions, et même au maquis où l'occasion ne lui avait pas été donnée d'en entreprendre de grandes. Il se sentit banal, perdu et si dégoûté du monde, si honteux d'appartenir à cette race de tueurs qu'il aurait voulu fuir, et surtout se fuir.

Tant de sentiments mêlés et contradictoires dans sa tête, tout cela, sans qu'il s'en doutât, à l'image du temps décimé. Il avait beau se dire que jamais, plus jamais, l'horreur ne se reproduirait, une réponse lui revenait : on disait cette phrase à la fin de toutes les guerres.

Le maquis : certes, il était, comme le dit le poète, composé de « gens de toutes sortes » mais lorsqu'il y songeait primait un sentiment de pureté. Il en resterait les grands, les hommes de la politique et d'un avenir imprévisible. La plupart, artisans, ouvriers et paysans rentrés chez eux, comme après la journée de travail, seraient oubliés, beaucoup gardant leur secret.

Il revit un défilé des F.F.I. auquel il avait participé, se tenant sur le côté, en tête d'une section. S'en étaient-ils donné du mal pour apprendre à marcher au pas, à arborer une tenue la plus correcte qui fût, tout en étant dépenaillés, vêtus de toutes sortes d'uniformes, certains datant des temps bleu horizon, d'autres en kaki de 1939, d'autres encore en pantalon et en chemise. En défilant ainsi, au moment de l'ordre « tête droite ! », il avait surpris chez quelques officiers venus de l'armée régulière des airs hautains, méprisants, une morgue insupportable.

– Au fond, avait dit Riri, ces mecs en bel uniforme ne peuvent pas nous blairer…

– Pourquoi ? avait demandé Olivier. Ils sont comme nous.

– Plus naïf que toi, ça n'existe pas. Ces gonzes débarquent en Provence et quand ils remontent vers chez nous, les Africains qui reviennent de loin, le boulot est presque fini, les maquis ont libéré les villes. Oui, on les acclame, ils sont les mieux armés, les plus forts. On les acclame, mais avant on nous a déjà applaudis.

– On leur a pourtant évité des pertes humaines.

– Tu parles s'ils s'en branlent. Pour eux, nous sommes tous des communistes. Je le suis et le resterai. Toi-même au début, mais maintenant...

– Après la libération du Puy, j'ai assisté à une réunion du Parti. Ce qui a été dit à propos du simulacre d'alliance avec les cathos ne m'a pas plu. J'ai dit que c'était déloyal. Alors ils ont parlé de mon ignorance de la dialectique et je me suis taillé. Non, ce n'est pas mon truc !

– Et c'est quoi ton truc ?

– Si je le savais ! avait dit Olivier. Il n'empêche que les souvenirs sont là. Je resterai un bon camarade.

– Ça ne veut rien dire.

– Pour moi, si ! avait affirmé Olivier. Je n'oublierai pas. Mais je ne désire pas donner d'explications.

Habité par ses pensées, il fouilla avec sa plume dans l'encrier et le résultat fut une belle tache sur la page des mutations. Il la regarda et sa rêverie changea sa couleur noire en rouge, couleur du sang, celui de Marceau sur un mouchoir, celui répandu sur toute la Terre.

Dix

OLIVIER apprit la fin de sa modeste mission de la bouche d'un capitaine dont il oublierait le nom. De lui il se souviendrait, ou plutôt des termes d'une conversation inattendue.

Il s'agissait d'un homme mince qui se tenait droit derrière son bureau. On le devinait grand. Il observa Olivier au garde-à-vous longuement, comme s'il voulait prolonger cette attitude de dépendance. Il portait une fine moustache comme certains acteurs américains. Ses cheveux blonds coiffés en brosse lui donnaient cet aspect viril recherché dans l'armée. Il ordonna « Repos ! » puis sa bouche s'ouvrit sur un sourire. Après un silence, à la surprise du jeune soldat, il proposa :

– Mais asseyez-vous donc. Pourquoi ne pas converser un moment ?

– Pourquoi pas ? dit Olivier d'un ton à peine goguenard pour cacher sa surprise.

Il s'assit sur une chaise cannée et se vit offrir une cigarette américaine, puis du feu.

– Ne prenez pas cet air surpris, et même effaré, dit le capitaine. J'ai eu le désir de bavarder un moment avec vous si vous le désirez. Ce n'est pas un ordre. D'ailleurs, pour un moment, oublions les grades.

– Ce n'est guère facile…

– Je vous offrirais bien une boisson, mais je n'ai rien ici. Vous êtes donc ce jeune garçon qui écrit des poèmes ?

Olivier se sentit rougir. Cela, c'était son intimité. Qui en avait parlé ? Guili-Guili, bien sûr.

– Oui, cela m'arrive. De moins en moins depuis quelque temps. Mais toutes mes occupations sont personnelles…

– Bien entendu. Moi aussi, j'ai écrit des poèmes quand j'étais plus jeune. Au fond, il n'y a pas si longtemps, mais en temps de guerre, les années comptent double. Sans doute, mes productions ne valaient pas grand-chose. Elles ont fini à la corbeille à papier… comme certaines prestations de serment sans guère d'importance mais qui vous ont troublé.

– Vous savez aussi, mon capitaine ?

– Sans importance. Moi, je n'ai pas eu à signer. J'étais à Londres avec le Général, mais qui sait ce que j'aurais dû faire si Dunkerque ne m'avait pas sauvé ?

– Ce ne sont pas mes affaires. Excusez-moi.

Le capitaine écrasa sa cigarette. Il tendit son paquet vers Olivier qui refusa d'un geste.

– J'oubliais, dit l'officier, tu fumes la pipe. Quand j'entre dans ce curieux appartement transformé en bureau, je sens l'odeur du tabac et je me dis : Tiens ! le poète est là.

– Oh ! le poète…

– Oui, j'en ai lu beaucoup. Sans doute ceux qu'on ne lit plus aujourd'hui : les symbolistes, Régnier, Samain, Gustave Kahn, tant d'autres. Mes parents ont même fréquenté la comtesse de Noailles. Ma mère avait un salon, des choses déjà d'un autre âge…

– J'ai lu tous les poètes dont vous parlez, et aussi beaucoup d'autres. En fait, je ne fais que lire…

– Tu viens des F.F.I. ?

– Je les ai rejoints. Je n'ai aucun mérite. On m'avait appelé pour le S.T.O. et je n'ai pas marché !

– Ce n'est déjà pas si mal. Mais il ne faut pas blâmer ceux qui sont partis. La plupart ne savaient comment faire autrement. Et j'ai appris qu'il y a même eu parmi eux des résistants et qui ont formé un bataillon en Croatie.

– Je n'aime pas parler de la guerre, dit Olivier. Et pourtant, il va falloir que je rejoigne la Première Armée sans doute après avoir retrouvé mon corps à Clermont-Ferrand.

– L'uniforme te va bien. Tu es même assez beau gosse. Tu as l'air d'un jeune officier…

– Pardonnez-moi, mon capitaine, mais j'ai l'uniforme en horreur. J'ai l'impression d'être déguisé.

– Sois un peu plus respectueux. Sais-tu combien

d'hommes sont morts pour la France dans un uniforme ?

– Oui, et aussi combien sont morts sans en porter, et cela partout dans le monde. Cela a commencé par Londres, et puis la Normandie, ensuite des villes allemandes où il n'y avait aucun objectif militaire, soi-disant pour démoraliser, et aussi bien chez les Anglais que chez les Allemands, c'est le contraire qui s'est produit. Et les villages martyrs, les déportés... tous sans uniforme !

– Un vrai réquisitoire. Notre jeune engagé est antimilitariste. Bien étrange...

Le capitaine se promena de long en large. Il paraissait réfléchir. Il regarda Olivier avec sévérité puis ses traits se détendirent et il sourit.

– Sans doute, dit-il, vais-je t'étonner. Tout ce que tu dis n'est pas absurde. Ton histoire, même si elle est juste, ignore le commencement et la fin prochaine. Tu n'oublies qu'une chose qui s'appelle la réalité. Tu confonds l'imaginaire et le tangible. Tu n'es encore qu'un fruit vert. J'ai connu des garçons comme toi et qui sont devenus de bons chefs de guerre. Que dirais-tu d'une carrière dans l'armée? Tu pourrais assez vite obtenir des grades.

– Merci pour le conseil, mon capitaine, mais si vous le permettez, j'ai mieux que tout dans le civil. Imaginez-vous que dans ma famille, tout le monde est maréchal...

– Tu dis n'importe quoi.

– Oui, je suis d'une famille de maréchaux-ferrants.

Ils n'ont pas fréquenté la comtesse de Noailles mais des centaines de gens, des cultivateurs, des artisans, des villageois. Ils ont ferré des milliers de chevaux, de bœufs et de vaches. Ils ont vécu dans deux pièces, une étable pour trois vaches et une forge. Mon père, lui, est mort des suites de la guerre. J'ai été orphelin et le peu que je sais, je l'ai appris moi-même. Et aussi le plus beau des métiers : je suis typographe !

– Eh bien ! nous ne sommes pas loin de la poésie. À ta guise, mon garçon. Mais oublie de parler à tort et à travers. Bien ! Nous avons conversé. Je souhaitais qu'il s'agisse de poésie et nous avons ouvert nos rouges tabliers sur les vérités premières. Tant pis ! J'espère que tu ne m'en voudras pas plus que je ne t'en veux.

– Oui, heu… non, mon capitaine.

– Maintenant les ordres. Tu peux te lever. Dans quelques jours, ce service va rejoindre des lieux plus adéquats avec un nouveau personnel. Toi, tu regagnes Clermont-Ferrand pour commencer. C'est là que tu prendras tes ordres. Tes chefs t'ont recommandé pour venir ici. Pourquoi ? Je n'en sais rien. Mais tu as fait correctement ton travail. C'est l'essentiel. Garde-à-vous et demi-tour droite. Au revoir et bon vent !

Olivier ne répondit pas. Il salua et sortit. La porte refermée, il haussa les épaules.

Olivier retrouva son compagnon de travail dans leur petit bureau. Assis face à lui, il regarda Ardant. Il envia sa placidité. Ce garçon semblait indifférent à tout, peu curieux, peu bavard, vivant à l'intérieur de lui-même, de ses pensées peut-être ou de son absence de pensées. Olivier brisa le silence :

– J'ai été reçu par le capitaine. Nous allons être mutés. Je le savais déjà, mais il voulait me parler. Sans doute te convoquera-t-il aussi…

– Ah ? On verra bien. Mais il t'a gardé longtemps.

– Il voulait parler. De poésie, imagine-toi. Mais moi je n'en avais guère envie. Alors la conversation a dérivé. J'ai dit des choses qu'on ne dit pas d'habitude à un officier. C'était absurde. Il ne s'est même pas mis en colère. Et moi, j'ai bafouillé. Je n'arrivais pas à *vraiment* m'exprimer. Il a dû me prendre pour un imbécile. Ce que je suis d'ailleurs.

– C'est faux. Tu es drôlement calé. Souviens-toi : quand tu m'as parlé d'Anna Karénine, j'ai cru que c'était ta petite amie…

– On peut avoir appris des choses et être bête. Impossible de dire à ce type ce que je pensais réellement. Il aurait fallu que je l'écrive avant.

L'adjudant-chef Guili-Guili entra dans le bureau.

– Alors ? Tu es resté bien longtemps chez le capiston. Il t'a raconté ses batailles ? Non ? Il aurait pu. Sais-tu qu'il a fait toutes les campagnes avant d'être blessé ? C'est pour cela qu'il est avec nous. Dans sa famille, on est dans l'armée de père en fils et cela depuis Napoléon !

– Je dois partir quand ? demanda Olivier.

– Si tu veux rester quelques jours à Paris, je t'arrangerai ça. La feuille de transfert est prête. Il n'y a plus qu'à mettre les dates.

– Si je pouvais rester encore trois jours. J'ai des visites à faire.

Olivier obtiendrait même une semaine. Pourrait-il rejoindre l'armée française, celle qui se battait ? il ne le savait. Le bruit courait d'une fin proche de cette guerre horrible. Des hommes qui avaient toujours honni les combats, marqués qu'ils étaient par les souvenirs de la guerre de 14, avaient dû répudier tout ce qu'ils détestaient de la chose militaire pour recommencer la chose insensée. Olivier pensait parfois qu'il n'y avait eu qu'une guerre, commencée en 1914 et sur le point seulement de se terminer après une trêve d'une vingtaine d'années, le temps de reconstituer les armées et de donner naissance à une nouvelle chair à canon.

Désormais, les nouvelles circulaient avec rapidité. De tous les événements, les hommes étaient vite informés. Des pays comme la Hongrie, l'Autriche, la Tchécoslovaquie étaient libérés, reconquis ou sur le point de l'être. À la mi-avril arrivèrent à Paris les premiers déportés d'un camp parmi tant d'autres : Buchenwald. L'horreur était mise au jour. Les témoignages des crimes les plus atroces de toute l'histoire de l'humanité suscitaient des sentiments jusqu'alors inconnus.

Olivier relut les documents que lui avait remis son

cousin Marceau. Désormais, les faits ne relevaient plus de la simple écriture mais du témoignage des spectateurs du désastre et des victimes ayant survécu. Le jeune garçon éprouva autant que de la haine une aversion qui se retournait contre les êtres humains et surtout contre lui-même qui en était une infime partie.

Le général de Gaulle s'efforçait de réunifier le pays. Il parcourait les fronts des Alpes, de l'Allemagne, il visitait des villes. À la fin du mois, le maréchal Pétain se présenta à la frontière helvético-française où il fut arrêté. Dans le même temps, la gauche triomphait aux élections municipales.

De nouveaux noms de camps d'extermination apparaissaient dès leur libération : Oranienburg, Sachsenhausen, Dachau, Ravensbrück. Les armées russe et américaine faisaient leur jonction. Après Nuremberg, la ville de Berlin était en partie conquise. Mussolini et sa maîtresse subissaient à leur tour la sauvagerie. Hitler se suicidait avec sa femme au lendemain de son mariage. L'épouse Goebbels aurait tué ses six enfants. Un univers de fous tragiques, de clowns assassins.

Olivier se remémorait le contenu des livres d'histoire qu'il avait lus. Des siècles jonchés de cadavres. L'atroce Saint-Barthélemy, les crimes de la Terreur, le génocide vendéen, les guerres napoléoniennes, les révolutions, les batailles, la Commune, cette guerre de 14 où de célèbres généraux faisaient tuer des milliers de pauvres types pour gagner quelques mètres de territoire aussitôt perdus. Et l'horreur grandissant de siècle en siècle, à ce point qu'il n'était plus possible d'imaginer pire.

En toutes régions du globe, à toutes les époques, des hommes avaient ainsi martyrisé d'autres hommes : massacre des Indiens par les Espagnols puis par les Américains, esclavage, conquêtes, colonisations, effacement de tribus, de cultures, comme en Arménie et partout, Amérique, Afrique, Asie, avec la folie japonaise alliée à celle d'Hitler. Et Dieu dans tout cela ?

Il pensa à une forge, à un atelier d'imprimerie, et cela l'apaisa. Il revit les camarades du maquis tous prêts au sacrifice, puis ce fut une bibliothèque avec des livres, tant de livres. Point étonnant que les nazis en aient brûlé : ils représentaient la force de résistance des hommes justes. Et là tant de souvenirs, de phrases qu'il avait apprises par cœur chez Montesquieu, Montaigne, Voltaire, Rousseau, tant d'autres.

Et les poètes, *ses* poètes, que recherchait-il chez eux sinon une réponse qu'il n'avait pas encore trouvée ? Les mots, les sens, les sons, la musique ainsi réunis cachaient un secret. Il le savait, il tenterait de le découvrir. Et si ce secret pouvait préserver l'avenir de l'horreur ? Non, il rêvait, il côtoyait l'absurdité, la folie. Et pourtant, cela se révélait chez lui comme une foi ardente, presque religieuse.

Sa tête, sa pauvre tête, son cerveau pensant, sans doute mal-pensant… Il vit un grand tableau couvert de signes à la craie qu'il ne pouvait comprendre qu'en les effaçant. Il sourit : à l'école communale de la rue de Clignancourt, celui à qui on confiait le soin d'effacer la craie le prenait comme une sorte d'honneur. Ainsi, Olivier tenta d'effacer tant de pensées funestes et revint au quotidien, préparant ses projets immédiats.

Un soir, il dîna chez ses cousins Jean et Élodie au 77, rue Labat. Il apprécia le spectacle du couple réuni après des années de séparation qui avaient fortifié leur amour. Ils vivaient une continuelle lune de miel. Ils avaient vendu leur tandem et se contentaient de longues marches sans jamais quitter Montmartre. De son temps de stalag, Jean ne parlait guère. Il avait raconté les circonstances de son évasion une fois pour toutes à son retour et depuis se taisait à ce sujet. Son travail à l'imprimerie était régulier. Son péché mignon était de jouer de petites sommes au P.M.U. au café L'Oriental et il prétendait qu'il gagnait souvent.

Pour sa part, Olivier parla peu du maquis. Le cousin Jean éprouvait quelque regret d'avoir manqué cela. Il avait fait sa guerre et payé en étant prisonnier. De guerre, il n'en avait pas voulu d'autres.

Par amusement, il lui dit que lui aussi avait écrit un peu avant d'être pris par les Allemands. Il montra un carnet à couverture de moleskine. Deux pages seulement avaient été rédigées au crayon. Olivier les lut avec curiosité. Ces lignes auraient pu le décevoir. Il fut au contraire fort ému. Jean parlait d'un cheval, d'un vieux cheval misérable qui tirait un chariot. Jean avait regardé cet animal en ruine, osseux, sans doute proche de sa fin. Il lui avait caressé la tête, avait éloigné de lui les mouches et posé son front près des naseaux humides. Il avait pensé à Élodie, à ses proches, à son logement dans cette rue pleine de chansons et il avait pleuré sur un sort qu'il apparentait à celui du cheval promis à la mort après les rudes travaux.

– Et tu n'as rien écrit d'autre ? demanda Olivier.

– Non, jamais rien. Seulement... le cheval, le cheval et moi.

Olivier ferma un instant les yeux. Il vit ce qu'évoquait cette courte narration : un paysage désolé, une tête contre la pauvre crinière du malheureux cheval, toute la tristesse de la guerre, de l'homme loin des siens, de la bête sacrifiée. Dans ce court texte, le seul que Jean eût jamais écrit, il y avait une faute d'orthographe. Sans se l'expliquer, Olivier trouva cette faute magnifique comme une preuve d'authenticité, de vérité.

Ainsi, durant cette abomination, chacun recelait des anecdotes, des faits marquants, des visions, des blessures qu'il n'oublierait ou dont il ne guérirait pas. Sans doute écrirait-on mille histoires de la guerre, aucune ne dirait l'histoire des individus, des acteurs actifs ou passifs du désastre.

Plus tard, Jean disparu, qui parlerait d'un humble troufion caressant l'encolure d'un cheval oublié ?

Au contraire d'Élodie, sa femme, qui se lançait parfois dans de longs bavardages qu'on n'écoutait guère, le cousin Jean restait silencieux. Et voilà qu'une simple page dans un carnet défraîchi avait parlé pour lui.

Jean offrit dans des verres minuscules de la verveine du Velay. Cela sentait bon le pays. Un rayon de soleil tamisé par le rideau en macramé caressait la cheminée de marbre. Chaque objet était placé sur un napperon en dentelle. Peu bavard, le cousin Jean regardait son verre. Élodie, dans la cuisine, s'occupait de tâches ménagères.

Dans un instant de rêverie, Olivier pensa à nouveau au cheval misérable. Il revit les solides chevaux de ferme attachés aux anneaux devant la forge. Un paysan tenait solidement le pied de l'un d'eux. Le tonton Victor posait le fer rouge sur le sabot bien égalisé, le jetait dans un seau d'eau froide, le reprenait, le posait, choisissait les clous à tête carrée et les plantait avec le soutien d'une tenaille refermée.

Le fer du forgeron, le plomb du typographe, oui, le métal devait servir à l'artisanat, non aux arceaux des maudites guerres.

Pour briser le silence, il demanda des nouvelles des copains de l'imprimerie. Il s'y rendrait mais voulait éviter que chacun contât son aventure. Assez de cette guerre finissante. S'il fallait en parler, ce serait plus tard, dans l'apaisement.

– On se revoit à l'atelier ? proposa Jean. Tu vas voir quelques surprises mais pas de grands changements. Le boulot afflue. Ton oncle fait lui-même le représentant. On parle déjà de reconstruction. Le pays est en mauvais état mais ce n'est rien à côté de l'Allemagne... Oui, je sais : on ne va pas les plaindre, mais, tu ne me croiras pas, quand j'étais prisonnier et que je travaillais à l'extérieur du camp, j'ai aussi rencontré des braves gens qui ne comprenaient rien à ce qui arrivait.

Olivier décida de faire un tour dans le quartier : les rues Bachelet, Nicolet, Lambert et ce haut de la rue Labat séparé du reste par le carrefour comme si ce n'était pas la même. Il pensa que la plupart des gens habitaient des rues sans connaître l'origine de leur nom.

En peu d'années, comme ces rues avaient changé, non pas que les immeubles eussent été transformés. Plutôt parce que les lieux avaient perdu leur spectacle. Comme un décor de théâtre vidé de ses acteurs.

Il croisait des passants qu'il ne connaissait pas. Ou d'autres qui lui étaient familiers mais ne semblaient pas se souvenir de lui. Il s'était écoulé dix ans depuis la mort de sa mère, dix ans durant lesquels il avait vécu en d'autres lieux. Et ces dix années paraissaient s'être multipliées, comme si on avait effacé un peu de la beauté du monde. Où se trouvaient les troupes d'enfants joyeux, les gens assis devant les portes des immeubles ou parlant d'une fenêtre à l'autre ?

Puis il eut un éclair de joie : un garçon de son âge venait vers lui, souriant, un peu malicieux comme il l'avait toujours été : Jack Schlack. Ils se serrèrent la main, se tapotèrent les épaules. Pour un peu, ils se seraient embrassés mais en ce temps-là, entre hommes, cela ne se faisait pas. Lui et sa famille s'étaient réfugiés en zone libre où, malgré l'envahisseur, ils avaient réussi à se tirer d'affaire. En marchant, Olivier posa des questions sur d'autres garçons de la petite bande de naguère. Pour la plupart, il n'y avait pas de réponse : certains avaient dû déménager.

– Et puis..., dit Jack Schlack en baissant la tête, et puis... tu sais bien...

– Oui, je sais, dit Olivier.

Ni l'un ni l'autre ne voulait en parler. Dans un bref éclair, Olivier revit cet autobus au coin de la rue Louis-Blanc et du faubourg Saint-Martin où des agents de police faisaient monter des familles chargées de misérables valises dans les véhicules. Les gens du quartier pensaient qu'ils resteraient dans des camps jusqu'à la fin de la guerre mais nul n'imaginait cette chose à l'époque inenvisageable, l'extermination. Les victimes, qu'avaient-elles pensé ? Certaines avaient trouvé refuge chez des gens compatissants, mais bien peu. D'autres, comme son ami Manuel et sa famille, avaient fui en zone dite libre.

– Et Capdeverre ? demanda Olivier évoquant le troisième de leur trio de bons copains.

– Son père a été nommé en province. Lui ne risquait rien. Il n'était pas juif. Mais toi, tu es soldat. Tu as fait le maquis ?

– Un peu, dit Olivier, rien d'héroïque.

Il nomma quelques noms de copains d'enfance. Pour la plupart, Jack ne savait pas ou bien il baissait la tête et ne répondait pas.

– La rue, ce n'est plus comme avant, observa Olivier.

– Non, tout a changé. C'est peut-être parce que nous ne sommes plus des enfants.

– Étant gosse, les maisons me semblaient plus grandes.

Ils se quittèrent sur un serrement de main. Jack se retourna et fit un signe auquel Olivier répondit. Non, ce n'était plus comme avant. Ils s'étaient retrouvés avec un mouvement de joie et se quittaient comme s'ils ne devaient plus se revoir.

Olivier descendit jusqu'à la rue Ramey où il acheta un bouquet de fleurs. Elles étaient destinées à Mme Haque, la bonne concierge, l'amie de sa mère.

Il la trouva assise dans son vieux fauteuil, toujours à la même place. Elle voulut se lever mais n'y parvint pas. Il l'embrassa et lui tendit le bouquet qu'elle serra contre elle avant de désigner un vase.

– Te voilà militaire, chenapan. Tu les auras bien fait toutes. Je me demandais ce que tu étais devenu.

Elle prit sa tabatière sur un guéridon et garnit ses narines. Un geste qu'on n'aurait plus souvent l'occasion de voir.

– Ben oui, madame Haque, c'est à cause du S.T.O.

– On en aura vu de toutes les couleurs ! Et même

du vert-de-gris, mais ceux-là c'est fini pour eux, les salauds !

– La guerre se termine…

– Espérons-le. On n'en a jamais fini avec ces conneries !

Puis ils parlèrent du quartier et de ses gens comme s'il s'agissait d'un très lointain passé.

– Tu as connu la Germaine. Elle venait tout le temps à la boutique de ta mère. La plus grande bavarde qui soit.

– Oui, je m'en souviens.

– Elle est rentrée de déportation. Elle a changé. Maintenant elle ne dit plus un mot. Elle ne bouge pas de chez elle. Si je ne faisais pas ses commissions, je me demande ce qu'elle deviendrait. Quel malheur de changer les gens comme ça. Je me demande si elle va guérir un jour.

– Je peux aller la voir…

– Non, surtout pas. Ça lui ferait plus de mal que de bien. Il faut la laisser tranquille. Heureusement, son logement était resté libre. Quelques-uns sont revenus et ont trouvé des gens chez eux. Pour d'autres, on leur avait tout volé. Mais le pire : ceux qui ne sont pas rentrés. On espère toujours…

Olivier et Mme Haque parlèrent de cette vaste famille que formaient les gens de ces petites rues.

– On ne verra plus tout ça, dit Mme Haque. La guerre a cassé le monde. Enfin ! Il y a eu moins de morts qu'en 14.

– En France, peut-être, madame Haque, mais pas dans le monde. Et puis toutes les atrocités… Pire que dans toutes les guerres, à ce point que… Oh ! parlons d'autre chose, madame Haque. Et vous, comme va la santé ?

– Comme tu vois, je suis toujours en vie. C'est ce qui compte, de nos jours. Pour le reste, les maux de la vieillerie, les rhumatismes et le reste. On fait avec. Finalement, c'est bien de connaître les misères, ça prouve qu'on arrive à vieillir…

Ils parlèrent encore longtemps. Auprès de cette vieille femme, si simple, si modeste, si démunie, il retrouvait un peu du petit garçon qu'il avait été.

En la quittant, Olivier l'embrassa trois fois et lui promit de revenir la voir quand il serait démobilisé.

Puis il quitta la rue, sa rue ou plutôt ce qui avait été sa rue, qu'il ne reconnaissait guère, pas plus qu'elle ne semblait le reconnaître.

À l'École militaire, on régularisa ses papiers. Il reçut sa solde ainsi qu'un titre de transport. Il fit ses adieux à quelques garçons qu'il rencontrait à la cantine, ferma ses maigres bagages, un sac et une petite valise, se promettant de revenir les prendre lors de son départ le lendemain. Il apprit que ceux qui avaient fait la gloire de l'armée française lors des combats du mont Cassin, sous les ordres du général Juin, étaient surtout des Tunisiens, des Algériens et des Marocains.

Son compagnon Ardant bénéficiait d'une permission. Il ne le reverrait pas. Mais il en était tant d'autres de ces copains de guerre qu'on ne retrouverait jamais, malgré des promesses vite oubliées.

Il décida de consacrer à Marceau le peu de temps qui lui restait à Paris, mais, auparavant, il se rendrait à l'atelier. Il prit le métro jusqu'à la station Château-Landon et vit affluer ces proches souvenirs d'avant la rupture, ce temps d'ailleurs multiplié. Il marcha jusqu'au Varlin Palace où il avait vu tant de films et assisté à ces attractions qui complétaient le spectacle. Il se souvint de Jean Lumière à la voix si belle mais peu audible en ce temps sans microphone, de quelques autres et même du fils d'Edmond Rostand prénommé Maurice qui avait déclamé ses vers d'une manière théâtrale amusant le jeune garçon. Plus loin, l'école primaire communale qu'il avait quittée à regret et le souvenir d'un instituteur, M. Joly, qui l'avait incité à continuer de s'instruire hors de l'école. Et ce fut la boutique où il achetait des roudoudous et des rouleaux de réglisse. Le square au bord du canal Saint-Martin, là où il venait lire les livres de Victor Hugo, de Zola, d'Alexandre Dumas, de Balzac lui parut minuscule.

Il prit le quai de Valmy à gauche et marcha jusqu'à la rue Louis-Blanc pour s'arrêter au 31 *bis* devant la façade de l'imprimerie-papeterie. Par la vitrine, il vit une longue jeune fille qui servait une cliente. À gauche, derrière un bureau encombré de paperasses, son oncle Henri s'entretenait avec deux messieurs, des clients sans doute. Il enfila le couloir qui menait directement à l'imprimerie. Il entendit le bruit familier des machines, reconnut la voix de chacune d'entre elles, les Express, la Phénix, la Gordon, la Minerve. Au fond, quatre typos en blouse grise se tenaient devant les casses.

Ce fut le grand David qui l'aperçut le premier et cria son nom. Aussitôt, toutes les machines s'arrêtèrent et ce fut comme si le silence soudain devenait une forme d'accueil. Tous se précipitèrent. Il y eut des poignées de main, des tapes sur l'épaule, de brèves étreintes.

– Toi aussi, tu as choisi le bon côté, dit le père Hullain, mais ça on le savait.

Olivier se sentit envahi par la joie, une joie qui effaçait sa tristesse intérieure, cette mélancolie qui ne le quittait pas depuis qu'il avait vu Marceau dans son lit.

Chacun avait certes eu son histoire personnelle durant ces mois tragiques. Mais personne n'en parlerait dans l'immédiat. Peu à peu, Olivier apprendrait que le grand David avait participé aux combats de maquis les plus sanglants et qu'il en avait réchappé après avoir failli être exécuté. Lucien était de retour d'Allemagne après son temps de S.T.O. Du beau Guy, on ne saurait pas grand-chose. Du cousin Jean, Olivier savait tout. Jacquet, admirateur de Pétain, avait reconnu son erreur.

– Au fait, dit Olivier en regardant la table de brochage près du massicot, la mère Tapedur n'est pas là ?

Après un silence, Hullain dit :

– Ne l'appelle plus comme ça. Plus jamais. Pour nous, elle est Rose pour toujours. La malheureuse a été déportée. Ses voisins nous l'ont appris. Nous ne la reverrons sans doute jamais plus.

Comme un écho lugubre, Jacquet répéta : « Jamais plus ! »

Plus tard, l'oncle Henri les rejoignit et dit :

– Alors, il suffit que mon ostrogoth de neveu arrive pour que le travail cesse ! David, tu prépareras la Centurette, j'ai des affiches à imprimer. Tu seras content : c'est pour ton parti.

Des trois machines Express de l'O.F.M.I., une était démontée. Olivier apprit que ses pièces servaient pour réparer les deux autres car ce matériel venant d'Allemagne, il n'était pas possible de se réapprovisionner.

Il apprit encore que, durant les jours qui avaient précédé la libération de Paris, de nombreux tracts et même un journal de deux pages avaient été imprimés sur les lieux.

L'oncle-patron dit à Olivier :

– Je te laisse avec tes amis. Bientôt, tu travailleras avec eux. J'espère que tu n'as pas oublié le métier.

– J'ai eu assez de mal à l'apprendre. Comment l'oublier ?

– Tu vas sans doute casser la croûte avec ces lascars. N'oublie pas de rendre visite à Marceau.

– C'est prévu, mon oncle. Merci, mon oncle.

Les ouvriers s'installèrent dans un bistrot près de la place du Combat qui s'appellerait bientôt place du Colonel-Fabien. C'était le jour du bœuf bourguignon, ce qui ravit Olivier. David lui demanda de lui parler des maquis d'Auvergne. Il le fit du mieux qu'il put, donnant les noms des principaux groupes et de leurs chefs. Oui, il avait été dans les F.F.I. mais il n'avait pas vu grande différence avec les F.T.P. D'ailleurs, ils avaient fini par se mêler. Ce fut le prétexte pour le grand David d'afficher ses convictions communistes. Il en parlait avec enthousiasme tandis que ses compagnons marquaient un certain scepticisme.

– Vous verrez, dit-il, qu'un jour prochain le monde entier sera communiste et ce sera enfin le bonheur pour toute l'humanité. Des millions de Soviétiques ne seront pas morts pour rien. D'ailleurs, ce sont eux qui ont gagné cette guerre.

– Tu oublies les Anglais, les Américains, les Australiens, les troupes de la France libre, observa Jacquet.

– Et la guerre n'était pas terminée qu'ils se partageaient déjà le monde comme un gâteau, dit Lucien.

– Seulement des zones d'influence, et Staline se payait la meilleure part, dit Hullain.

Le grand David éclata de rire.

– Normal puisqu'il est le plus malin. Cette photo où on les voit tous les trois : Roosevelt descendant des grandes familles riches et bourgeoises, Churchill l'aristo descendant de « Marlborough-s'en-va-t'en guerre » et Staline simple fils d'ouvrier…

– Quoi qu'il en soit, dit Olivier, tout ça nous dépasse. Et la guerre n'est même pas terminée.

– Tu n'es guère au courant des nouvelles, dit Hullain. Berlin est tellement pilonné qu'il n'en reste que des ruines. Si l'on trouve quelques vivants, ce sera par miracle.

– Pauvres gens ! dit Olivier, ce qui indigna David.

– Quoi ! tu les plains après ce qu'ils ont fait ?

– Les vieilles mémés, les vieillards, les enfants n'y sont certainement pour rien et ils trinquent.

David haussa les épaules et s'enferma dans un silence réprobateur.

– Allons, allons, pas de disputes entre nous. On boit à la santé du général de Gaulle ! proposa Hullain.

– Et au camarade Staline ! ajouta David.

Olivier les raccompagna à l'imprimerie. Il fit la connaissance de nouveaux ouvriers et apprentis.

– C'est dur, dit-il à ces derniers, laver l'encre des rouleaux, faire les livraisons, balayer, mais il vous restera toujours un peu de temps pour apprendre le métier.

Il embrassa le cousin Jean toujours discret et qui ne participait pas aux discussions, salua les autres. Il parcourut la rue Lafayette, s'arrêta devant les cafés Henri

Large, pensa avec mélancolie à Zaza qui habitait en face et l'avait refusé.

Il oublia de saluer une nouvelle fois un officier et eut droit aux remontrances. Plutôt que le vexer, cela le fit sourire.

– Je ne vous ai pas vu, mon capitaine, j'étais plongé dans mes pensées.

– Parce que tu penses, toi !

Après coup, Olivier jugea qu'il détestait l'armée avec ses rites ridicules.

Ses copains de l'atelier, leurs différences de point de vue : l'optimisme du grand David qui croyait à un monde meilleur dû au communisme et au camarade Staline, les autres avec leurs incertitudes, leurs propos de stratèges politiques comme au Café du Commerce, et, en commun, quelque chose de plus important : le même métier et la possibilité de l'exercer désormais, si tout allait bien, dans la paix retrouvée. Comme il se sentait à l'aise avec eux, comme il avait été heureux durant la période du maquis, à la forge quand il tirait le soufflet et que le tonton Victor battait le fer. La rue de naguère, le village fraternel sur les hauteurs de Montmartre, voilà tout ce qu'il aimait et qu'il aurait voulu exprimer par l'écriture sans savoir s'il était capable de le faire.

Tout ce qu'il notait sur ses carnets pour le détruire ensuite lui parut dérisoire. Mais parfois, il avait l'impression de pouvoir par la poésie, dans une sorte de lueur imprécise, trouver le moyen de formuler tout ce qui bouillonnait en lui et qu'il ne pouvait atteindre par la narration ou l'écriture logique.

Il rejoignit le faubourg Saint-Martin, se posta en face du 210 où vivait sa famille et contempla le spectacle des passants sur le trottoir. Il en était de tous âges, de toutes sortes, chacun avec ses secrets, ses fardeaux peut-être, ses peines et ses joies. Les regardant un à un, une à une, gens du quartier, gens du faubourg, il sentit monter en lui, l'envahir, le dominer, s'accroître un sentiment confus au départ puis apparaissant dans son éclatante, dans sa nue vérité : ces personnes, ces êtres, il les aimait, leur présence vivait en lui comme il existait en eux. Quelle était l'origine de cette émotion alors que, quelques instants auparavant, accablé par l'ignominie, il se sentait prêt à haïr le monde entier ?

Il l'ignorait mais ce phénomène qui avait pris sa source dans une enfance en larmes et qu'il voulait transformer en soleil le suivrait toute sa vie.

Cette illumination disparue, il ferma les yeux et les rouvrit à plusieurs reprises, passant de l'obscurité à la lumière. Et aux images présentes, d'autres se superposaient : les actions de sabotage à l'arsenal de Roanne, une fermière sur la route de l'exode, la belle femme d'Inguinbert, les longues files d'attente devant les commerces, le défilé des troupes allemandes, les pancartes avec leurs indications en caractères gothiques, les bannières à croix gammée, les morts sur la place du village à Montrichard, les sirènes des alertes, les gens se précipitant vers les abris sous l'œil des chefs d'îlot, les morts de la forêt du Gévaudan, le résistant inconnu et le soldat allemand…

Puis tout se dissipa quand il vit son oncle et sa tante sortir de l'immeuble pour se rendre à l'imprimerie. La tante, en robe fleurie, portait un chapeau de paille noire, l'oncle, ce géant, marchait à grands pas. Ils avaient fini, après bien des hésitations, par l'adopter et il leur en devait de la reconnaissance. Oncle tuteur et tante tutrice, avaient-ils fixé des limites à leurs actions bienfaitrices puisqu'il n'avait pas eu la possibilité des études et connu l'obligation encore enfant de gagner sa vie ? Bien traité sous d'autres aspects, il ne pouvait rien leur reprocher. Et puis, il pensa à leur douleur devant la maladie de Marceau, une douleur qu'il partageait avec eux, Marceau étant plus que son cousin, son seul véritable ami, son frère par le choix. Il allait le retrouver seul à seul. Il traversa le faubourg en courant sans trop prendre garde à la circulation.

Ils jouaient depuis deux heures aux dames, Marceau alité et Olivier assis sur le rebord du lit. Ce dernier ne cherchait pas à gagner une partie. La légère satisfaction de son cousin l'emportant lui faisait plus plaisir que tout.

– Si tu restais quelque temps, dit Marceau, je t'apprendrai les échecs…

– Ce sera pour plus tard, répondit Olivier, le devoir militaire appelle son « enfant de la patrie ».

– Plus tard…, dit pensivement Marceau. Il ajouta : Vois comme tout est bizarre : des millions d'hommes se tuent les uns les autres et je n'ai qu'un seul ennemi : le microbe qui me ronge. Et même si je gagnais la bataille, personne ne me décorerait. À moins qu'on couronne le microbe… De la haute philosophie, tu ne trouves pas ?

– Si seulement je savais ce qu'est la haute philosophie. Je ne dois connaître que la basse, celle que je comprends…

– Ce n'est pas la « basse » si tu la comprends.

Ils disposèrent les pions sur le damier qu'ils retournèrent, Marceau émettant le désir de jouer avec les noirs.

– Et tu repars après-demain pour Clermont-Ferrand… Pour y faire quoi ?

– De là, je gagnerai peut-être l'Allemagne. Ou bien ils me garderont.

– La guerre sera terminée et ton engagement aussi…

– Non, il paraît que je dois rester deux ans troufion. Il y en aura encore pour quelques mois.

– Ça ne tient pas debout. Tu t'es engagé pour la durée de la guerre. Pas plus.

– Dans l'armée, il ne faut jamais chercher à comprendre.

– Oui, si la troupe comprenait, ce serait trop dangereux. Enfin, la famille a son héros. Ce n'est pas toi mais le cousin Desloges. Sur cette photo, on le voit défiler en tête des troupes du maquis à Bourges. Là, tout se passe bien et il monte en grade. Et voilà qu'avec l'armée dite régulière, il s'attaque aux poches de l'Atlantique encore tenues par les Allemands. Résultat : sa Jeep saute sur une mine, mâchoire défoncée, joue arrachée, mais encore vivant. Il est dans un hôpital militaire à Lyon. On compte sur toi pour aller le voir quand tu quitteras Paris. Tu peux bien faire un détour. L'armée t'attendra…

– Sale coup ! dit Olivier.

– Et tu sais ce qu'il a pu nous écrire ? « Me voilà gueule cassée. Enfin, j'ai gagné ma solde. » Après ça, il ne reste qu'à jouer de la trompette.

Pourquoi Marceau mettait-il de l'ironie jusque dans les choses les plus graves ?

– Rassure-toi, ajouta-t-il, depuis l'autre guerre la chirurgie a fait des progrès. On va le rendre tout neuf.

– Le grand tombeur va encore sévir, dit Olivier, et en plus avec le charme de la cicatrice comme les étudiants de Heidelberg ou de Salamanque.

– Tu en sais des choses. Où as-tu appris tout ça ?

– Les livres, mon cousin, les livres. Comme je suis curieux, je lis tout ce qui me tombe dans la main. Un vrai bouillon dans ma trombine.

– Un bouillon de culture… Alors, ajouta Marceau, après la guerre, tu reviens à l'imprimerie comme Gutenberg ?

– Oui, et c'est bon d'avoir des projets.

– Des projets… je n'ai plus la possibilité d'en avoir, à moins que…

– À moins que quoi ? Que tu guérisses ? Oui, tu vas guérir. Sans trop y croire, j'ai même fait des prières…

– Il existe un nouveau remède qui fait des miracles, mais pour moi, je crois que c'est trop tard. On ne peut refaire des poumons.

– Il est difficile de s'en procurer.

– Mon père m'a dit qu'il le pouvait. Avec du fric, on peut tout !

– Ça marchera, dit Olivier, ça marchera ! Au moins, la guerre aura servi à quelque chose.

– Oui, à tuer des millions de gens et à en sauver quelques-uns. Mais je te le dis : trop tard pour moi. En attendant mon grand jour ou ma grande nuit, un peu d'espoir auquel je ne crois pas trop, disons que c'est l'espoir de l'espoir. Mais parlons de toi. J'en ai marre de te voir en soldat. Je te prête ma veste à soufflets dans le dos, celle que tu aimes, et le froc qui va avec, une liquette et des pompes. Mets ça dans tes bagages.

Olivier pensa qu'ainsi vêtu, il pourrait revenir à Roanne pour une journée et peut-être revoir certaine jeune fille de ses pensées. Il dit :

– Je me vois déjà à Roanne faisant le gandin rue du Maréchal-Pétain…

– Je te signale, dit Marceau, qu'aujourd'hui cette rue doit porter un autre nom. On débaptise. On devrait le faire pour d'autres en remontant dans le temps. Je suis sûr qu'un tiers des artères dans les villes portent le nom d'un salaud ou d'un porteur de sabre criminel. Je crois, ajouta-t-il, que la fatigue me gagne. Il faut que je dorme. Le sommeil, frère de la mort. Je dois m'exercer.

– Arrête de déconner, tu vas vivre.

– Ouvre l'armoire. Prends les nippes. Et surtout rapporte-les-moi en bon état quand tu auras cessé de jouer au petit soldat.

Marceau eut un sourire triste. Il embrassa son cousin.

– Tu verras : tu t'occuperas de l'imprimerie avec mon père. Puis un jour Jami le Terrible reprendra le flambeau.

– Embrasse-le pour moi, dit Olivier. Je pars demain. Je ne pourrai pas le voir.

– À ton retour, nous ferons des tas de choses ensemble, tu verras. On sortira, on ira voir des spectacles, on courra les filles, on…

Il eut une poussée de toux, posa son mouchoir devant sa bouche et finit par dire :

– Tu vois, je rêve sur ce que nous pourrions faire mais je sais bien que nous ne le ferons pas.

– Si, si, affirma Olivier, on le fera, et bien d'autres choses encore. Je suis prêt à faire le pari. Salut, Marceau, et merci pour les vêtements. Je vais faire le gandin…

Il quitta la chambre avec hâte, prit le couloir,

traversa l'appartement, se rua dans l'escalier en sautant comme lorsqu'il était enfant plusieurs marches à la fois.

Il courut encore jusqu'à la gare de l'Est. Il courut, courut. Il voulait courir plus vite que ses larmes.

Onze

À la gare du P.L.M., le soldat Olivier Chateauneuf, muni de son sac à dos, d'une valise contenant les vêtements civils qu'il avait hâte d'inaugurer, de sa feuille de route pour Clermont-Ferrand, hésita entre deux trains.

Il prit celui qui partait le premier : direction Lyon. Il redoutait le moment où le contrôleur effectuerait sa vérification. Il pensait à plusieurs options : le mensonge (il s'était trompé de train), le règlement du billet et sans doute d'une amende ou bien un miracle.

Comme il aurait aimé se défaire de sa tenue militaire !

Il pensa aux merveilleux vêtements dans sa valise. Il lui faudrait acheter des bretelles pour tirer sur le pantalon un peu long. Une cravate aussi serait nécessaire. Et peut-être des souliers. Il sourit de sa propre futilité.

Il portait au revers un insigne avec, sous des ailes, l'indication « F.F.I. ». Lorsque le contrôleur entra dans le compartiment, il le remarqua et montra qu'il portait le même. Ils échangèrent des propos sur leurs origines. Olivier dit : « Saugues » et le contrôleur « Saint-Étienne ». Comme ils se nommaient tous les deux « Chateauneuf », ils décidèrent d'un cousinage incertain. Du coup, l'homme prit la feuille de route et la rendit à Olivier sans la vérifier.

Durant le parcours, tout en fumant la pipe courbe qui ne le quittait pas, regardant les volutes de cette fumée bleue due à la consumation de ce tabac qu'on appelait « gris » alors qu'il avait une tout autre couleur et dont les emballages cubiques n'étaient guère pratiques, il lisait les phrases de ce Paul Valéry dont il connaissait « Le Cimetière marin » par cœur. Comme pour le poème, ces lignes restaient souvent difficiles à comprendre et cela ajoutait au charme. Il en lisait une jusqu'à l'ancrer dans sa mémoire et, les yeux fermés, il l'analysait, la disséquait, la reconstituait jusqu'à ce qu'elle lui apporte sa lumière. Il aimait se mouvoir dans cette obscurité jusqu'au moment où, après un long effort, la lumière surgissait. Il s'émerveillait alors que la simple écriture pût dissimuler tant de riches secrets.

Il poursuivrait ainsi sa quête au long des années, dans l'espoir un peu vague qu'un jour lui seraient apportées des révélations sur les interrogations qui touchaient à toutes les choses de la vie : un grand livre des questions. Pourquoi la vie, la mort, pourquoi la haine, l'amour, pourquoi Dieu ou l'absence de Dieu, pourquoi le destin et le libre arbitre ? Étaient-ce les mots de la poésie ou de sa sœur la prose qui pouvaient répondre ?

En ce temps où les trains roulaient lentement, s'arrêtaient fréquemment, il se nourrissait des paysages traversés, des humains qu'il regardait avec curiosité. Et s'il était cette femme qui gardait des moutons, cet employé désœuvré d'une petite gare où le train ne s'arrêtait pas, cet homme en face de lui qui caressait sans cesse sa moustache ou cet autre qui, sans raison, ne cessait d'essuyer ses verres de lunettes, ou encore cette jeune fille, les mains entre les genoux, qui fixait le vide ? Il lui semblait merveilleux que chacun fût unique, à aucun autre semblable.

Il posa son livre, sortit son portefeuille puis son porte-monnaie. Il possédait peu d'argent mais assez pour répondre à ses projets. Il déplia la feuille de route, regarda la date inscrite de son départ de Paris. Son détour par Lyon occasionnerait un retard. Comment le prendrait-on à la caserne de Clermont-Ferrand ? Il se dit qu'il s'en fichait, puis réfléchit. Il allait revoir son cousin Desloges à Lyon, mais aussi, pourquoi pas ? son oncle Victor à Saugues. Et s'il passait par Roanne ? Il regarda cette date : départ de Paris le 7 avril. Il prit son stylographe et ajouta le chiffre 1 devant le 7. Cela lui donnait dix jours de liberté. Qui s'en soucierait ? Il se dit qu'il devenait un faussaire, connut un instant de remords. Trop tard pour revenir en arrière. Le sort en était jeté. Il sourit. Enfin, il avait décidé de lui-même. Faire un faux pour revoir ceux qu'il aimait, était-ce si grave ? Il savoura ces futurs instants de liberté. Il eut hâte d'être à Lyon. Pourquoi ce train roulait-il si lentement ?

En gare de Lyon-Perrache, il déposa ses bagages à la consigne, ne gardant sur lui, dans une musette, que le nécessaire. Trop tard dans l'après-midi pour se rendre à l'hôpital. Il marcha au hasard dans cette ville inconnue et choisit une chambre dans un modeste hôtel. Il regretta alors d'avoir laissé les vêtements civils à la consigne. Mais non ! Pour se rendre à l'hôpital militaire, ce serait mieux d'être en uniforme.

Il fit un brin de toilette. Pas d'eau courante, mais une cuvette et un broc qu'on remplissait au robinet dans le couloir. Il croisa des couples et comprit qu'il se trouvait dans un hôtel de passe, ce qui l'amusa. Située au dernier étage, sa chambre était malodorante. Il ouvrit la fenêtre donnant sur une cour et n'ayant pour horizon que des murs noirâtres. Il se coucha tout habillé sur le couvre-lit, peu décidé à se glisser dans des draps douteux.

Plutôt que de partir à la découverte de cette ville qu'il ne connaissait pas, il se mit à rêver. Il lui sembla que le mouvement du train le berçait encore. Lyon, la ville de Louise Labé et de Maurice Scève. Il connaissait d'eux quelques vers qu'il se récita. Le train : comme il aimait ce mode de locomotion, tout autant qu'il l'avait détesté aux heures rudes de l'occupation allemande. Il s'imaginait déjà parcourant de vastes espaces le nez contre la fenêtre et voyant défiler les paysages.

Grâce à sa tricherie, il disposait de jours de liberté. Par à-coups, des images tragiques lui apparaissaient, qu'il repoussait de toutes ses forces en puisant dans sa mémoire ses plus beaux souvenirs. Il ferma les yeux et s'obligea à chercher le sommeil. Il se souvint de quelques moyens de s'endormir et d'un film où le personnage, peut-être joué par Gary Cooper, épelait le mot « Tchécoslovaquie », ce à quoi il s'efforça sans succès puis il pensa au mot le plus long de la langue française : « anticonstitutionnellement », et répéta l'expérience.

Des coups frappés à la porte le réveillèrent. Il dit : « Entrez, c'est ouvert ! » Une ombre se glissa dans la chambre. Il alluma la lampe de chevet et vit ce qu'il crut être un fantôme. Il entendit : « Excusez-moi ! » et demanda à cette créature ce qu'elle désirait.

Il s'agissait d'une jeune femme habillée d'une misérable robe rose à fleurs. Ses cheveux noirs étaient en désordre. Son maigre visage était recouvert d'un maquillage violent qui faisait ressortir la pâleur de sa peau.

Interloqué, il demanda d'une voix qu'il s'efforçait de rendre désagréable :

– Que faites-vous là ? Que voulez-vous ? Je n'ai rien demandé.

– C'est-à-dire... Heu ! J'ai pensé que comme vous êtes un officier et que vous avez l'air gentil...

– Je ne suis pas officier et je ne suis pas gentil !

– Mais vous savez lire ?

– Il paraît, et même écrire.

– Alors… voilà…

Elle lui tendit une enveloppe et donna des explications :

– Moi, je ne sais pas lire et j'ai reçu une lettre de ma maman. Si je demande aux copines, elles se foutront de moi. Alors, j'ai pensé que vous pourriez me la lire…

– Vous ne savez pas lire !

– Non et j'ai honte. Alors je me suis dit : ce monsieur…

– Prenez la chaise. Asseyez-vous.

Olivier parcourut la courte missive. Elle commençait par « Ici, tout le monde va bien et j'espère qu'il en est de même pour toi » et se terminait par « Je te quitte en t'embrassant bien fort ». Entre ces deux formules attendues, peu de choses : la mort du chien d'une certaine Mme Armand, les rhumatismes d'un voisin et l'espoir que le métier de couturière permettrait à sa correspondante de « s'en sortir ». La lettre offrait une écriture appliquée comme on l'apprenait à l'école. Olivier lut à voix haute et lentement. Il demanda :

– Parce que vous êtes couturière ?

– Non, vous avez bien deviné ce que je suis.

– Je comprends…

Il se sentit envahi par une grande pitié non parce que la jeune femme se prostituait mais parce qu'elle ne savait pas lire ni écrire. Cela lui apparaissait comme une infirmité, la mutilation d'une partie d'elle-même.

– Vous pourrez m'écrire la réponse ? Je m'appelle Anna.

Elle sortit de son sac un feuillet qu'elle lui tendit.

– Que voulez-vous que j'écrive ?

– Ben… que j'espère qu'elle est en bonne santé et que je l'aime de tout mon cœur.

– Rien d'autre ?

– Si, que j'ai beaucoup de clients… non de clientes, et que je lui enverrai un mandat-carte à la fin du mois. Ah ! dites-lui aussi qu'il fait beau à Lyon.

– Vous êtes vraiment couturière ?

– Vous avez bien compris ce que je fais… Mais je sais aussi coudre.

– Ce que vous faites ne me regarde pas, dit Olivier. Voici votre lettre. Vous pouvez signer ?

– Oui, ça je sais le faire. Comment voulez-vous que je vous remercie ? Je peux…

– Non, je voudrais seulement que vous me fassiez une promesse.

– Quelle promesse ?

– Celle d'apprendre à lire et à écrire. Vous trouverez bien quelqu'un pour vous aider…

– Vous ?

– Non. Moi, je pars demain matin. Je vais quitter Lyon. Vous savez lire les choses courantes, je ne sais pas moi, les noms des magasins, les plaques des rues…

– Oui, et aussi des tas de trucs dans la vie.

– Alors essayez. Vous verrez comme vous vous sentirez mieux. Peut-être qu'un jour vous lirez des livres.

– Des vrais livres ?

– Je n'en connais pas de faux, dit Olivier en souriant. Alors, c'est promis ?

– Je vais essayer. Mais je ne suis pas très intelligente.

– L'intelligence n'a rien à voir. Ce qu'il vous faut, c'est de la volonté. Pensez à ce que je vous dis. Et puis un jour, je reviendrai et vous me direz : Je sais lire et écrire.

Par quel miracle ce visage pâle, prématurément vieilli, s'éclaire-t-il ?

La jeune femme prit la tête d'Olivier entre ses mains et fit claquer sur ses joues deux baisers qui laissèrent des marques rouges. Elle répéta deux fois « Merci ! » et quitta la chambre.

Olivier se regarda dans le miroir ovale qui dominait une coiffeuse. Il sourit en voyant les traces de rouge à lèvres sur ses joues. Cette rencontre l'avait ému. En même temps, il se sentit un peu ridicule. Une voix lui disait : « De quoi je me mêle ? » tandis qu'une autre lui répondait : « Voilà que tu te conduis comme un curé maintenant. Ou un boy-scout qui fait sa B.A. ! »

Un sentiment plus fort le domina : celui qu'il ressentait chaque fois qu'il se trouvait en présence des défavorisés de la vie, une sorte de gêne comme s'il en était responsable.

Il n'avait pas dîné. Mais il n'osait plus quitter sa

chambre. Il craignait de rencontrer sa visiteuse dans l'escalier ou, pire, sur le trottoir.

La tragédie universelle de la guerre le bouleversait et voilà qu'un destin individuel, sans atteindre le plus haut degré de la tragédie, le faisait trembler intérieurement.

Il se passa de l'eau sur le visage, chercha sa brosse à dents mais s'aperçut qu'elle n'était pas dans la musette. Il se rinça la bouche, puis se jeta à plat ventre sur son lit où il ne tarda pas à s'endormir.

Le lendemain matin, éveillé fort tôt, il mit beaucoup de soin à sa toilette, relut quelques poèmes de Baudelaire et, après avoir payé la location de sa chambre, marcha au hasard. Sans doute était-il trop tôt pour se rendre à l'hôpital. Il décida de se faire couper les cheveux. Après la coupe, le shampooing, la friction à l'eau de Cologne, il se sentit tout frais. Il voulait faire bonne impression sur son cousin.

Sur un plan de Lyon, il trouva l'emplacement de l'hôpital et s'y rendit à pied. Il lui sembla que rien n'était plus merveilleux que la découverte d'une ville. Longeant un fleuve, il demanda à quelqu'un s'il s'agissait du Rhône ou de la Saône, ce qui lui attira un sourire moqueur. Il longea la rue de la République et apprit d'un passant à qui il demandait son chemin qu'à Lyon, on disait « rue de la Ré ». Il s'installa à la terrasse d'un grand café faisant face aux bureaux du journal *Le*

Progrès et commanda un solide petit-déjeuner. Il goûtait chaque instant de sa liberté et n'éprouvait aucun remords de sa falsification du document militaire.

Il fut reçu à l'hôpital par un planton qui le dirigea vers un comptoir derrière lequel se tenait une ravissante infirmière.

Après avoir salué et retiré son calot, il demanda à voir le capitaine Desloges. La réponse fut décevante :

– Parmi nos patients, il n'y a pas de capitaine Desloges !

– Je suis son cousin et on m'a assuré…

La jeune infirmière eut un sourire moqueur et ajouta :

– Mais en revanche, nous avons un commandant Desloges…

– C'est lui, c'est mon cousin, il a monté en grade.

– Ah ! celui-là, que ne ferait-on pas pour lui ! Mais c'est l'heure des médecins. Vous devrez attendre midi. Peut-être plus tôt. Asseyez-vous dans le hall.

Olivier remercia et alla s'asseoir sur une chaise en métal. Il assista au ballet incessant des médecins et des infirmières. Des blessés aussi. Certains sautillaient entre deux béquilles. D'autres étaient poussés dans des fauteuils roulants. Un univers de pansements et de souffrance. Les maux de la guerre. Au moins, ceux-là n'étaient pas morts. Beaucoup porteraient la trace des blessures tout au long de leur vie. L'Europe, champ de ruines parsemé d'hôpitaux. Les cadavres, les fosses, les morts-vivants rescapés des camps d'extermination, les familles détruites, éparpillées. La folie. Et des vivants luttant contre le mal.

Il avait sa manière bien à lui de faire passer le temps. Il sortit son Paul Valéry de sa musette et, les yeux fermés, médita sur chacun des aphorismes. Une infirmière lui tapa sur l'épaule.

– Éveillez-vous. Vous allez pouvoir me suivre.

– Je ne dormais pas, dit Olivier.

On le conduisit vers une chambre à deux lits. Dans l'un, un patient était tourné vers le mur. Dans l'autre se trouvait le cousin Desloges. La partie droite de son visage présentait un curieux pansement. Olivier s'assit près de lui. Il prit sa main dans la sienne et sentit des larmes monter à ses yeux. Mais le cousin Desloges souriait et il parla difficilement, ne pouvant utiliser que le côté de sa bouche. Alors, fait surprenant, il chantonna en la paraphrasant une chanson à la mode :

Aucune importance
Puisque j'ai la chance
D'être encore en vie...

Il ajouta :

– Ne t'en fais pas pour moi. Je suis chouchouté, dorloté. Et ma mâchoire se raccroche. On me répare la gueule. J'aurai même de belles dents blanches. Tu verras : je serai plus beau qu'avant. Mais, dis donc, toi tu n'es pas mal. Et un uniforme fantoche. Et même des galons. Tu es parti trop tôt de Roanne. J'avais des projets pour toi. Pendant ma disponibilité, je m'occupais de l'A.S., l'Armée secrète. Toi, tu me raconteras plus tard.

Olivier lui confia quand même son passage au maquis, puis Clermont-Ferrand et Paris à la Direction de l'infanterie. Il avoua qu'il en avait marre de la guerre.

– Moi, c'est différent. C'est mon job. J'ai su ce que vous faisiez à l'Arsenal de Roanne. D'ailleurs, j'y étais pour quelque chose. En secret. Grâce au sabotage, il n'est pas sorti un seul obus avant la Libération. Et quand les chaînes ont repris, le stock et les nouveaux obus convenaient à certains canons américains !

Olivier parla de la famille, du mauvais état de santé de Marceau. La femme du cousin habitait encore Roanne en attendant de le rejoindre à Lyon.

– Tu devrais passer la voir, dit-il, en train, ce n'est rien. Et puis, va à l'Arsenal. Tu expliqueras ton départ. Rassure-toi : tu n'auras que des compliments.

Une infirmière vint annoncer la fin de la visite. Le cousin Desloges devait se reposer.

– Voilà bien ma tortionnaire ! Me reposer ? Je ne fais que ça. Je lui demanderais bien un baiser mais, pour l'instant, je n'ai qu'une moitié de bouche. Mon amour, venez baiser mon front, un baiser doux et chaste…

Cela amusa la jeune femme. Elle donna le baiser. Et le cousin Desloges fit des gestes comiques.

– Quand tu me reverras, dit-il à Olivier, tu seras en

pékin. Peut-être moi aussi. En attendant la caserne ou l'occupation en Allemagne. Allez, salut !

Olivier fit mine de se mettre au garde-à-vous. Puis il salua militairement.

C'était la première fois que cela lui faisait plaisir.

Olivier se rendit immédiatement à la gare de Lyon-Perrache où il prit le premier train pour Roanne. Durant son séjour forcé dans cette ville, il n'avait pas eu le loisir de visiter les alentours, hormis le trajet pour l'Arsenal et des promenades sur le pont de la Loire menant à la petite ville du Coteau. Une fois de plus il s'enchanta des plaisants paysages traversés.

Cette fois, il ne connut aucun problème. Il avait pris un billet en troisième classe et le contrôleur ne fit aucune difficulté pour le poinçonner.

Autour de lui, les conversations allaient vers l'optimisme. Un monsieur à lorgnon commenta les articles du journal qu'il lisait. La paix s'était installée en Italie. Les Russes envahissaient Berlin. La deuxième D.B. avait pris Berchtesgaden. Une dame dit que tout cela n'empêchait pas les restrictions, que maintenant, les Allemands ne pouvant prendre notre pain, nous pourrions en avoir un peu plus. Bientôt il y aurait des élections en France. « Heureusement que nous avons de Gaulle ! » observa le vieux monsieur, et un jeune homme ricana.

Olivier débarqua assez tôt dans la gare de Roanne

pour s'occuper de quelques emplettes. Il découvrit non loin un hôtel et loua une chambre par bonheur plus accueillante que celle de Lyon, avec une douche et même l'eau chaude. Il ouvrit la valise qu'il avait récupérée à la gare de Perrache et sortit le costume prêté par Marceau. En tissu souple et de qualité, il était à peine froissé. Il le suspendit à un cintre et resta un instant à l'admirer.

Il sortit, parcourut les promenades Populle où il s'était installé tant de fois pour lire, atteignit ce qu'on appelait le Carrefour helvétique, côtoya la sous-préfecture, le musée portant le nom du grand archéologue Déchelette. Il entra dans le magasin Aux Dames de France où il put acheter une cravate noire. Il alla jusqu'à la place de la Mairie, s'offrit une bière à la brasserie Fuchs et réfléchit à ce qu'il ferait le lendemain. Tout allait bien. Cependant, il ressentait un malaise obscur, une gêne. N'était-il pas une sorte de déserteur ?

Plus tard, il décida de dîner rue du Commerce dans ce restaurant qu'il connaissait pour ses prix modestes : Au Bec Fin. La jeune serveuse le reconnut. Oui, c'était bien lui qui venait habillé en ouvrier au temps de l'Arsenal. Il fit un repas qui lui sembla magnifique et l'on oublia de lui demander des tickets de rationnement.

Il fit durer ce dîner le plus longtemps possible comme s'il redoutait de se retrouver seul. Il pensa à quelques copains de cette courte époque roannaise et se demanda ce qu'ils étaient devenus, en particulier celui qui écrivait des poèmes et entra dans la Milice. Était-il mort ? Vivait-il caché ? Et s'il était entré au maquis ? Il ne le saurait jamais. Et cette bande de « fils à papa » qui se planquaient à l'Arsenal et rejoignaient le soir leur vie dorée ? Et ce jeune garçon, fils d'un épicier et cordonnier de son état, qui lui avait donné la moitié de son casse-croûte ?

Se levant, il vit à une table du fond un garçon qu'il connaissait. Il se souvint : tourneur à l'Arsenal, il se mêlait des sabotages. Petit, maigrichon, un visage que son nez en trompette rendait comique, il aurait pu être le correspondant roannais du titi parisien ou, mieux, du gone lyonnais. Il parlait avec l'accent caractéristique des milieux populaires de la ville et utilisait des expressions à mi-chemin entre le lyonnais et le stéphanois. Ainsi, Olivier entendit :

– Comme qu'te vas, mon grand ? Tes urines sont claires ? Moi j'pisse de pleins pots.

– En d'autres termes, tu te portes bien.

– Et toi, tu te poses sur c'te chaise. Et tu trinques avec moi.

– Avec plaisir, mon Pierrot.

– Tu te rappelles mon prénom ?

– Oui, et même que tu étais le meilleur tourneur de la rangée. Jamais un loupé.

– J'faisais de la sabote sur les machines, mais pour le boulot, j'restais droit. Va savoir pourquoi !

– Et maintenant ?

– Toujours à l'Arsenal. Me v'là chef d'équipe. Au fait, tu devrais y passer.

– Oui, on me l'a dit. Pour régulariser ma situation.

– Avec du pèze à la clé encore.

– Je ne pensais pas y retourner.

Ils parlèrent des copains qu'ils connaissaient, des contremaîtres, et là, Olivier connut bien des surprises. Tel ou tel qu'il tenait pour un collabo servile avait parfaitement caché son jeu : c'était un dirigeant de la Résistance.

Ils discutèrent ainsi jusqu'au moment où Olivier, qui ne désirait pas raconter ses aventures maquisardes, s'aperçut qu'ils n'avaient plus rien à se dire.

Ils se quittèrent sur la fausse promesse de se revoir.

Olivier marcha un moment dans la ville. Il n'était pas resté longtemps dans ces lieux mais il aimait les reconnaître, se rappelant chaque nom de rue et un souvenir s'y rattachant.

Après maints détours, il finit par rejoindre son hôtel. Dans le hall, il vit un journal qu'il emporta dans sa chambre. La presse, désormais, on pouvait la lire sans trop craindre d'y trouver des mensonges et des articles de propagande comme aux temps maudits si proches encore.

Il se coucha et déploya le journal. Il s'agissait d'une livraison de *La Montagne* sans doute oubliée dans le hall de l'hôtel par un voyageur. Il lut la date de publication : mardi 1er et mercredi 2 mai 1945. À droite du titre du journal on lisait « Préparons les drapeaux » et le titre qui couvrait la page était LA REDDITION ALLEMANDE EST POUR CETTE SEMAINE. La page était parsemée de titres importants. On pouvait lire : HITLER EST MORT, puis LA CHUTE DE BERLIN et encore : LES TROUPES NAZIES ÉVACUERAIENT LE DANEMARK ou LA FIN DU DUCE, son cadavre pendu par les pieds étant exposé à Milan. Et, en plus petit, on apprenait le débarquement des troupes françaises dans l'île d'Oléron, ou que l'Argentine, malgré l'opposition de l'U.R.S.S., siégerait à une conférence à San Francisco. L'Espagne se préparerait à restaurer la monarchie. Les États-Unis ne reconnaissaient pas un nouveau gouvernement autrichien. Pétain arrêté était interrogé sur son identité, ce qui parut absurde à Olivier peu au courant des lois...

Ces informations et tant d'autres avaient une signification commune : la victoire et la fin proche de la guerre. Cela donna à réfléchir à Olivier. Il se sentit brusquement isolé et se demanda s'il ne devait pas rejoindre Clermont-Ferrand de toute urgence.

Le lendemain matin, il réserva sa chambre pour une seconde nuit. Après une hésitation, il avait revêtu sa tenue militaire pour se rendre à l'Arsenal. Il prit le petit tramway qu'il connaissait bien. Ce parcours, comme il l'avait détesté ! Et voilà qu'aujourd'hui, il y prenait une sorte de plaisir nostalgique. Le souvenir des matins froids, des ouvriers serrés sur les banquettes, les uns encore endormis, les autres fumant ou bavardant. Ensuite l'usine, ses bruits, sa dureté, quelque chose qui, pour Olivier, au début, avait évoqué l'enfer.

Arrivé devant le grand portail, il se présenta au gardien, un homme d'une quarantaine d'années à qui il avait eu bien des fois à présenter cette carte d'identité cernée de métal qui servait de laissez-passer. Non, cette carte, il ne la possédait plus, ayant dû la détruire par précaution au moment de rejoindre le maquis.

– Ah, parce que tu étais dans la Résistance.

– Non, enfin oui et non, j'étais maquisard.

– C'est pareil, non ?

– C'est-à-dire… Résistance, je n'ose pas. Je dis maquis. Enfin, voilà… Je n'étais qu'un simple… troufion.

– Bon ! Je te fais un laissez-passer provisoire. Tu présenteras cette carte au bureau.

Pourquoi Olivier ne ressentit-il pas cette oppression qui le saisissait chaque fois qu'il entrait dans ce lieu ? Il se découvrit et se présenta à un comptoir, expliquant sa situation à une secrétaire en lui demandant ce qu'il devait faire pour se mettre en règle.

– Vous avez l'intention de revenir travailler ?

– Non, oh non ! Ce n'est pas mon métier. Moi, je suis typographe et imprimeur. Alors… Enfin pour l'instant je suis militaire, mais la guerre se termine.

La dame le conduisit dans une salle d'attente. Il ne faudrait pas plus d'une heure pour mettre à jour sa situation.

Se trouvait là un autre garçon qu'il crut reconnaître.

– Tu bossais à l'atelier central ? lui demanda-t-il.

– Oui. Et un jour tu as voulu être ajusteur, je me souviens.

– C'était un examen, précisa Olivier. Pour passer le temps. Je savais que je réussirais pas.

– Une queue d'aronde dont les deux parties doivent s'ajuster au poil. Tu as été nul.

– Pire que ça ! dit Olivier en riant. On m'a demandé si j'avais appris à limer sur un contre-torpilleur. Mais tu viens pour quoi ?

– Pour la paye, pardi. Je me suis tiré. Mais les réfractaires ont droit aux mois de salaire correspondants. C'est dingue mais c'est ainsi. L'armée…

– Tu n'y es plus ?

– Non, j'ai pas fait la connerie de m'engager.

– Moi si. J'ai été influencé. Aujourd'hui, je n'ai qu'un désir : m'en sortir et cesser de rien faire. Tu comprends : je veux travailler, bosser, turbiner, retrouver mon métier. Et puis étudier, apprendre, lire…

– Hé ! T'énerve pas. C'est bientôt fini, et puis, si tu es militaire, c'est ta faute au fond…

Après un silence, Olivier, calmé, dit :

– Au début, je croyais qu'on allait changer le monde. Tu parles, Charles ! Tous rentrés dans le rang et tout recommence comme avant.

– Bof ! avant, ce n'était pas si mal.

– Oui, reprit Olivier, mais pendant ! Tu sais ce qu'ils nous ont appris les Frisés ? À faire comme eux. À tuer.

On n'hésite pas à zigouiller des milliers de civils pour rien.

– Qui a commencé ?

– À ta manière de parler, on se croirait dans une cour d'école après une petite bagarre.

Olivier ajouta :

– La barbe ! Je cesse d'en parler. Tout ce qu'on peut dire est inutile.

Son compagnon lui confia qu'il avait fait un tour dans l'usine, que peu de choses avaient changé si ce n'est que l'air était moins étouffant qu'au temps où les occupants surveillaient le travail ouvrier, où chacun se méfiait de l'autre. Il avait rencontré quelques-uns de ses anciens compagnons qui étaient non des requis mais des professionnels.

Les deux garçons, le militaire Olivier et celui en civil, furent convoqués devant un comptoir derrière lequel s'affairaient des employés en blouse grise. Un bureaucrate qui portait des manchettes de lustrine remit à Olivier des fiches de paie correspondant à cette période où il s'était absenté de l'usine. Par honnêteté, Olivier apporta des arguments : pourquoi le payer puisqu'il n'avait pas travaillé ? L'homme sourit et affirma qu'ainsi étaient ordonnées les choses et que c'était là une juste compensation. Il lui délivra des espèces et lui demanda de compter puis de signer une décharge. De plus, Olivier donna sa démission par écrit.

À l'usine, Olivier était payé comme un simple

manœuvre, mais cette accumulation de mois de salaire lui apportait une somme inespérée.

Il sortit avec son compagnon qui lui proposa de le ramener en automobile. Stupéfait, Olivier vit un de ces véhicules qui n'existaient plus depuis sa petite enfance. De dimensions modestes, avec deux plaques et un spider en forme de bec de canoë, il crut se souvenir de son surnom : l'As de Trèfle. Son compagnon annonça :

– C'est une pétrolette. La merveille !

La bagnole démarra en toussotant mais fit, sans hâte excessive, son office.

– Je m'appelle Alban, dit son compagnon. Je laisse mon nom de côté, il a trop de rallonges.

– Et moi, Olivier. Dis donc, on est riches !

– On peut le dire comme ça. Mon grand-père sourirait...

– Il fait quoi ?

– Il est maître de forges.

– Tiens ! Comme mon oncle et mon grand-père.

Alban sourit. Plus tard, Olivier apprendrait la différence entre un maître d'industrie et un artisan de village.

– En Lorraine, précisa Alban. Et je me suis planqué comme toi dans cette usine d'un autre âge. Maintenant, je vais reprendre mes études de droit interrompues. Mais tu m'as dit que tu voulais apprendre. Comment ? En autodidacte ?

– Je déteste ce mot. Je ne veux pas accumuler du

savoir. Non, je veux des maîtres. Ça doit bien se trouver. Je paierai des leçons avec ce que je gagnerai.

– Tu as bien un but ?

– Oui, me faire plaisir. Je suis curieux comme un espion. Et chaque curiosité satisfaite en fait naître une autre. C'est sans fin. Je ne sais comment te l'expliquer ou même me l'expliquer, mais je te jure qu'il s'agit de bonheur. Et puis, merde ! C'est aussi une vengeance. On m'a retiré de l'école, privé d'instituteur. Alors, j'en aurai cent !

– Tu t'énerves encore…

– Ta bagnole aussi. Elle arrête pas de tousser.

Cela les fit rire. Ils se séparèrent à la gare de Roanne où ce compagnon de quelques instants prenait un train pour Paris.

De retour dans sa chambre d'hôtel, Olivier décida de redevenir pour quelques heures un civil, un pékin, comme disent les militaires. Il y prit plaisir et caressa la belle laine de ce costume, redressa le nœud de cravate. Jamais il n'avait été aussi bien vêtu. Il remercia Marceau en pensée.

Dehors, il décida d'une longue promenade dans la ville, s'arrêtant devant les vitrines pour contempler son reflet. Était-ce bien lui ce jeune gandin qui s'efforçait de prendre un air dégagé et sûr de soi ? Il pensa aussi que son portefeuille étant bien garni, cela lui donnait une sorte d'indépendance. Bien sûr, au bout de tout cela, il y aurait le retour à la caserne, mais il tenta de l'oublier.

Il prit l'avenue Gambetta pour se rendre jusqu'à l'église Saint-Étienne. Son costume n'était pas seyant : le veston était trop long et il devait tirer sur son pantalon pour le faire remonter. Il s'avoua qu'il se sentait mieux à l'aise dans son uniforme. Il pénétra dans le lieu de culte et s'assit un instant pour méditer. Des images le traversèrent. Il se revit avec son oncle Henri au Bazar de l'Hôtel de Ville. Il était de tradition qu'un apprenti achetât ses propres outils. Là, il avait fait l'acquisition d'un typomètre, d'une pince typo et d'un composteur, cela sur ses économies, mais l'oncle lui avait glissé un billet dans la poche. Il pensa à l'atelier, à ses outils rangés dans une sacoche.

Il sortit et marcha jusqu'à la rue du Lycée. Là, il entra dans la librairie Lauxerois où il s'attarda à regarder les livres sur les comptoirs et les rayons. Il pensa à tout ce qu'il n'avait pas lu et finit par se décider à une petite folie : il acheta une édition des *Œuvres complètes* de Diderot. Il sortit avec le livre emballé dans du papier blanc.

Il avait un but : rendre visite à sa correspondante, la jeune fille si belle qui ne craignait pas, durant la mauvaise période, de porter un collier avec une croix de Lorraine. Il s'arrêta à la brasserie Fuchs où il commanda un verre de bière. Se levant pour se rendre aux toilettes, il s'arrêta devant une grande glace. Le résultat fut désastreux. Il ne possédait pas l'élégance désinvolte de son cousin Marceau. Il prit des poses et se sentit ridicule, déguisé. Ce n'était pas lui qu'il voyait mais une caricature de son cousin. Il alla se rasseoir. Une femme lui sourit et cela lui donna un regain de courage.

Il alla jusqu'à la demeure de sa presque marraine de guerre.

Devant la porte de l'immeuble, il hésita. La demoiselle serait-elle présente ? Et sa famille ? Que dirait-elle ? Il se sentit à ce point embarrassé qu'il pénétra en face dans un modeste bistrot dont l'enseigne était « 0 20 100 0 », ce qui se traduisait par « Au vin sans eau ». Cela le fit sourire. Il commanda un diabolo menthe et attendit il ne savait quoi. Peut-être de prendre une décision.

Il tira une fois de plus sur son pantalon. Il se sentit de plus en plus ridicule. Il finit par se lever. Non, il ne rendrait pas visite à la jeune fille dans cette tenue. Il décida de reprendre son uniforme militaire.

À nouveau de retour dans sa chambre, il se changea et prépara ses bagages. Il décida qu'il ne ferait pas la visite pourtant attendue. Il aurait bien l'occasion de revenir quand il serait démobilisé. C'est ainsi qu'il prit le train pour Clermont-Ferrand où une mauvaise surprise l'attendait.

La caserne d'Assas n'étant pas éloignée de la gare, il la rejoignit. Dans la chambrée déserte, il déposa ses bagages, rectifia sa tenue pour se rendre au bureau du capitaine. Il dut attendre avant d'être reçu.

Enfin, il entra, se mit au garde-à-vous, fit le salut militaire, ôta son calot et sortit du revers de sa manche l'ordre de mutation qu'il tendit à l'officier. Celui-ci l'observa un moment d'un air indigné puis se mit à lire le feuillet.

– Bien, dit-il, mais, soldat, vous êtes en avance sur la date. Comment expliquez-vous cela ?

– Heu… à Paris, j'ai appris que je pouvais partir plus tôt.

– Ou plus tard. Avouez que vous avez falsifié ce document !

Olivier garda le silence, faisant seulement une vague dénégation de la tête.

– Mais ce que vous ne savez pas, c'est qu'un duplicata nous a été expédié par la poste. Le voici. Comparez les dates et dites-vous qu'il serait plus simple d'avouer une désertion, fût-elle momentanée, et vous savez qu'il existe pour cela un tribunal…

Olivier, rouge de honte, avoua son méfait.

– Et quelles sont les raisons ? demanda le capitaine. Vous avez fait du tourisme ? Où êtes-vous allé ?

– À Lyon, mon capitaine. J'ai un cousin, le commandant Desloges, hospitalisé. Je suis allé le visiter.

– Desloges ! Que lui est-il arrivé ? J'étais avec lui à Saint-Maixent. Je le connais bien.

– Dans une poche de l'Ouest, sa Jeep a sauté sur une mine. Il a le visage abîmé. Mais il guérira.

– Tant mieux ! Il n'empêche que vous êtes en faute. Un faussaire !

– Je suis navré, mon capitaine.

– Bien. Vous allez passer quatre jours en prison. Je verrai après.

– À vos ordres, mon capitaine.

Deux soldats entraînèrent l'infortuné malfaiteur. L'un d'eux lui demanda de quoi il était coupable. Il répondit qu'il était l'ennemi public numéro un.

Ce fut alors que surgit un événement inattendu. La cour s'emplit de militaires de tous grades. Et tous riaient, s'entraînaient dans des danses improvisées, hurlaient des « hourrah ! ». Un des accompagnateurs d'Olivier s'écria :

– Ce n'est pas une blague. C'est fini !

Et fusèrent les « Vive de Gaulle », les « Vive la France », toutes sortes de chants et de chansons.

À ce moment-là, le clairon sonna. On entendit, venue de la proche caserne Desaix, la trompette de cavalerie qui lui répondait.

Il sembla qu'une rumeur venait de la ville. Une foule de gens pénétra dans la caserne. Un homme joua de l'accordéon. Une *Marseillaise* retentit. Ce fut comme si toutes les énergies réprimées durant les heures noires s'extériorisaient, explosaient. Certes, il y avait eu la libération des villes de France mais cette fois, l'Europe était délivrée.

Et Olivier restait penaud entre ses deux accompagnateurs qui sautaient sur place et semblaient ne savoir que faire.

Une fenêtre du bâtiment qu'ils venaient de quitter s'ouvrit. Olivier leva la tête et vit l'officier qui lui avait infligé la punition. Il cria aux soldats :

– Ramenez cet imbécile dans mon bureau.

Dépassé par les événements, Olivier suivit ses gardiens. Une fois dans le bureau, après la comédie militaire de la présentation devant un supérieur, il entendit :

– Soldat, vous êtes un ancien F.F.I. Un jour pareil, je ne vous mettrai pas en taule. Je réfléchirai à une autre punition. Pour l'instant, vous êtes libre. Allez fêter l'événement avec vos camarades. Rompez !

« Ouais, pensa Olivier, c'est un grand jour ! » Mais il ne se mêla pas à la liesse. Il rejoignit sa chambrée. Il n'éprouvait aucune émotion, ni joie ni peine. Un immense vide, comme si son cerveau ne fonctionnait plus.

Son lit se trouvait au bout d'une travée, presque accolé au mur. Il choisit dans un espace une place pour se recroqueviller, se cacher, regrettant qu'on ne l'ait pas conduit en prison pour se tenir dans le noir.

Ainsi, après la capitulation allemande à Berlin, la reddition à Reims, la libération de La Rochelle et de Saint-Nazaire, dans la nuit du 8 au 9 mai 1945, avait eu lieu la signature officielle de l'armistice.

Olivier, lorsqu'il eut repris un peu de calme, se mit à penser. Fin de la plus terrible des guerres. Triomphe de la civilisation. Souvent, pour cela, elle avait dû employer les mêmes armes que celles de ses adversaires : la terreur, la barbarie. Il se répéta : « La guerre est terminée, la guerre est terminée… » comme s'il voulait s'en convaincre.

Il pensa à l'autre guerre, celle de 1914-1918 terminée un 11 novembre. Terminée ou seulement interrompue le temps de fabriquer des armes et des hommes. Il pensa à son père mort quand il avait huit ans et que le souvenir de sa mère avait quelque peu effacé. Il n'était pas mort pendant la guerre et son nom ne figurait sur aucun monument. Pour lui, la guerre ne s'était pas terminée ce fameux 11 novembre mais s'était poursuivie dans sa chair meurtrie, dans ses infirmités. Et voilà que ce 9 mai, tant d'années après, les peuples vainqueurs chantaient leur liesse tandis qu'Olivier pensait que la guerre n'était pas terminée. Toute leur vie, des familles entières pleureraient leurs morts comme sa grand-mère qui ne s'était jamais habillée autrement qu'en portant le noir du deuil.

En ce jour de bonheur, de chants, de danses et de fêtes, lui qui aimait tant rire et s'amuser restait là prostré. Les mauvais avaient été vaincus mais était-ce pour cela que les autres étaient des bons ? Il avait tant lu de livres d'histoire qu'il savait l'univers en guerre perpétuelle. Le plus épouvantable des massacres avait eu lieu dans ces camps de la mort où tout un peuple, le plus civilisé, le plus religieux, était exterminé. Et Olivier pensa aux guerres du passé, aux génocides, aux exterminations programmées : les Indiens, les Noirs mis en esclavage, les Arméniens, tant d'autres, et la colonisation, les sacrifices de soldats de toutes couleurs souvent placés en première ligne des combats. Sans doute avait-il beaucoup à apprendre mais le peu qu'il savait traçait le portrait de l'atroce dans tous les siècles : destruction totale de groupes, de tribus, de nations. Il réfléchit encore : malgré tout cela, les civilisations éteintes laissaient des traces, sculptures, temples, pyramides, manuscrits. Les lointains créateurs adressaient des messages à un autre monde et ils étaient sans cesse étudiés, comparés par les savants.

Ainsi, tandis que tous se réjouissaient, faisaient la fête, Olivier se sentait écrasé par le poids d'une responsabilité indéfinissable. Il subissait ce que Victor Hugo avait appelé « tempête sous un crâne ». À peine dépassé ses vingt ans, ayant vécu trop d'expériences, surtout durant les quatre années écoulées, il se sentait vieux, usé, sans plus aucune raison de vivre. Il chercha les causes de ce mal. Il subissait la peur, se serrait dans ses propres bras pour se protéger.

Il ignorait que dans les régions mystérieuses de son inconscient, il pressentait, il recevait les échos d'un autre drame qui se jouait loin de lui et à quoi pour rien au monde il n'aurait cru, même contre toutes les évidences.

Il hésita. Allait-il se mêler à la fête, aux réjouissances

populaires, effacer en lui tous ses doutes, toute sa tristesse, son désarroi devant cette idée née dans l'enfance que le monde était merveilleux et que les gens, comme dans la rue Labat du passé, portaient en eux tant de valeurs d'entraide et de fraternité, oubliant leurs différences, leurs origines, trouvant le bonheur de vivre dans la rue pauvre, la rue sentimentale, la rue musicale, la rue ensoleillée ?

Il sortit de sa torpeur, traversa la cour de la caserne et marcha en évitant les foules, traversant la banlieue. Il entra dans une auberge et là, il but, il but jusqu'à l'enivrement et s'endormit la tête posée sur une table de bois, les mains croisées au-dessus de sa tête.

Douze

LES lenteurs de la poste, une erreur du vaguemestre firent que la lettre arriva avec plusieurs jours de retard.

Jami, son petit cousin, le frère de Marceau, la lui avait écrite. Elle annonçait la fatidique nouvelle : Marceau était mort.

La lettre, courte, indiquait à l'heure près la date de son décès et celle de son enterrement. Il était trop tard pour y assister. En post-scriptum, Jami ajoutait : « En mourant, Marceau a murmuré : "Olivier"..., comme s'il voulait te confier quelque chose. »

Des jours de profonde tristesse, allant jusqu'à la prostration, suivirent. Olivier écrivit à son oncle, à sa tante, à son petit cousin. Il n'osait pas leur téléphoner de crainte que sa voix se brisât. De ce deuil, il ne parla à aucun de ses compagnons. À vrai dire, il n'avait pas d'amis. L'existence à la caserne était morne, rythmée par les corvées. Aux heures de sortie, Olivier restait dans la chambrée en compagnie de son Diderot. Il put trouver des *Œuvres choisies* de Montaigne, de Montesquieu, de Voltaire.

Serait-il bientôt démobilisé ? Les engagés volontaires pour la durée de la guerre devaient accomplir deux années de service mais il était question d'ajouter au temps d'engagement les mois de clandestinité et de maquis. Il fallait fournir des documents, ce qui restait difficile. Il connaissait d'autres craintes : on parlait de l'Indochine, de troubles en Algérie. Qu'en serait-il des engagés comme lui ?

Marceau, lui, non pas victime de la guerre, et comme en marge des millions de victimes, tué par le bacille insidieux, lui, martyr d'une autre manière, avait expiré en prononçant son prénom, Olivier. Quel message voulait-il lui transmettre, quelle phrase ultime, quels mots d'adieu ? Marceau, le nom de guerre qu'il avait choisi, Marceau, un autre lui-même, Marceau dont il avait la charge de mémoire. Et s'il avait voulu dire : Je me confie à toi, je m'offre à toi, mon petit cousin, mon frère, celui que j'appelais « ma petite âme populaire » ? Oui, Marceau lui avait tant appris, à lire des livres qu'il ne soupçonnait pas, à connaître des musiques nouvelles, à penser par lui-même, à construire sa liberté.

Et cet Olivier désemparé à la fin d'un désastre, tout effrayé par l'image de l'homme que la guerre lui avait imposée, se sentant perdu dans ce monde de hyènes, reçut une sorte de révélation, non pas la révélation divine qu'il eût souhaitée, mais celle qu'on peut devenir la représentation d'un être disparu sur cette terre. Et s'il parvenait à accomplir tout ce que Marceau avait rêvé ? S'il arrivait à être un peu plus que lui-même, l'autre en lui le rejoignant, à devenir une sorte d'homme double ?

Bientôt cette pensée lui parut folle.

Il prit son Montaigne et lut, s'émerveilla de son incomparable richesse. Les citations latines, presque toujours d'auteurs qu'il ne connaissait pas, étaient traduites en bas de page. Il pensa que Montaigne, en même temps que lui-même, avait été tous les autres. Et cette pensée d'être le double de Marceau, tout en lui paraissant folle, apportait la merveille de sa folie.

Ces tempêtes dans sa tête restaient secrètes et n'affectaient pas ses tâches militaires. Elles lui semblaient même distrayantes. Il se chargeait de la répartition du tabac et des cigarettes de troupe dont il devait tenir un inventaire minutieux. Les rares garçons qui ne fumaient pas répartissaient leur part entre leurs amis ou se livraient à de modestes trafics. Autre travail d'Olivier : s'occuper du bon état des gamelles et des quarts en métal. Ces derniers, grosses tasses, étaient souvent martelés de l'intérieur pour augmenter leur capacité lors de la distribution du vin. Il vérifiait aussi l'état de ce qu'on appelait les bouteillons dont le nom réel était « bouthéons » du nom du capitaine qui les avait inventés.

Cela ne lui prenait guère de temps mais il y trouvait l'occasion de bavarder avec ses camarades et de découvrir leur diversité. Ainsi, un engagé, soldat de première classe, affirmait ne jamais vouloir quitter l'armée, non par vocation, mais parce qu'il y recevait à manger en abondance. Les autres l'appelaient « le crevard ». Tous les soirs, il allait faire remplir une marmite à la cantine, la cachait sous son lit et, la nuit, se levait pour sa pratique gloutonne. Un autre avait contracté une maladie vénérienne dans un des bordels qui jouxtaient la cathédrale et faisait baigner son instrument dans du permanganate. À l'infirmerie, chaque matin des files d'attente se composaient de plus de faux malades que de vrais. Dans la chambrée, un petit roux jouait de l'harmonica tandis qu'un autre garçon n'arrêtait pas de chanter « Tico-Tico par-ci, Tico-Tico par-là ».

Olivier passait sur ces agacements et offrait même un sourire. Parfois un des garçons jetait un œil par-dessus son épaule pour voir ce qu'il lisait et s'éloignait en haussant les épaules. Ce n'était pas comme à la caserne du Puy avec trois complices se livrant comme lui à l'étude et au plaisir car Olivier lisait autant pour le savoir que pour le bonheur que cela lui apportait, de la page lue au prolongement dans sa pensée et dans de vagues rêveries lui donnant l'impression qu'il devenait l'auteur du livre qu'il aimait.

Temps hors du temps, période d'attente absurde au cours de laquelle l'évasion spirituelle et intellectuelle apportait la vengeance, offrait au prisonnier volontaire et par erreur une liberté incomparable.

Marcher au pas lui semblait une réminiscence d'un

autre âge, d'un temps d'avant la découverte de l'horreur sur laquelle pouvaient déboucher de semblables pratiques. Il ne répondait pas aux ordres par une quelconque insolence. Il demandait à son seul corps d'obéir tandis que son esprit vagabondait tantôt dans les heures heureuses de l'enfance, tantôt vers un avenir de liberté entière.

À la lueur des ouvrages qui l'enrichissaient, il reprit le cahier où il avait écrit ses poèmes. Il éprouva alors un sentiment proche de la honte. Tous ses vers bien alignés lui apparurent d'une affligeante médiocrité. Aucun ne l'emportait, ne le transportait vers l'inconnu, le nouveau qu'il aurait voulu y trouver. Sans le moindre regret, il déchira chaque page et la chiffonna pour la jeter dans le poêle de la chambrée. Cependant, à la dernière page, il lut l'un d'eux non pas supérieur aux autres mais qui contenait sous une forme simple un message émouvant, le témoignage d'un fait du maquis bouleversant. Il fit grâce à ce poème.

En Europe, les événements se succédaient avec une rapidité accrue. Olivier lisait ces nouvelles qui concernaient les pays et les hommes. Ainsi, la libération de Prague, l'indépendance de l'Autriche, le cessez-le-feu en Syrie après une révolte antifrançaise. Les hommes politiques de la France d'avant-guerre, Daladier, Reynaud, Blum, Gamelin, étaient délivrés par les Américains. Les Russes libéraient Herriot. Le maître de l'horreur absolue, Himmler, se suicidait comme l'avait fait son maître. Une commission chargée des crimes de guerre se formait. C'était le temps de l'épuration, des vengeances.

Un matin, face à la gare de Clermont-Ferrand, Olivier vit arriver un convoi de prisonniers libérés. Quatre ans durant, quatre longues années, des hommes défaits avaient été séparés des leurs. Le temps était venu des retrouvailles pour la plupart heureuses mais aussi des déconvenues, des drames conjugaux, des difficultés de réadaptation. Il y avait de la joie, des embrassades, une *Marseillaise* entonnée en chœur. Avec leurs uniformes usés, leurs visages marqués, ces soldats malheureux paraissaient venir d'un autre temps. Olivier pensa à son oncle Victor dont la fiancée s'était mariée durant son absence. Quelle souffrance endurait-il ? Cette jeune femme s'était occupée de la mémé durant une longue période puis s'était lassée d'attendre. Les choses de la vie…

Olivier éprouvait une étrange sensation : celle de se voir double, portant Marceau en lui, et aussi double dans son existence, dans ses rapports avec ses camarades de caserne. Lorsqu'il riait, s'amusait avec eux, blaguait, faisait de mauvais calembours, il savait qu'il se donnait la comédie. Il restait solitaire. Ce n'était pas nouveau. Lorsque l'on a été orphelin dans sa petite enfance, on le reste toute sa vie malgré les réconforts.

Dans son proche souvenir, heureusement, des

moments de liesse, et toujours quand il se trouvait dans une communauté : celle des rues de son enfance, celle de l'atelier d'imprimerie, celle des gens de Saugues puis le maquis. Enfin, Marceau, son contraire apparent avec son élégance, son dandysme, ses airs faussement désabusés et cyniques, voyant arriver sa fin avec courage et fatalisme.

Face au monde-cimetière, au monde éclaté, encore en proie à la guerre si lointaine du Pacifique, le malnommé, à quoi ici on ne s'intéressait guère, Olivier découvrait une autre dimension, celle des livres, par exemple ce Montaigne puisant son réconfort et sa puissance créatrice dans cette Antiquité que le jeune lecteur ne connaissait guère mais envisageait comme un univers, des univers à découvrir.

Le jeune soldat ne manquait pas de s'interroger sur lui-même et de se faire des reproches. La solitude ne le conduisait-elle pas à ne penser qu'à lui-même ? Ne devenait-il pas un égocentrique ? Il jugeait des maux de ce monde mais que faisait-il pour les combattre ? Et aussi que pouvait-il ? À la source du mal, les nazis allemands avaient fait des adeptes dans tous les territoires occupés. On parlait d'atrocités dans certains pays de l'Est et nul, même parmi les Alliés, n'était innocent. Il se formait pour Olivier l'image d'un univers maudit où la confiance ne pouvait être accordée à personne. Et cela durait depuis des siècles. Et cela continuerait après une trêve, il en était persuadé.

Il remit à plus tard une question impossible. Devait-il accepter de se replier en lui-même ou chercher quelque autre alternative ? Et s'il refusait cette société où il ne se sentait pas à l'aise ? Au cours de ses promenades le soir dans Clermont-Ferrand, il ne pouvait pas croiser un gendarme ou un membre de la police sans se demander : « Celui-là a-t-il été le complice des arrestations de juifs ? »

Lorsque tout lui paraissait noirâtre, sale, il ouvrait un de ces livres qu'il achetait à la grande librairie, en face de la statue de Pascal. Là, il découvrait ce qu'il aurait pu appeler « l'autre monde », celui qu'il abordait malgré une ignorance qu'il se reprochait sans savoir quel point de départ elle avait pu être pour les Anciens et s'il valait encore.

Jours de caserne, jours morts ou à demi. Il lui arriva de suivre quelques copains dans des rencontres amoureuses qui ne le satisfaisaient pas. Il but aussi, sans parvenir à s'enivrer. Il se voulait indifférent aux affaires d'un monde qu'il rejetait alors qu'il ne pensait qu'à elles. Il apprit que, dans quelques semaines, il serait dégagé de ses obligations militaires. Plusieurs de ses camarades étant dans le même cas que lui, ils entonnèrent le fameux air de *Tiens, voilà la quille !* dans la cour de la caserne, ce qui leur valut une réprimande d'un sous-officier qui les accusa de manque de patriotisme.

Les rites de la caserne, les conventions de la vie militaire acceptés par Olivier titulaire d'un petit grade ne l'empêchaient pas de les considérer avec le sourire de la dérision. Il détestait certains gradés, ceux qui, tout danger écarté, avaient sorti l'uniforme inutilisé depuis des années de leur garde-robe, sans avoir jamais participé à quelque acte de résistance, avaient repris leur rôle comme de vieux comédiens nostalgiques. On les appelait « les naphtalinards » pour des raisons évidentes. Aussi se livra-t-il à quelques jeux insolents. À cet ordre qu'il reçut après une entrevue : « Rompez ! », il demanda avec un doux sourire : « Et que dois-je rompre ? » Ou bien il usait d'une politesse exagérée et horripilante sans que l'on trouve d'arguments pour le punir.

Un soir, lors du quartier libre, il se rendit dans l'arrière-salle déserte d'un modeste bistrot pour y rédiger sa correspondance. La première lettre fut pour sa grand-mère et son oncle Victor en employant les termes habituels : « Chère mémé, cher tonton », même si cela lui semblait un peu ridicule. Il voulait garder sa fidélité aux habitudes d'enfance. À la fin de la lettre, il promettait de les visiter dès sa démobilisation qui ne saurait tarder. La seconde lettre fut pour sa famille parisienne. Il indiqua qu'il avait hâte de rentrer pour reprendre le travail. Par jeu, il indiqua qu'il connaissait encore sa casse, ce qui signifiait l'emplacement des caractères dans les petits cassetins et que, pour composer, il battrait des records de vitesse. Il salua « cette vieille branche » de Jami et ses collègues de l'imprimerie.

Il regarda son cahier dont il ne restait que quelques pages. Seule une était recouverte de son écriture : le poème qu'il n'avait pas détruit. Il le relut et le jugea cette fois de médiocre qualité. Il fut tenté de le déchirer mais un mystérieux refus intérieur l'en empêcha.

Il lut alors les journaux qui traînaient sur une banquette de moleskine. Il en était de toutes les dates récentes. Sans doute destinés à être déchirés et cloués à un crochet pour servir de papier-toilette. La plupart des événements, Olivier en avait eu connaissance, mais pas tous.

Sa solitude fut de courte durée : un groupe d'hommes de tous âges entrèrent et s'installèrent. Ils commandèrent des apéritifs : Avèze et pastis surtout. Puis ils se lancèrent dans une conversation où il était question d'une amicale sans qu'Olivier pût découvrir de quoi il s'agissait. Des amicales, il en était tant et tant partout. Les boules, la belote, la pêche, le sport ? Après tout, que lui importait. Il poursuivit sa lecture.

Les condamnations continuaient, souvent par contumace comme pour Abel Bonnard et Marcel Déat. Le procès Pétain avait lieu et celui de Pierre Laval viendrait bientôt. Le pays se reconstruisait. Les ordonnances se succédaient. Une nouvelle Constitution soulevait des débats. Un poète que Marceau lisait était mort après sa libération de Buchenwald. Comme lui, nombre de ces martyrs avaient perdu la vie alors qu'ils pouvaient la retrouver, leur corps n'ayant pu supporter la nourriture censée les sauver. Lors du défilé sur les Champs-Élysées, des rescapés étaient présents dans leurs vêtements de malheur rayés. Quels que fussent les sentiments qui avaient présidé à cette présence, Olivier ressentait l'impression d'une indécence, comme si on avait voulu banaliser cette horreur tout en honorant les victimes.

Il lut d'autres articles, ceux où la politique la plus honorable se mêlait aux politicailleries survivantes. Et si tout allait recommencer comme auparavant, comme si aucune leçon n'avait été tirée du désastre ? Et de cela, ses voisins du bistrot parlaient, leurs propos lui arrivant par bribes.

– On peut dire, affirmait l'un d'entre eux, on peut dire qu'on en a bavé. Nourrir la famille. Les restrictions. Et tout le reste…

– Mais nous sommes là, répondit un plus jeune, et c'est le principal. La meilleure résistance, c'était de survivre.

– Que de souffrances quand même…

Olivier pensa que ces gens parlaient de leurs souffrances, bien minimes auprès de celles des martyrs.

– Il y en a qui ont souffert bien plus que nous, dit l'un des hommes de l'amicale. Les prisonniers, les déportés…

Olivier entrevit l'absurdité de tant de choses. Ainsi, on pouvait ignorer ceux qui avaient plus souffert que vous de la guerre. Les prisonniers libérés regardaient, surpris, ces jeunes soldats victorieux qui leur rappelaient leur défaite. Les militaires de la France libre voyaient d'un mauvais œil ces pékins qui avaient libéré la France avant eux et leur avaient permis d'accéder à l'Alsace sans trop d'encombres. Tout cela était absurde. Et aussi ces débats politiques animés par des conservateurs qui ne voulaient pas admettre l'héroïsme des communistes dans ce combat et se référaient encore au pacte germano-soviétique.

Il rejeta les journaux et pensa que leur destinée de torche-culs leur correspondait bien. Avant de sortir, il se tourna vers les gens de l'amicale d'on ne savait quoi et les salua poliment. L'un d'eux lui proposa de boire un coup. Il répondit qu'il devait rentrer à la caserne. Et ce fut tout.

Bien qu'il aimât Clermont-Ferrand et n'eût de cesse de visiter ses places, ses rues, ses ruelles, de faire chaque fois que la liberté lui en fut laissée de découvrir les environs, de suivre les traces de Vercingétorix au sommet des volcans, Olivier passa, au rythme lent et monotone de la caserne, un été sans joie. Contrairement au temps du maquis plein de souvenirs heureux en dépit du danger et des drames, ou à cette caserne Romeuf au Puy en compagnie de trois copains originaires de Saugues, il ne se fit pas de véritables amis. Certes, il avait ses livres, de plus en plus nombreux, mais personne avec qui partager les réflexions qu'ils lui inspiraient.

Parfois, dans la ville, quelqu'un lui demandait d'où il était. Avec une fierté inexplicable, il répondait : « Je suis de Saugues ! », petit mensonge puisqu'il était né à Paris et que répondre Montmartre eût été plus prestigieux. Il ajoutait parfois en souriant : « *Le* bête du Gévaudan, c'est moi ! »

Saugues ne se trouvait qu'à quelques heures de train en passant par la gare de Langeac. Il songeait à s'y rendre tout en remettant au lendemain. Mais ce fut Saugues qui vint à lui. Son oncle Victor, le « tonton », lui écrivit qu'il devait se rendre à Clermont et lui donnait rendez-vous un dimanche dans une semaine à la gare. Il ne pensa plus qu'à ces retrouvailles.

Arriva une date qui devait compter pour l'humanité tout entière. À croire que l'horreur n'aurait jamais de fin.

Cette guerre du Pacifique touchait à sa fin. Les Américains, vainqueurs sur terre, sur mer, dans les airs, attendaient une reddition refusée une première fois mais qui ne saurait tarder. Pris par leurs problèmes, les Français, comme beaucoup d'autres, ne pensaient qu'à l'Indochine qui redevenait française. Pour le reste, il s'agissait d'une affaire entre les États-Unis et le Japon qui ne semblait pas les concerner.

En ce mois d'août, les préoccupations d'Olivier étaient tournées vers ses projets personnels. Libéré de ses obligations militaires, il pourrait rejoindre Paris et reprendre sa vie d'antan : le travail à l'imprimerie et pour les heures de loisirs et la nuit le plaisir de la lecture et de l'étude. Et puis le théâtre, le cinéma, les concerts selon le temps et les moyens. Il voyait là des promesses d'un bonheur presque inespéré. Sa seule tristesse : l'absence de Marceau. Il espérait aussi revoir son ami Samuel, celui rencontré à Montrichard aux belles années de l'avant-guerre et retrouvé à Paris jusqu'à ce qu'il se rendît en zone libre avec sa famille. Il savait que, réfugiés, grâce à des gens de bonne volonté, ils avaient échappé aux rafles mortelles.

Olivier n'avait pas d'interlocuteurs. Ses compagnons de caserne n'en parlaient pas. Que se passait-il dans leur tête ? Sans doute rien. Et cette indifférence apparaissait comme une autre forme du mal. Mais quel phénomène amenait Olivier à se différencier ? Ses lectures, sans aucun doute. Peut-être aussi les menus faits révélateurs qu'il avait observés : un bombardement sur une place à Montrichard, les cadavres de la forêt du Gévaudan, l'arrestation d'un résistant par l'abominable Milice à Roanne, la détresse et la misère partout répandues.

À ses heures de sortie, il se rendait toujours seul dans l'arrière-salle du même café, rendez-vous de toutes sortes d'amicales dont les fanions décoraient les murs. Il connaissait désormais la patronne, une solide « Barrabane », nom donné aux habitants de Saint-Chély-d'Apcher depuis que leurs ancêtres avaient chassé les Anglais avec de longues barres.

– Prenez le journal d'aujourd'hui. Je n'ai pas encore eu le temps de le lire.

Il s'agissait du grand quotidien du Centre, *La Montagne*. Olivier commanda une bière et commença sa lecture. La première page était traversée par un gros titre : LA RUSSIE DÉCLARE LA GUERRE AU JAPON. Les Alliés s'en félicitaient. Olivier pensa qu'ils agissaient comme les Italiens l'avaient fait avec la France : déclarer la guerre en fin de bataille. Autres nouvelles : le général de Gaulle devait se rendre à Washington, l'Autriche était désormais séparée de l'Allemagne. Ce qu'il lut en dernier lui donna à réfléchir : une annonce de Radio Tokyo : 60 % DE HIROSHIMA, VILLE DE 200 000 HABITANTS, ONT ÉTÉ DÉTRUITS. Olivier vit bientôt que ce n'était pas seulement un malheur de la guerre comme ceux auxquels on avait été habitué. Cette fois, ce n'était pas un tapis de bombes qui était responsable, mais un seul engin de destruction. On décrivait dans l'article une partie des atrocités : la bombe avait agi sur un rayon de cent kilomètres. Les victimes défigurées étaient méconnaissables. Et l'on ne connaissait pas encore les dégâts irréversibles sur la santé des survivants.

Il reprit les feuilles pour tenter de trouver d'autres détails. Par cette bombe, les Américains démontraient au monde entier, et surtout à leurs alliés russes, qu'ils détenaient la toute-puissance.

« Une telle bombe, multipliée, pourrait détruire la planète ! » Ce fut la première pensée d'Olivier. Puis :

« Et si elle avait été entre les mains d'un fou comme Hitler, n'aurait-il pas gommé des continents ? »

Un éditorialiste, sous le titre « Philosophie », posait lui aussi des questions proches de celles d'Olivier, entachées seulement par des considérations quotidiennes à l'usage des gens de courte pensée. Ayant dit l'horreur de la « petite boîte » capable de tuer cent mille êtres humains, il exprimait son admiration en ces termes : « Mais rien au monde ne peut détruire l'éclair de pensée qui a conçu la petite boîte : *quelle grandeur !* »

Olivier plia le journal et le lança au plus loin de la banquette. « La grandeur » ? Ainsi, des savants renommés, de ceux dont on fait des Prix Nobel, avaient collaboré à cela. Ils seraient honorés, inscrits dans quelque panthéon de l'humanité. Le jeune garçon se sentit submergé par le dégoût. Ainsi, l'abomination des camps de la mort pourrait effacer cette nouvelle abomination. Jugerait-on un jour tous ces criminels, de quelque bord qu'ils fussent ?

Olivier regardait son verre de bière sans le toucher. Il pensa : « Et Dieu dans tout cela ? » Plus tard, il entendit des clients qui parlaient de cette bombe avec autant d'admiration que d'étonnement. Seule une dame dit : « Ça vous fait froid dans le dos ! », puis ils trouvèrent d'autres sujets de conversation touchant notamment au ravitaillement.

Il imagina que les propos de ses camarades de chambrée seraient d'un ordre voisin. Il décida de se taire, de ne jamais aborder ce sujet de conversation. D'ailleurs, il ne parlerait pas de la guerre et des tragédies. Le silence. Le silence comme une méditation, une prière. Une grève de la parole comme une grève de la faim. Il fermerait les yeux, n'entendrait plus, ne dirait rien. Il s'enferma ainsi durant plusieurs jours dans son cloître intérieur, miné par une souffrance obscure, indéfinissable, prenant absurdement sa part de responsabilité dans des carnages auxquels il n'avait pas participé.

Et ce jour vint où il alla attendre son oncle Victor à la gare de Clermont-Ferrand. Après plus de quatre ans de séparation, il craignait de ne pas le reconnaître. Ils se trouvèrent face à face près de la locomotive encore fumante. Ils se regardèrent. Le tonton Victor dit en patois : « *Cos tiu ?* » et Olivier répondit : « Oui, c'est moi ! » Ils s'étreignirent, s'embrassèrent trois fois avec maladresse.

Tandis qu'ils quittaient la gare, ils se regardaient de côté, s'arrêtaient parfois face à face et marquaient leur étonnement.

– Bon sang de bonsoir, tu es plus grand que moi ! dit l'oncle Victor, mais tu n'es pas bien gras…

– Et toi, tonton, tu es toujours aussi beau gosse !

– Tu parles d'un beau gosse ! Au fait, ne me donne plus du « tonton ». C'est inhabituel pour les rescapés d'Allemagne, mais moi j'ai grossi !

Cela se voyait. Victor, qui avait revêtu le costume

des dimanches qu'il portait avant-guerre, y était à l'étroit. Il n'avait pas boutonné le col de sa chemise d'où pendait une cravate noire mal nouée.

– Il faudra que je t'apprenne à faire les nœuds de cravate, dit Olivier.

– Sacré gamin, toujours la réplique !

En marchant, ils échangeaient des banalités, étalaient une gaîté factice. Olivier proposa de porter la valise mais l'oncle Victor dit qu'il n'était pas assez costaud.

Une fine pluie d'été les poussa vers le refuge d'un modeste hôtel où l'oncle Victor prit une chambre pour deux nuits. Olivier l'attendit dans le hall. Ils décidèrent de marcher.

– Tu parles d'une histoire ! dit Victor.

– Quelle histoire ?

– La mienne, la tienne, la nôtre. Je pars soldat. Je cesse d'exister pendant quatre ans. Je reviens et c'est toi le soldat.

– Pas pour longtemps. Je déteste l'armée.

– Pour moi, c'est bizarre. Dès que j'ai été fait prisonnier, j'ai eu l'impression de ne plus être un troufion. Un gradé m'a demandé mon métier. Quand j'ai dit « forgeron », ç'a été comme un mot de passe. Il a répété *Schmied, Schmied !* Pour maréchal-ferrant, il n'a pas compris. Alors, j'ai henni et fait les gestes de ferrer. Encore mieux. Je suis resté quelques jours au camp, puis ils m'ont transféré dans un élevage de chevaux. Là, j'ai rencontré des ouvriers allemands, des très jeunes ou des très vieux. Je retrouvais ma forge en plus grand mais avec les mêmes enclumes, les mêmes outils. Je me suis mis au travail des fers. Je leur ai appris des trucs de métier et eux aussi m'en ont appris. Et pendant toutes ces années, j'ai exercé mon métier. Comme ça, je n'ai pas perdu la main.

L'oncle Victor soupira et ajouta :

– Hélas ! c'est maintenant que je risque de la perdre. À mon retour, on m'a fait la fête, mais je n'ai pas retrouvé mes clients. Ils ont pris leurs habitudes ailleurs, chez d'autres et des nouveaux. Et puis, on ferre moins les vaches. Les cultivateurs vont vers la mécanique. Bref, c'est la crise. On m'a parlé d'un boulot ici. J'ai rendez-vous. Et puis je me dis que ma mère ne peut être seule.

– Elle va mal ? dit Olivier.

– Rassure-toi. Elle va bien. Elle n'a jamais autant galopé par les chemins et les forêts. Il faut toujours qu'elle rapporte quelque chose dans son tablier. Des champignons, des herbes, du petit bois ou des fleurs sauvages pour l'église. À la veillée, elle rentre de plus en plus tard. Je suis devenu plus son père qu'elle n'est ma mère. Mais il y a son âge…

L'oncle Victor semblait porter un fardeau sur ses épaules. Mais quand il buvait son vin, les yeux fermés, puis les rouvrait, on voyait un éclair bleu et un air de jeunesse se répandait sur ses traits comme autrefois.

– Et toi, dit-il, tu as fait le maquis. Et avec mes

copains, Fonsou, Fernand, Pierrot et les autres. J'aurais voulu être là. Ils m'ont raconté tes exploits...

– Mes exploits ? Je n'ai pas accompli d'exploits !

- Ce n'est pas ce qu'ils disent...

– C'est des craques !

- Des craques ?

– Oui, enfin des bobards, des mensonges...

– Des menteries, quoi ! Non, je les crois.

– Rien n'a changé. C'est comme si j'avais dormi quatre ans et que je me sois réveillé. Ah si ! il y a un stade et tout est plus propre. Il y a moins de vaches qu'avant, donc moins de bouses. Quelques absents mais moins qu'en 14. La guerre ? Personne n'a envie d'en parler.

– Moi non plus, dit Olivier, mais j'y pense toujours.

– Le village, la tour des Anglais, l'église, les places, les marchés aux veaux, aux cochons, aux chevaux. Les discussions chez Pierrot Chadès autour du sport. On voulait que je reprenne ma place dans l'équipe de football. J'ai dit que j'étais trop lourd. Place aux jeunes ! Et me voilà à Clermont. Un grand voyageur, ton oncle ! Non seulement je voulais te voir mais aussi j'ai un rendez-vous...

– Une fille ?

– Ça non ! Tu sais que j'ai eu quelques déboires de ce côté-là... Encore que... je fréquente quelqu'un à Saugues, une nouvelle connaissance. Enfin, peut-être. Je suis venu parce que je dois être reçu dans une usine pour un emploi. Je vais te quitter. Si tu veux, on se revoit demain.

– En usine, toi !

– Faudra bien gagner sa croûte. Et puis Saugues n'est pas si loin.

Soudain, le visage de Victor s'assombrit.

– Et toi, dit-il, tu vas retrouver la capitale. C'est là qu'est ta vie...

– Ce ne sera pas comme avant, jamais, non, jamais, la maison sans Marceau...

Ils baissèrent la tête. Ils avaient tous les deux les yeux mouillés. Ils se prirent les mains et les tinrent longuement serrées.

– Comme le répète ta grand-mère, dit Victor, il y a du malheur de par le monde, mais pour elle, le monde, c'est un canton.

– L'univers entier est en larmes, et nous...

Olivier devait rentrer à la caserne. Ils se donnèrent rendez-vous pour le lendemain vers midi. Le silence s'était installé entre eux. Il faisait chaud. Olivier se demanda pourquoi les uniformes étaient si épais.

Le lendemain matin Olivier apprit la nouvelle de sa démobilisation. Elle interviendrait une semaine plus tard. Curieusement, il se sentit à la fois heureux et désemparé. Il s'aperçut alors que des liens étranges le rattachaient à ce qu'il détestait. Cette soudaine liberté lui faisait peur comme s'il allait être jeté dans un monde inconnu et redoutable.

Son oncle Victor lui avait dit : « Tu es un homme maintenant ! » Il en doutait. Oui, le matin, il passait le blaireau et faisait mousser le savon sur son visage, il se rasait au plus près. Un homme ? Sans doute. Mais au fond de lui il savait qu'il était resté un petit garçon puisque ses images d'enfance ne le quittaient pas. Victor, lui aussi, malgré ses épreuves, avait gardé cette candeur qui se lisait dans ses yeux bleus. Pauvre tonton Victor. Il l'imaginait mal vivant ailleurs que dans son village, dans sa ruelle, dans sa forge. L'usine pourrait être pour lui pire que celle qu'il avait connue durant quatre ans dans la compagnie des chevaux, des fers, de son métier et même de ces ennemis qui partageaient son travail.

Les futurs démobilisés jouissaient d'une certaine liberté. Aussi le lendemain quitta-t-il la caserne pour rejoindre en début d'après-midi le tonton Victor à son hôtel. Il fut accueilli par un homme joyeux, rieur et qui paraissait débarrassé de tous ses soucis. Olivier demanda :

– Alors, ça a marché ?

– Comme sur des roulettes ! Je rentre à Saugues…

– Et tu commences quand ?

– Je commence quoi ?

– Ton nouveau boulot.

– Jamais. Je suis entré dans cette usine. Tout était sale, triste. On m'a fait entrer dans une pièce et là on m'a dit d'attendre. Des gens en blouse circulaient. Ils ne me voyaient pas. Ça a duré, duré… Figure-toi que je me suis endormi, enfin pas tout à fait. Mais je rêvais quand même. Je poussais la brouette de la mémé avec son grand panier de linge à laver. Nous descendions le chemin pentu qui mène au lavoir. J'ai déchargé le panier. Elle a commencé à laver avec les autres femmes en tapant du battoir en bois sur le linge posé sur la pierre plate. Moi, j'ai monté par le raccourci jusqu'à la route du Puy, là où se trouve la nouvelle Vierge en pierre. Je me suis assis dans l'herbe et j'ai regardé Saugues, les rues, les ruelles, les maisons. Je me suis aperçu que je connaissais tous les habitants, que je savais où ils logeaient. Tous. Les cloches de l'église ont sonné. J'ai vu dans les prés les vaches qui broutaient. J'ai pensé à la forge. Mon père, mon grand-père, tous ceux de la lignée ont forgé là depuis des siècles. Et moi, j'ai eu cette pensée que j'étais le premier à trahir…

Victor se tut. Il plaça sa main devant ses yeux, puis, après un silence, reprit son récit :

– Et puis il y a ta mémé. Ce serait comme si elle perdait tous ses enfants. La matérielle ? Je trouverai toujours de quoi manger. Si ça va trop mal, j'irai aux truites ou aux grenouilles. Je vais planter des patates. Et puis le travail reviendra peut-être. Au besoin, j'irai donner des coups de main dans les campagnes. Je ne sais pas ce qui m'a pris de vouloir travailler chez les autres…

Depuis longtemps, Olivier n'avait pas senti la joie l'envahir à ce point. Le soleil se répandit sur son visage. Et le sourire. Et le rire.

Il se leva pour embrasser son oncle, celui qui, lorsqu'il était petit garçon, lui avait appris la nature. Ils s'étreignirent et se tapotèrent les épaules. Olivier dit :

– Vive la liberté…

Sur cette exclamation, ils décidèrent de fêter la chose au restaurant. Ils marchèrent jusqu'à la place de Jaude, prirent une rue derrière la cathédrale et trouvèrent une terrasse où on leur servit de la charcutaille et des andouillettes.

Ils évoquèrent des souvenirs de Saugues, minces anecdotes d'une vie quotidienne où s'était inséré le bonheur. Olivier parla de ses jours à l'Arsenal, de l'impression d'enfermement qu'il avait éprouvée, celui qu'il craignait pour son oncle dans une usine. Comme cela faisait du bien d'être ensemble comme autrefois. Le neveu se sentait redevenir le petit garçon ignorant des choses de la campagne et l'oncle l'explorateur lui faisant découvrir lieux et coutumes. Ils ne voyaient pas les gens qui les entouraient. Parfois un silence dans lequel l'affection se glissait.

Les choses revenaient à leur place. Pour un temps, le malheur se dissipait mais demain Olivier verrait les photographies de l'horreur s'étaler dans les journaux. Il replongerait dans la noirceur.

– Après ta démobilisation, si tu venais passer quelques jours à Saugues ?

– Ce serait chouette, répondit Olivier, mais non ! je dois retrouver Paris, me remettre au boulot, j'en ai besoin.

– Et tu lis toujours autant ?

– Oui, je suis toujours aussi contaminé. Je vais rapporter à Paris une valise pleine de livres. À la caserne, beaucoup se fichent de moi. Ils m'appellent « l'Instituteur ». Tu parles !

L'été allait se terminer. Les jours plus courts semblaient résister à la nuit. Le temps préservait sa chaleur. Ils en profitèrent, marchant jusqu'à la caserne où veillait une sentinelle que connaissait Olivier. Le tonton Victor embrassa son neveu puis il ajouta : *Ménagea-té*, autrement dit « Ménage-toi » puis il ajouta : « Sans adieu ! », ce qui signifiait « Au revoir ! ».

La sentinelle fit un signe à Olivier : le conseil de longer l'ombre des murs car l'extinction des feux était sonnée depuis longtemps. À la veille de sa démobilisation, ce n'était pas le moment d'écoper une punition de prison.

Une semaine plus tard, Olivier se trouvait dans le train Clermont-Ferrand-Paris. Cette fois, il était en civil. Il se sentait moins embarrassé que la première fois dans le beau costume, comme si le tissu avait épousé son corps. Il avait hissé la valise lourde de livres sur le porte-bagages en filet et gardé sa musette à ses pieds. Ayant la chance de se trouver près de la fenêtre, il n'observait pas les autres voyageurs. Il n'en finissait pas de regarder le paysage, s'attardant au départ sur les volcans magnifiques.

Il goûtait des yeux chaque lieu entrevu puis fermait les paupières comme pour le garder en lui. Une double mémoire l'habitait : celle des images, celle des mots. Il connaissait tant de poèmes par cœur qu'il pouvait ne s'ennuyer jamais. Le pouvoir mnémotechnique des rimes l'aidait. Il connaissait aussi des proses, par exemple des aphorismes de Paul Valéry et d'autres. Il se souvint d'une lettre de Madame de Sévigné apprise par cœur à l'école communale de la rue de Clignancourt et il se la récita intérieurement : « Il faut que je vous conte une petite historiette qui est très vraie et qui vous divertira. Le roi depuis peu se mêle de faire des vers. Messieurs de Saint-Aignan et Dangeau lui montrent comme il faut s'y prendre… » Ainsi, les caprices de la mémoire l'enchantaient.

Après un arrêt du train, il observa ses voisins, tous inconnus les uns des autres et ne parlant pas. Le plus émouvant spectacle était celui d'une jeune femme, le corsage entrouvert qui allaitait son enfant. Olivier pensa à sa mère. Il avait été un bébé nourri au sein, puis un enfant qui jouait dans la cour étroite derrière l'arrière-boutique et plus tard dans la rue. Comme dans un film, les images se succédèrent. Il avait vécu plusieurs enfances : populaire dans ce petit morceau de Montmartre, puis dans l'entourage bourgeois de l'appartement de ses oncle et tante en même temps qu'ouvrier à l'atelier d'imprimerie, puis le temps de Saugues l'avait projeté dans le milieu rural avant le temps du maquis et celui des casernes. Cela lui donnait une vue du monde le rassurant quelque peu sur cette humanité que les événements relatés par la presse montraient en lambeaux.

Il regarda ces gens autour de lui dans ce compartiment de chemin de fer. Ils présentaient des visages quiets et, pour un temps, cette idée de la responsabilité de tous dans les drames, les massacres, les génocides s'atténua. Les yeux fermés, il revit tous ceux qui avaient marqué une courte vie mais qui lui paraissait longue par tous les événements qui l'avaient bouleversée. Ils étaient là, dans sa pensée, ces gens simples qui ne demandaient à la vie qu'un peu de bonheur. Et ce fut comme un défilé. Gens de la rue : Bougras, L'Araignée, Mme Haque, Lucienne, les petits avec qui il se voyait jouer, courir, jouer aux billes. Monde de l'imprimerie, la bonne équipe, ouvriers et apprentis, la joyeuse fête de Saint-Jean-Porte-Latine le saint patron, le travail et les blagues, l'apéritif du vendredi soir, les imprimés, les machines, les casses. Et, comme un parallèle à l'atelier des ouvriers, celui des artisans, la forge, le bruit du soufflet, les coups sur le fer et l'enclume.

Tout ce qu'il aimait était ponctué par des regards sur le paysage du pays aimé si divers, si beau comme une illustration de la joie, ce pays aujourd'hui libre, libre comme il l'avait été lui-même lorsque, aux pires moments, il avait traversé la France sur sa bicyclette alors qu'il était encore un adolescent. Et ces livres dans sa valise, ceux qu'il allait retrouver à Paris, tous lui parlaient de liberté.

Il ferma les yeux de nouveau le temps d'un court sommeil avant qu'une image plus forte que toutes les autres le traversât, celle qui le suivrait toute sa vie.

Parce qu'il portait ses souvenirs, ceux des terrains vagues de Montmartre, d'un fleuve à Montrichard, des monts de la Margeride, et parce qu'il avait beaucoup lu, la nostalgie de tous les siècles, il lui sembla que l'image la plus tenace, celle de la mort, dominait toutes les autres comme si elle résumait toute l'histoire des hommes.

Il caressa le tissu de son costume et pensa à une phrase de Diderot qu'il avait lue. Revêtant un habit de son père, il avait confié : « Je m'habillais de mon père. » Olivier pensa qu'il s'habillait de son cousin Marceau et il sentit qu'il restait proche de lui.

Comme le train qui traversait les campagnes, des images passaient dans la tête d'Olivier. Il revit celle qui l'avait marqué. Le train s'étant arrêté à Brioude, il avait marché jusqu'à Langeac pour prendre le chemin de Saugues. Vingt kilomètres dans une si belle nature, cela ne lui faisait pas peur. Et c'est là qu'il avait eu une vision, une vision qu'il retiendrait comme une vision d'histoire.

Après des années d'occupation, la première image de la liberté : le camion branlant, toussotant, magnifique avec son contenu sur la plate-forme d'êtres débraillés, le col grand ouvert autour d'un drapeau de fortune déchiré et portant les couleurs bleu-blanc-rouge avec sur un blanc une croix de Lorraine. Et ces hommes de tous âges, de l'enfant au vieillard, comme ivres de fierté, les yeux pleins de détermination. Ces armes à la main ou en bandoulière, fusils, mitraillettes, revolvers, baïonnettes. Un semblant militaire avec ces pans d'uniformes récupérés, ces brassards F.F.I. La Résistance ! Et qui avait-il vu ? Nombre de copains de Saugues qui se trouvaient là. Et cette femme inconnue ressemblant à un garçon. Plus tard ce *Chant des partisans* qui l'avait bouleversé.

Le train entra dans le tunnel. Le wagon fut éclairé par de faibles lampes. Olivier distingua le visage d'un jeune homme qui lui rappela un autre garçon du même âge, mais celui-là mort dans la forêt.

Tandis que le train atteignait la grande banlieue de Paris, son lieu de vie futur, il sortit de son sac le cahier où il avait écrit ses poèmes du maquis, ceux qu'il avait détruits, à l'exception d'un seul, non pas qu'il fût meilleur que les autres mais pour une raison obscure.

Il lut ces vers désordonnés : « Amas de terre au fond des bois, un maquisard est enfoui là… Mort un jour sans identité. La Liberté… » Puis : « On a creusé un trou. Pas de parents, de mère pour l'enterrer… Nous l'avons aimé. » Plus loin : « Un connaissait des prières. Il les a dites… Nous l'avons recouvert de terre. Adieu, petit frère… »

Olivier détacha la page du cahier. Il regarda vers la fenêtre entrouverte et hésita. Il imagina ce feuillet voletant dans les airs et disparaissant. Il médita un instant, plia la feuille en quatre, la plaça dans la poche intérieure de son veston. Sur son cœur.

Ouvrages de
ROBERT SABATIER

Romans

ALAIN ET LE NÈGRE
LE MARCHAND DE SABLE
LE GOÛT DE LA CENDRE
BOULEVARD
CANARD AU SANG
LA SAINTE FARCE
LA MORT DU FIGUIER
DESSIN SUR UN TROTTOIR
LE CHINOIS D'AFRIQUE
LES ANNÉES SECRÈTES DE LA VIE D'UN HOMME
LES ENFANTS DE L'ÉTÉ
LA SOURIS VERTE
LE CYGNE NOIR
LE LIT DE LA MERVEILLE
LE SOURIRE AUX LÈVRES

Le Roman d'Olivier

DAVID ET OLIVIER
OLIVIER ET SES AMIS
LES ALLUMETTES SUÉDOISES
TROIS SUCETTES À LA MENTHE
LES NOISETTES SAUVAGES
LES FILLETTES CHANTANTES
OLIVIER, 1940

Poésie

LES FÊTES SOLAIRES
DÉDICACE D'UN NAVIRE
LES POISONS DÉLECTABLES
LES CHÂTEAUX DE MILLIONS D'ANNÉES
ICARE ET AUTRES POÈMES
L'OISEAU DE DEMAIN
LECTURE
ÉCRITURE
LES MASQUES ET LE MIROIR
ŒUVRES POÉTIQUES COMPLÈTES

Varia
LE LIVRE DE LA DÉRAISON SOURIANTE
DIOGÈNE

Essais
L'ÉTAT PRINCIER
DICTIONNAIRE DE LA MORT
HISTOIRE DE LA POÉSIE FRANÇAISE (9 volumes)

Composition IGS
Impression Bussière, janvier 2007
Éditions Albin Michel
22, rue Huyghens, 75014 Paris
www.albin-michel.fr
ISBN broché : 978-2-226-17677-6
ISBN Hollande : 978-2-226-13975-3
ISBN vélin bouffant : 978-2-226-13976-1
N° d'édition : 24882 – N° d'impression : 070158/4
Dépôt légal : février 2007
Imprimé en France